GOLDMANN

Von Brigitte Blobel ist bereits im Goldmann Verlag erschienen:

Nachtfalter · 8483
Venusmuschel · 6481
Die Grotte · 6744
Die Hörigen · 6674
Fliegender Wechsel · 6446
Ehepaare · 6359
Jasminas Sohn · 6357

BRIGITTE

BLOBEL

Tödliche Schlingen

Originalausgabe

GOLDMANN VERLAG

Made in Germany · 12/86 · 1. Auflage

Umschlagentwurf: Design Team München
Umschlagillustration: Design Team München
Satz: Fotosatz Glücker, Würzburg
Druck: Elsnerdruck, Berlin
Krimi: 5014
Lektorat: Annemarie Bruhns
Herstellung: Peter Papenbrok
ISBN 3-442-05014-6

Die Hauptpersonen

Hendrik Nurew	deutscher Schriftsteller, der in der Provence lebt
Anna Nurew	seine frustrierte Frau
Gerard Lasalle	Polizeikommissar, der selten mit Morden zu tun hat
Veronique Albert	seine hübsche und tüchtige Sekretärin, die nicht nur gut tippen kann
Ruth Wellmann	eine junge Deutsche, die mit ihrer Freundin Ariane Urlaub in der Provence macht
das Ehepaar Tallier	Pächter des Campingplatzes »Les Rosalies«
Olivier	ein Schüler, der null Bock hat

Der Roman spielt in einer kleinen Stadt in der Provence

Als Anna von dem Chemin du serpente in den schmalen Sandweg einbog, der zu ihrem Haus führte, dachte sie plötzlich daran, daß sie an dieser Stelle früher immer gehupt hatte. Zweimal kurz und einmal lang. Selbst wenn sie zehnmal am Tag nur für eine kurze Besorgung weggefahren war, hatte sie doch jedesmal ihre Rückkehr mit einem Hup-Signal angezeigt.

Und ein zweites Mal hatte sie gehupt, wenn ihr Wagen schwungvoll in die kiesbestreute Auffahrt eingebogen und einen halben Zentimeter vor dem schwarzen Blechtor zum Stehen gekommen war. Immer war dann Hendriks strubbeliger Kopf an dem kleinen Fenster oben im ersten Stock des Hauses erschienen, ein Fenster, das nicht einmal groß genug war, um seine breiten Schultern einzurahmen, ein Fenster, mit grüngestrichenem Rahmen und grünen Fensterläden in einer Hauswand aus groben, grauen provenzalischen Steinen, auf denen abends spät noch die Sonnenglut lag.

Wenn sie das Verdeck geöffnet hatte, winkte sie ihm zu, und er streckte die Hand aus dem Fenster, so als ahme er einen Hitlergruß nach, stramm und gerade die Hand, bis in die Fingerspitzen. Das war sehr komisch, und Anna mußte lachen, mußte wirklich jedesmal lachen, wenn er dann tat, als erschrecke er selbst über die Geste, und mit den Händen herumflatterte, sich dann die Haare noch mehr zerrubbelte und vom Fenster in den Schatten des Zimmers zurücktrat.

Manchmal, wenn sie jetzt nach Hause kam, legten ihre Finger sich immer noch ganz unbewußt auf die Hupe, aber dann sagte sie sich, daß es sinnlos geworden war, dieser Angewohnheit zu folgen.

Sie parkte den Wagen nun, obwohl sie immer noch eine gute Fahrerin war, nicht mehr schwungvoll, sondern ließ ihn auslaufen, und bremste auch schon immer einen halben Meter vor dem

Tor. Das andere, das, was sie früher getan hatte, gehörte wohl endgültig der Vergangenheit an, gehörte zu ihrem Übermut, mit Hendrik noch einmal ein neues Leben hier unten in der Provence angefangen zu haben, zu ihrem Glück, daß sie sich immer noch liebten, *comme des folles*, wie die Franzosen das nannten, wirklich ganz überströmend hemmungslos liebten.

Anna seufzte, als sie den Motor ausschaltete. Sie warf einen kurzen Blick in den Spiegel, um sich zu vergewissern, daß sie wirklich so müde und erschöpft aussah, wie sie sich fühlte. Wie zerschlagen, dachte sie, als sie müde den Türhebel herunterdrückte, in der letzten Zeit bin ich wie zerschlagen. Sie schaute nicht einmal mehr zu dem kleinen Fenster hinauf, sie tat das schon lange nicht mehr. Sie öffnete das schwarze kopfhohe Tor, das quietschend nachgab, und trat in den Innenhof.

Sandy, die treue Seele, lag unter dem Vordach neben dem Kaminholz auf ihrer zerlausten Decke und wedelte sanft mit dem Schwanz. Ihre großen dunklen Augen lächelten, als Anna zu ihr kam, ihr über den schmalen rehbraunen Kopf fuhr und murmelte: »Na, meine gute alte, meine liebe Freundin, dir gehts heute schlecht, wie? Aber warte, für morgen haben sie ein Gewitter angesagt, da wird es ein bißchen kühler. Da wirst du dich wieder besser fühlen.«

Sandy, die 14jährige Setter-Hündin, leckte mit ihrer rauhen Zunge über Annas Arm.

Als Anna sich aufrichtete, ihre schwarze Umhängetasche aus Leinen auf den Steintisch legte, neben die steinerne Fruchtschale, in der ein paar überreife Pfirsiche lagen, erhob sich auch Sandy, langsam, schwerfällig, und trottete hinter Anna her. Anna nahm ihren Napf, ein runder weißer Emaillenapf mit blauem Rand, und füllte ihn mit frischem Wasser aus dem Hahn, über dem der Gartenschlauch zusammengerollt hing. Wie immer lauschte sie, ob irgend etwas von Hendrik zu vernehmen war. Es war sehr still in dem Innenhof. Auch vom anderen Teil des Gartens, der noch leuchtend im Abendsonnenlicht lag, hörte man keinen Laut.

Anna sagte: »Hier, meine gute Alte, nachher gibt es Fressen« und stellte Sandy den Wassernapf hin.

Sie machte einen Schritt auf die Küchentür zu, die nur angelehnt war. Dann schüttelte sie plötzlich den Kopf, ging zum Tisch zurück, suchte sich einen Pfirsich aus der Schale, warf ihn aber, als Hunderte winziger Gewitterfliegen aus dem Grund der Schale aufstiegen, in hohem Bogen in die dichte Hecke, die das Grundstück vom Nachbarn trennte. Sandy wedelte mit dem Schwanz. Sie hatte höflicherweise ein paar vornehme Schlucke Wasser zu sich genommen, aber wohl eigentlich gar keinen Durst verspürt.

»Wo ist Herrchen?« fragte Anna. »Im Garten? Oder arbeitet er?«

Sandy wedelte stumm. Anna entdeckte eine Zecke an Sandys rechtem Ohr. Sie riß ein Weinblatt ab und benutzte es wie ein Kleenextuch, um den Blutsauger zu entfernen. Sandy schien erleichtert, sie schüttelte sich heftig und trabte nun, als wäre auf einmal alle Energie in ihren alten Körper zurückgekehrt, in den Garten, aus dem ein leichter Chlorgeruch herüberwehte.

Am Morgen hatte Anna neues Chlorpulver in das Schwimmbecken geschüttet. Es waren zu viele Menschen in der letzten Zeit dagewesen, zu viele Menschen, die Anna eigentlich nicht mochte. Sie hatte dann immer ein unangenehmes Gefühl, wenn sie in den Swimmingpool stieg, so als sei das Wasser durch diese Leute extrem verunreinigt.

Möglicherweise hatte sie in ihrem Widerwillen diesen Freunden von Hendrik gegenüber zu viel Chlor hineingeschüttet.

Sie folgte Sandy in den Garten. Der Rasen war frisch gemäht, reife Zitronen und honiggelbe Aprikosen leuchteten im Gras. Der Swimmingpool befand sich am äußersten Ende des Gartens, der durch Hibiskushecken völlig abgeschirmt war. In der Westecke gab es ein kleines Bootshaus mit einer Art Bar, die aber nur als Ablage benutzt wurde. Unter dem vorgezogenen Dach bewahrten sie die Gartengeräte auf. Es war ein Garten ohne Blumen. Irgendwie hatte sie es nie für nötig befunden, in dieser Landschaft Blumen zu pflanzen. Sie ließen im Mai den Rasen hoch werden, daß Kamille und Schafgarbe, Frauenschuh und sogar Lavendel darin blühen konnten, und Hendrik hatte jedesmal, wenn sie durch diese duftende Sommerwiese gestelzt waren, zu ihr gesagt: »Blumen pflanzt man nur in Ländern wie Deutschland oder England. Hier aber, in diese provenzalische Gegend, paßt nur das Natürliche. Man muß einfach das wachsen lassen, was schon da ist, was sich immer wieder selbst aussät. Wir wollen die Natur zu unserem Gärtner machen.«

»Dann ist es wohl der Zufall, den wir als Gärtner engagiert haben«, hatte Anna lachend geantwortet, aber natürlich hatte sie ihm zugestimmt, wie sie ihm in diesen Dingen meistens zustimmte.

Der Swimmingpool sah an diesem Tag besonders ruhig aus, das Wasser war vollkommen glatt. Nicht ein Blatt schwamm auf der Oberfläche, kein leichter Sommerwind kräuselte sie.

Sandy rieb sich leicht an Annas nackten Beinen, als Anna auf einen kleinen roten Fleck zuschritt, der sich auf diese Entfernung noch verschwommen ausnahm. Anna war kurzsichtig und konnte kleine Dinge aus der Entfernung nur mit Mühe erkennen. Jetzt aber, wo sie näher heranging, sah sie, daß es eigentlich zwei rote Flecke waren, zwei leuchtend rote, glänzende Dinge lagen da auf dem weißen Marmorrand des Pools. Hendrik hatte darauf bestanden, daß sie den Rand mit Marmor einfassen ließen, als sie das Haus kauften. Vorher hatte es da nur grauen stumpfen Beton gegeben, der, wie Hendrik meinte, ärmlich wirkte.

Das war ein Bruch in Hendriks Charakter, den Anna schon früher an ihm bemerkt hatte. In mancher Hinsicht war er, der sich als engagierter Schriftsteller verstand, ein echter Snob. So viel unterschied ihn nicht von den Leuten, die sie manchmal getroffen hatten, oben in Oliviers kleinem Restaurant, das immer mehr zu einem In-Treff der Jet-set-Leute wurde. Offenbar hatten die genug von dem Trubel unten an der »Croisette«, an dem »Boulevard des Anglais«, der mehr einer Autobahn als einer Strandpromenade glich. Sie drangen immer weiter in die Berge vor, drängten in die kleinen idyllischen Restaurants, die früher nur von Einheimischen und den paar Fremden, die sich hier angesiedelt hatten, besucht wurden. Und sofort kletterten natürlich die Preise in die Höhe, und es kam vor, daß die Einheimischen, die doch früher Stammkunden gewesen waren, an der Tür abgewiesen wurden, weil es keinen freien Platz mehr gab. Hendrik mokierte sich über die Gäste, die er jedoch fasziniert beobachtete: die goldenen Uhren an ihren Handgelenken, die kleinen Yorkshire-Terrier, die sie wie Plüschtiere unter dem Arm trugen, die lärmenden Feste, die sie dort feierten, Wein nachbestellten, ohne die Flaschen zu zählen, und die Mädchen in Begleitung dieser Reichen, die immer jünger, immer greller und immer selbstbewußter wurden, von Mal zu Mal.

Hendrik aber, der sich über diese Leute in seinen Büchern lustig machte, der mit beißender Ironie, mit zynischen vernichtenden Sätzen über sie schrieb, dieser gleiche Hendrik hatte einen Marmorrand für seinen Swimmingpool bestellt, und gelbweiß gestreifte Schaumstoffmatten, genau die gleichen, die es unten im »Charlton« von Cannes gab.

Anna wanderte, immer gefolgt von der freundlich wedelnden Sandy, auf die beiden leuchtend roten Flecken zu. Erst als sie ganz nah war, murmelte sie: »So was! Das sind ja Schuhe!«

Sie bückte sich und hob einen der kleinen roten Lackschuhe auf, kleine Schuhe, mit einer gleichfarbigen Ripsschleife als Verzierung; teure Schuhe, das sah man sofort, das konnte man fühlen, riechen.

Trotzdem war Anna irgendwie enttäuscht. Diese roten Flecken hatten sie erregt, hatten in ihrer Phantasie irgend etwas entstehen lassen. Ein Drama. Dachte sie an Blut? Dachte sie, daß irgend etwas passieren müßte, heute, endlich, nachdem sie so lange darauf vorbereitet war, daß irgend etwas geschah?

Sie hielt den Schuh in der Hand und schaute sich im Garten um. Der Platz war sonderbar aufgeräumt. Keine benutzten Handtücher lagen herum. Nicht einmal Hendriks Badehosen, die er immer umgekrempelt zum Trocknen auf das Gras legte. Keine leeren Gläser, geknickte Strohhalme, keine Teller mit Olivenkernen oder Salamischeiben, aus denen von der Sonnenglut die Speckstückchen herausgeschmolzen waren. Anna hatte sich daran gewöhnt, diese Picknick-Reste wegzuräumen, hatte jahrelang Teller und Gläser, an deren Ränder noch Lippenstiftreste klebten, ins Haus getragen, hatte fleckige Handtücher in die Waschmaschine geworfen, wortlos, stumm, ohne ihren Ekel zu zeigen, ihre Wut, ihre Verzweiflung.

Aber heute gab es nichts aufzuräumen. Es schien ihr beinahe, als habe Hendrik, nachdem er alle Spuren beseitigt hatte, diese Schuhe extra dort hingelegt, die kleinen Mädchenschuhe aus rotem Lack mit roten Ripsschleifen – extra dort auf den marmornen Rand gelegt, damit sie sie aufnehme, sie abfühle und das Etikett lese, auf dem der Name eines teuren italienischen Schuhdesigners stand. Es war übrigens Schuhgröße sechsunddreißig, also nicht eigentlich eine Kindergröße. Anna kannte Frauen, die so kleine Füße hatten und die oft ihre Schuhe in Kindergeschäften kauften. Anna hatte immer Frauen mit zierlichen Füßen beneidet, weil sie wußte, daß kleine Füße Hendrik erregten. Er war ein Fußfetischist. In seinen Büchern hatten die Frauen, die er liebte, immer kleine Füße und eine helle, fast weiße Haut.

Anna glaubte, daß Hendrik das absichtlich schrieb, um sie zu kränken. Sie streckte ihre großen Füße in flache Sandaletten, unter langen weiten Hosen, sie trug gerne indische, lose hängende Kleider, die bis auf die Zehenspitzen herunterfielen, um so diesen Makel, die großen, groben, immer leicht geröteten Füße vor Hendriks Augen zu verbergen.

Kein Zweifel, er hatte diese Schuhe da hingelegt als ein weiteres Zeichen der Beleidigung, der Kränkung. Alles hatte er aufgeräumt, nur diese Schuhe lagen da, provozierend in ihrer Erotik, in ihrer schamlosen Zierlichkeit. Anna hielt sie an die Nase, schnupperte daran, aber der Geruch des Fußes, der in diesen Schuhen gesteckt hatte, war verflogen, die Schuhe rochen nur nach dem gemähten Gras, nach getrockneter Kamille und auch ein bißchen nach Chlor.

Anna legte die Schuhe wieder hin, arrangierte sie so, wie sie gelegen hatten, und trat, langsam rückwärtsgehend, von dem Bild zurück.

Fast das Motiv für einen Werbefotografen: rote Lackschuhe auf einem weißen Marmorrand vor einem türkisblauen Swimmingpool. Ein Paar Schuhe, die eine Geschichte erzählten, ein

Paar Schuhe, die in Annas Kopf eine Sequenz von Bildern auslösten, die Geschichte einer Verführung, einer Verlockung. Ein kleines Mädchen oder eine junge Frau in roten Lackschuhen hatte hier am Marmorrand gesessen und mit ihren Lippen, die vielleicht genauso glutrot wie die Schuhe gewesen waren, hatte sie Hendrik zugelächelt, hatte ihn gelockt, mit ihrem kleinen Lachen verrückt gemacht, mit ihren unschuldigen blauen Augen (Annas Augen waren dunkelbraun) hatte sie ihn in ihren Bann gezogen, immer mehr, immer näher ... Sandy schaute an ihr hoch und bellte.

Anna erschrak. Sie fuhr sich mit den Fingern durch das Haar, und dann lächelte sie, während sie Sandy zärtlich streichelte. »Du bekommst jetzt dein Abendessen«, sagte sie.

Nebeneinander gingen sie auf das Haus zu.

Es gab zwei Türen, die zum Garten führten, französische Türen, aus kleinen Kassettenfenstern, schmal, mit grünen Holzläden, die jetzt aufgeklappt waren. Eine Tür führte in die Küche, die andere in das Wohnzimmer.

Oben im ersten Stock drei kleinere Fenster. Annas Schlafzimmer, Hendriks Schlafzimmer. In der Mitte das Bad. Alle Fenster waren geöffnet, aber der Blick ins Innere blieb an den engmaschigen Fliegengittern hängen.

Wie hatten sie das Haus geliebt, damals, als sie es kauften! Es war das Haus ihrer Träume. In der Tat hatte Anna früher oft ähnliche Häuser in ähnlichen Landschaften gemalt, in Öl, eine einfache Pinseltechnik, mit ungemischten Farben, die aber trotzdem eine starke Leuchtkraft hatten, naive Bilder, die niemand kaufen wollte und die nun alle oben in den Zimmern hingen.

Anna schien, daß die Stille, die von dem Haus ausging, an diesem Tag eindringlicher war, intensiver als sonst.

Überhaupt war es sonderbar ruhig. Auch aus der Nachbarschaft hörte man keine Stimmen, nicht die fröhliche hohe Stimme des kleinen Mädchens, das immerzu mit seiner Katze Dressurakte übte, nicht den Lärm von dem Neubau weiter unten am Hang, kein Hundegebell, keine Autos, keine Sirene. Sogar der Wind, der manchmal die harten Weinlaubblätter an der Hauswand gegeneinanderschlagen ließ, war heute nicht da. Ein leichter Wolkenschleier hatte sich über den Himmel gelegt, so daß er nun silberblau war, dunstig und angefüllt mit dem Blütenstaub unzähliger wilder, herbduftender Blumen. Anna betrat das Haus durch die Küche. Sie lauschte, während sie Sandys Napf spülte und Flocken hineinschüttete, die sie mit Milch aufgoß. Sandy japste gierig. Sandy liebte diese Hundeflocken immer noch, obwohl sie seit Jahren nichts anderes bekam. Sandy war ein genügsames Tier.

Im Haus war kein Laut zu hören. Hendrik saß offenbar nicht an der Schreibmaschine, deren Geklapper sonst das Haus in rhythmische Schwingungen versetzte. Vielleicht redigierte er gerade. Aber dann hätte sie seine halblaut gemurmelten Sätze gehört, sein Fluchen oder das Reißen von Papier, hätte seine Schritte auf den knarrenden Dielenbrettern gehört, Hendrik ging, während er seine Manuskripte las, immer im Zimmer hin und her.

Vielleicht, dachte Anna, während sie den Futternapf auf den blau-weiß gekachelten Boden stellte, hört er mit seinen neuen Kopfhörern Musik. Hendrik hatte diese Kopfhörer von seinem Verleger zu Weihnachten geschenkt bekommen. Japanische, die an den Ohren noch verstellbar waren.

Manchmal saß er so, wenn Anna nach Hause kam, im schattigen abgedunkelten Wohnzimmer, auf einem der zerschossenen Fauteuils, die nackten Füße in das abgeschabte Schaffell gekrallt, und hörte mit geschlossenen Augen Chopin. Oder Leonhard Cohen, Cat Stevens, Ella Fitzgerald. Mit diesen Stimmen war er aufgewachsen. Diese Lieder hatten ihn während seiner Jugendzeit begleitet, diese Stimmen liebte er noch immer.

Sie wusch ihre Hände unter dem laufenden Wasserhahn. Sie sah sich in der Küche um. Hendrik hatte abgewaschen, das Geschirr getrocknet und wieder in den Schrank zurückgeräumt. Die Küche wirkte für ihre Verhältnisse geradezu beängstigend sauber. An den Wänden standen zwei Gläser mit eingemachtem Obst, Gewürze in kleinen irdenen Töpfen, eine Schüssel mit Zwiebeln und Knoblauchzehen, ein Teller mit überreifen Tomaten, ein Stück harter Parmesankäse, ein hohes, schönes, grünes Glas, in dem italienische Nudeln lagerten.

Trotzdem wirkte die Küche aufgeräumt. So endgültig aufgeräumt. Anna spürte plötzlich einen kalten Windhauch, und sie schauderte. Die Haut zwischen ihren Schulterblättern zog sich zusammen, wie manchmal, wenn jemand, den sie nicht mochte, kurz davor war, ihr seine Hand auf die nackte Haut zu legen.

Dabei war es wahrscheinlich in der Küche eher schwül. Der Ventilator an der Zimmerdecke war ausgeschaltet. Fliegen krochen über die Fliesen, hin und wieder aufgescheucht von Sandy, die sich beim Fressen gestört fühlte. Sandys Schmatzen war das einzige Geräusch in dem Haus.

Anna ging von der Küche durch den kleinen fensterlosen Raum ins Wohnzimmer.

Obwohl sie es bereits wußte, wallte eine Woge von Enttäuschung durch ihren Körper, als sie sah, daß Hendrik nicht da war. Der Raum war leer, es roch nach Staub und Mottenpulver und trockener Farbe. Ihre Staffelei stand neben dem großen Holztisch, der früher, als sie noch ein gastliches Haus führten, als Speisetisch gedacht war.

Auf der Staffelei das angefangene Bild. Eine Wüstenlandschaft, grellheißer, gelber Sand wie in der Sahara, ein ausgehobenes Grab, dahinter ein roh gezimmertes Kreuz, darüber ein Himmel, der leer war. Als Hendrik sie gefragt hatte, warum sie ein solches Bild male, hatte sie nur mit der Schulter gezuckt und gesagt: »Ich weiß nicht. Vielleicht weil ich das schön finde.«

»Was findest du schön?« hatte Hendrik gefragt. »Was ist an diesem Bild schön?«

Sie hatte ihn angeschaut und gesagt: »Der Frieden.«

Diese Antwort hatte ihn ärgerlich gemacht, er war immer wieder auf das Bild zugegangen, hatte den Kopf geschüttelt. »Es ist noch nicht fertig«, hatte Anna schüchtern eingeworfen. »Es wird noch schöner.«

»Schöner? Was kann daran noch schöner werden?« hatte er erwidert, und dann, viel später, war er in die Küche gekommen, hatte ihr zugeschaut, wie sie Tomaten schnitt und Basilikumblätter mit Kreppapier abtupfte, und hatte gefragt: »Und für wen ist dieses Grab? Für dich oder für mich?«

Sie hatte unwillkürlich lächeln müssen wegen der Heftigkeit in seiner Stimme. Es hatte ihr auch gefallen, daß Hendrik zum ersten Mal einem Bild, das sie malte, wieder Aufmerksamkeit schenkte. Sein Interesse an ihrer Malerei war schon lange erloschen. Genau seit dem Tag, als endgültig feststand, daß keine einzige Galerie in ganz Südfrankreich sich für ihre Bilder interessierte.

Angeblich waren sie technisch nicht gut genug. Angeblich sah man diesen Bildern an, daß sie eine Hobbymalerin war. Aber wo war der Unterschied? Auch sie malte schließlich, um die Bilder zu verkaufen. Sie malte, weil sie Geld brauchte. Dringend Geld brauchte. Verzweifelt Geld brauchte. Aber das sagte sie den Galeriebesitzern nicht, sondern lächelte demütig, packte die Bilder wieder in ihr Auto und fuhr davon.

Anna schaute lange in den stillen, dämmrigen Raum. Auf den Buchrücken lag der Staub ebenso wie auf den Keramik-Krügen, dem alten Spinnrad, den Zeitschriftenstapeln in der Ecke. Zum ersten Mal fiel ihr auf, wie schäbig der Raum wirkte. Es war unmerklich schäbiger, ärmlicher geworden in den letzten Jahren, ganz unmerklich hatte sich die Armut eingenistet. Kein Geld für den Maler, kein Geld für eine neue Tischdecke, kein Geld, um die Stühle reparieren zu lassen, die Sessel neu zu beziehen. Die Felldecke über dem zerschlissenen Ledersofa war von Motten angefressen. Die Farbe blätterte von den Fensterrahmen. Auf dem Tisch lag, zusammengefaltet, eine zwei Wochen alte Zeitung, das Deckblatt vergilbt.

Anna seufzte. Sie ging auf die Treppe zu, vorbei an den leuchtenden Bildern, die sie gemalt hatte, Mittelmeerbilder mit Mittelmeerhäusern, blühenden Gärten und biegsamen Palmen. Oben im ersten Stock blieb sie stehen und horchte. Wieder war alles still. Nur aus dem Bad kam ein leises Geräusch. Die Wasserspülung des Klos hatte sich nicht selbständig ausgeschaltet, das geschah oft. Man hätte einen Klempner kommen lassen müssen, oder Hendrik hätte sich einmal mit der Werkzeugtasche nach oben bemühen müssen, aber der Klempner war zu teuer und Hendrik zu uninteressiert. Hendrik haßte Arbeiten im Haus. Er machte sich lächerlich über Leute, die einen ganzen Heimwerkerkasten im Keller hatten, die mit Bohrmaschine und Laubsäge ihre Familie traktierten. Er machte sich lustig über diese Leute, aber in seinen Romanen kamen sie vor, in seinen Romanen waren sie Helden, Arbeiter-Helden. Da hatte er eine Entschuldigung für dieses Hobby, hatte eine Erklärung dafür, daß sie nach der monotonen Fabrikarbeit etwas anderes tun mußten, da konnte er auch jede Laubsägearbeit verständnisvoll und geduldig erklären.

Anna atmete kaum noch, als sie über die knarrenden Dielen auf sein Arbeitszimmer zuging. Die Tür war nur angelehnt. Hendrik war nicht da. In der Schreibmaschine war ein weißes Blatt Papier eingespannt, das noch leer war. Überall, auf Stühlen, kleinen Tischen, Regalen, stapelten sich die Manuskripte. Eine Porzellankanne stand auf dem Tisch, neben einem Kaffeebecher, der noch halbvoll war. Die Milch hatte sich an den Rändern abgesetzt. Aus dem übervollen Aschenbecher drang ein beißender Geruch. Anna trat den Rückzug an, sie ging in das Badezimmer, schloß den Klodeckel und zog noch einmal an der Spülung. Dann ging sie in Hendriks Schlafzimmer. Das Bett war zerwühlt. Die Laken sahen aus, als seien sie einmal feucht gewesen und nun aber in der Hitze wieder getrocknet. Gebrauchte Tempotaschentücher lagen herum. Automatisch bückte Anna sich danach, roch daran und trug sie ins Badezimmer, wo sie sie in den Papierkorb warf.

Hatte Hendrik eine Frau bei sich gehabt?

Anna ging zurück, legte ihr Gesicht an das Laken und schnupperte. Manchmal konnte sie den Geruch von Frauenkörpern spüren, manchmal sogar noch die Wärme ihrer Körper, manchmal fand Anna Haare, blonde, schwarze, krause oder ganz glatte lange Haare, die sie mit spitzen Fingern aufhob, in ihre Handfläche legte und dann ins Bad trug, sie im Klo fortspülte. Aber jetzt roch sie nichts. Nur ein Gemisch aus kaltem Rauch und Lavendelseife, die er zur Zeit benutzte, und Mückenspray.

Anna legte sich flach auf das Bett ihres Mannes und schaute gegen die Decke. Der Ventilator drehte sich vollkommen geräuschlos, von dem Luftzug schaukelte die kleine Kordel mit dem schwarzen Knopf hin und her, stieß aber nirgends an. Hendrik hatte darauf bestanden, einen vollkommen geräuschlosen Ventilator in seinem Zimmer zu haben. Anna zog das Laken über ihren Körper, bis zur Nase, wickelte sich in das Laken ein und schloß die Augen.

Sie war müde. Sie war so erschöpft, daß sie glaubte, einschlafen zu können. Hendrik durfte nicht wissen, daß sie sich manchmal auf sein Bett legte, wenn sie von der Arbeit kam. Wenn er es wüßte, würde er von ihr verlangen, daß sie das Bett neu bezog. Er hatte ihr gesagt, vor genau einem Jahr und zwei Monaten, daß er ihren Geruch nicht mehr ertrug. Sie rieche säuerlich, hatte er gesagt, sie habe den Geruch von saurer Milch, der typisch ist für alternde Frauen. Ihr Geruch erinnere ihn daran, daß auch er älter würde, und diesen Gedanken ertrage er nicht.

Da war sie ausgezogen in ein anderes Zimmer.

Aber sie betrog ihn, indem sie sich in sein Bett legte, sobald er nicht da war. Manchmal lag sie hier sogar ganz nackt. Preßte ihren Abdruck in sein Laken, hüllte das Laken um ihren Körper, als wäre es seine Haut, sog seinen Geruch ein und dachte, ein paar Atemzüge lang, daß alles so wäre wie früher.

Vor ihren geschlossenen Augen tauchte plötzlich das Bild der roten Schuhe wieder auf. Und sie hatte auf einmal, während sie in Gedanken den Weg vom Haus durch den Garten zum Pool wiederholte, das sichere Gefühl, daß diese Schuhe eine Botschaft für sie waren.

Daß sie etwas bedeuteten, etwas anderes als die lippenstiftverschmierten Gläser auf dem niedrigen Tischchen neben dem Bett, etwas anderes, als das vergessene Bikinioberteil im Gras.

Es war etwas anderes. Zwei glutrote Lackschuhe in einem aufgeräumten leeren Garten, der ganz still war. Ein rotierender Ventilator in einem Schlafzimmer mit dem zerwühlten Bett. Und keine Nachricht von Hendrik. Manchmal legte er einen Zettel auf den Küchentisch, um ihr zu sagen, wohin er gegangen war. Wenn er zum Abendessen nicht zurück sein würde. Wenn jemand für sie angerufen hatte. das schrieb er auf, mit seiner kleinen, pedantisch wirkenden Handschrift. Anna stand hastig auf und lief in ihr Zimmer. Vielleicht hatte er eine Nachricht auf ihr Bett gelegt, die alte Kommode, in der sie die Bettwäsche aufbewahrte. Das Fensterbrett. Den Korbstuhl, über dem noch die Kleider hingen, die sie am Vortag getragen hatte.

Aber da war nichts.

Es gab keine Nachricht.

Anna schaute auf die Uhr.

Es war halb acht.

Sie zog sich ihren ärmellosen Pullover aus, die grauen Leinenhosen, ging ins Bad, stellte sich lange unter die Dusche, trocknete sich ab, ging in ihr Zimmer zurück, nahm ein leichtes frischgebügeltes Sommerkleid aus dem Schrank, setzte sich an die Kommode vor den kleinen Jugendstilspiegel und schminkte sich sorgfältig.

Dann versteckte sie ihre groben roten Füße in ausgetragenen hochhackigen Schuhen, stieg die Treppe wieder hinunter und ging zum Telefon.

Sie blätterte eine Weile in dem Telefonbuch, dann wählte sie eine Nummer. Sandy war zu ihr gekommen und hatte sich neben ihren Füßen zusammengerollt, die Schnauze in das Schaffell gepreßt. Anna bückte sich, um sie zwischen den Ohren zu kraulen. Sofort wedelte Sandy. Sie liebte es, zwischen den Ohren gekrault zu werden.

»Ist dort das Polizeikommissariat?« fragte Anna, ohne ihre streichelnde Bewegung zu unterbrechen. Sandy hatte für ihr Alter immer noch ein ganz jugendliches seidiges Fell.

»Ja, Madame. Mit wem spreche ich?«

»Mein Name ist Anna Nurew. Kann ich den Kommissar sprechen, bitte?«

»Worum geht es denn, Madame?«

»Das möchte ich lieber dem Kommissar sagen.«

Eine kleine zögernde Pause. Offenbar überlegte der Polizist, ob er Madame zu seinem Chef durchstellen sollte oder nicht. Ihre Stimme klang ruhig, keineswegs erregt. Ein Notfall oder eine besondere Wichtigkeit lag wohl nicht vor. Aber dann entschloß er sich plötzlich.

»Gut, Madame, ich stelle durch. Einen Augenblick, bitte.«

Anna wartete. Sie lächelte Sandy zu, die ihren Kopf gehoben hatte und sie nun anschaute mit jenem treuen zärtlichen Blick, der sie in Annas Augen so unwiderstehlich machte.

Es klickte. »Hier spricht Polizeikommissar Gerard Lasalle. Womit kann ich Ihnen dienen, Madame?«

Anna lächelte Sandy zu. »Ich möchte einen Mord melden, Monsieur«, sagte sie. Ihre Stimme klang ganz ruhig. Mit dem gleichen Ton hätte sie auch dem Klempner gesagt, daß die Klospülung nicht funktioniert.

Gerard Lasalle legte die Zigarre, die er eben geraucht hatte, behutsam auf dem Aschenbecherrand ab. Er richtete sich kerzengerade in seinem Drehstuhl auf und sagte: »Einen Mord, Madame?«

Bei dem Wort Mord zuckte Veronique Albert, eine Sekretärin, wie elektrisiert zusammen. Sie stand auf einer kleinen Leiter, um die Akten in dem oberen Fach zu ordnen. Manchmal glaubte Gerard Lasalle, daß sie nur deshalb so oft die Akten dort oben sortierte, weil sie ihm immer wieder einmal einen Blick auf ihre langen geraden Beine gönnen wollte. Übrigens trug Veronique immer Seidenstrümpfe, selbst bei größter Hitze. Irgendwann würde er sie einmal fragen, ob das nicht unangenehm ist. Dieser enganliegende Stoff auf der heißen Haut ...

Veroniques schöne, grüne Augen verengten sich zu einem Schlitz. »Mord?« flüsterte sie. Vielleicht sprach sie es gar nicht aus, nur die Lippen formten das Wort. Veronique hatte einen schönen Mund, eine tiefe Oberlippenfalte und eine feste wulstige Unterlippe, und wenn sie sie wie bei dem Wort »Mord« zu einem O formte, dachte Gerard augenblicklich an Sex.

Gerard drückte auf eine Taste, und nun hörte auch Veronique die Stimme der Anruferin, die durch den Lautsprecher verstärkt wurde.

»Ja, Monsieur, einen Mord.«

Gerard zwingerte Veronique zu. Da hast du endlich deinen Mord, wollte er sagen, auf den du schon so lange gewartet hast. Ich hab's doch gemerkt, wie langweilig du die Routinearbeit findest. Du hast dir vorgestellt, daß es hier bei uns genauso zugeht, wie in jenem Polizeikommissariat, das sie immer im Fernsehen zeigen; da mußte die Enttäuschung natürlich groß sein.

»Madame«, sagte Gerard Lasalle, »bitte geben Sie noch einmal Ihren Namen und Ihre Adresse an.« Er gab Veronique ein Zeichen, daß sie mitschreiben sollte.

»Mein Name ist Anna Nurew. Das habe ich schon einmal gesagt. Dem anderen Herrn, der zuerst am Telefon war.«

»Das war mein Kollege«, sagte Gerard Lasalle ungerührt. »Sie sind keine Französin, Madame?«

»Nein, ich bin Deutsche. Wir sind beide Deutsche, mein Mann und ich. Aber wir wohnen hier in La Tournelle. Seit fünf Jahren schon. Chemin du serpente fünfundsechzig.«

»Schreiben Sie«, murmelte Gerard, als Veronique den Kugelschreiber sinken ließ. »Schreiben Sie alles mit.«

»Danke, Madame«, sagte er ins Telefon. »Wollen Sie mir nun bitte sagen, wo der Mord stattgefunden hat?«

»Das weiß ich nicht«, sagte Anna.

»Sie wissen es nicht? Sie haben also nur davon gehört?«

»Nein«, sagte Anna. »Das auch nicht.«

Gerard Lasalle hob die Augen zur Zimmerdecke. Er holte tief Luft, um seine Gereiztheit zu kontrollieren. Offenbar handelte es sich auch in diesem Fall um eine Finte. Eine Frau, die sich interessant machen wollte.

»Würden Sie mir dann bitte sagen, Madame, weshalb Sie mich anrufen, um mir einen Mord zu melden?«

Einen Augenblick war es still. Gerard glaubte, im Hintergrund ein merkwürdig hechelndes Geräusch zu hören, das er nicht identifizieren konnte. Dann sagte Anna zögernd: »Ich spreche doch mit dem Kommissar, nicht wahr?«

»Das sagte ich bereits.«

»Also dann ... ich möchte einen Mord melden.«

Gerard öffnete einen weiteren Hemdenknopf und zog das kleine goldene Kettchen, an dem er ein Amulett trug, heraus. Er spielte mit dem Amulett, während er in Veroniques Augen schaute. Sie hatte wirklich Katzenaugen. Ein apartes Mädchen. Merkwürdig, daß sie sich ausgerechnet hier für den Job gemeldet hatte. Unten in Nizza, in dem Sekretariat der Internationalen Filmfestspiele wäre sie besser aufgehoben. Da hätte sie womöglich noch ein amerikanischer Filmproduzent entdeckt. Aber hier? In dem kleinen Nest La Tournelle?

»Madame, Sie haben gesagt, Sie wissen nicht, wo der Mord stattgefunden hat. Dann gibt es also auch keine Leiche?«

»Das weiß ich nicht«, flüsterte Anna. »Ich habe sie jedenfalls nicht gesehen.«

»Madame. Darf ich also annehmen, daß Sie über eine Information verfügen, aus der Sie schließen, daß ein Mord geschehen ist?«

»Ja«, antwortete Anna erleichtert, »ja, so ist es.«

»Und welcher Art ist diese Information?«

»Es sind rote Lackschuhe, Monsieur, Größe sechsunddreißig, mit einer Ripsschleife aus dem gleichen Rot. Cyklamrot, Monsieur. Ich bin Malerin. Es ist ein sehr seltenes Rot. Ich weiß, daß mein Mann diese Farbe besonders liebt.«

»Ihr Mann? Sie meinen, diese Schuhe haben Ihrem Mann gehört?«

»Nein, natürlich nicht. Mein Mann hat Schuhgröße zweiundvierzig. Mein Mann heißt Hendrik. Er ist Schriftsteller. Ich weiß nicht, ob Sie seine Bücher kennen. Er schreibt keine Detektiv-Romane.«

Gerard stöhnte lautlos. Sollte er dieser Frau sagen, daß ein Polizist nicht ausschließlich Kriminalromane las? Sollte er ihr erklären, daß er in der Tat ein Mann war, der die Künste liebte, die schönen Künste? Sollte er ihr erklären, daß er in seiner Wohnung über eine Bibliothek verfügte, die so groß war, daß schon ein Statiker kommen mußte, um die Stärke der Deckenbalken zu berechnen? Man mußte fürchten, daß unter der Last der Bücher die tragenden Wände zusammenzubrechen drohten. So viele Bücher, Madame, habe ich in meiner Wohnung.

»Diese Schuhe, Monsieur, gehören entweder einem Kind, einem kleinen Mädchen oder einer jungen Frau. Ich glaube aber, daß sie eine sehr junge Frau sein muß.«

»Warum glauben Sie das?«

Es entstand eine Pause. Gerard fragte sich, was die Frau jetzt wohl tat. Versuchte, sich vorzustellen, aus welchem Raum sie telefonierte. War sie eine Verrückte? Rote Lackschuhe, mein Gott ...

»Ich habe sie an unserem Swimmingpool gefunden. Sie lagen da ... so komisch ... wissen Sie, wie die Schuhe einer Puppe, der man die Glieder verrenkt hat ... so unwirklich, wissen Sie. Es war mehr ein Bild. Es war mehr ein Signal. Nicht einfach nur ein Paar Schuhe, die jemand an unserem Swimmingpool vergessen hatte. Ich wußte sofort, daß mein Mann mir damit eine Botschaft vermitteln wollte.«

Veronique, die immer noch mitschrieb, in ihrer großen krakeligen Kurzschrift, die niemand lesen konnte außer ihr selbst, schaute einen Augenblick auf. In ihren Augen mischte sich Verblüffung und Erheiterung. Ob sie diese Frau am Telefon auch für verrückt hielt?

Gerard zwinkerte ihr komplizenhaft zu. Er schwenkte seinen Stuhl ein wenig herum, den Hörer immer noch zwischen Kopf und Schulter gepreßt, und schaute durch die hohen schmalen Fenster nach draußen. Das Polizeikommissariat lag an dem größten Platz von La Tournelle. Es war schon zu Napoleons Zeiten eine Art Präfektur gewesen, ein ehemals pompöses, ehrfurchteinflößendes Haus, das heute etwas heruntergekommen wirkte. Mit einem bißchen Farbe, hatte Gerard Lasalle immer wieder gemeint, könnte man daraus ein Schmuckstück machen. Ein verblichenes Rosa, das ein wenig ins apricofarbene hinübergeht, dazu meerblaue Fensterläden, das würde ihm gefallen. Aber ihn fragte man ja nicht. Der Platz war sehr schattig. Er war auch mittags, wenn die Sonne sehr hoch stand, immer noch schattig. Auch die Platanen, deren Baumkronen sich zu einem dichten Dach verschlungen hatten, stammten aus Napoleons Zeiten. Jedenfalls ungefähr. Der Platz hatte sich in Hunderten von Jahren nicht verändert. Die fleckigen Stämme der Platanen, der rote Lehmboden, die schmiedeeisernen schwarzen Bänke, auf denen immer ein paar alte Männer saßen. Seit einem Jahr jedoch gab es mitten auf diesem Platz, der so lange unberührbar gewesen war, einen häßlichen Kiosk, eine Art Imbißbude, um die sich Touristen drängten, Cola aus Dosen tranken und eine Art Sandwich aßen. Die Einheimischen kauften nie etwas an diesem Kiosk, und Gerard fand ihn ekelhaft. Eltern hatten ihre kleinen Kinder gewarnt, ihre Kaugummis oder ihr Eis dort zu kaufen. Sie gingen weiterhin zu Mademoiselle Jolie neben dem Postamt. Die Alten blieben ihren Bars und Cafés treu, sie kamen erst abends, wenn die Touristen verschwunden waren, auf den Platz, um ihre Runde Boule zu spielen. Ein junger Mann, der einen Kinderwagen schob, überquerte den Platz. Er lenkte den Wagen mit einer Hand und hielt in der anderen die Sportzeitung. Das Baby hatte sich so weit aus dem Kinderwagen hinausgebeugt, daß es zu stürzen drohte. Aber der besorgte Vater hatte gerade noch rechtzeitig aus der Zeitung aufgeschaut und verstaute das Kleine sorgsam zwischen die Kissen.

»Monsieur ...«, sagte Anna ängstlich, »sind Sie noch da?«

»Natürlich. Ich höre Ihnen zu. Ich warte darauf, daß Sie mir noch etwas sagen.«

»Mehr gibt es nicht zu sagen, Monsieur.«

Gerard schaute auf die Uhr. Viertel vor acht. Um acht Uhr war er mit seinem Freund Marius verabredet. Sie wollten die Schachpartie zu Ende bringen, die sie letzte Woche begonnen hatten. Das letzte Spiel war ein Remis gewesen. Diesmal wollte Gerard ihn eigentlich schachmatt setzen.

»Madame«, sagte Gerard ruhig und fast beschwörend, »Sie wissen ebensogut wie ich, daß ein Paar rote Lackschuhe, die Sie in Ihrem Garten gefunden haben, noch gar nichts bedeuten.«

»Doch, Monsieur. Diese Schuhe bedeuten etwas. Es sind exakt die Schuhe, die mein Mann in seinem neuen Buch beschreibt. Ganz genau diese Schuhe. Sie gehörten einem Mädchen. In dem Buch heißt das Mädchen Anna. So wie ich. Mein Mann weiß nicht, daß ich das Manuskript immer lese, jeden Tag, alles was er geschrieben hat.«

Gerard war kurz davor, die Geduld zu verlieren. »Und was geschieht mit dem Mädchen in dem Buch?« fragte er.

»Sie wird umgebracht, Monsieur. Aber ich weiß noch nicht wie. Ich glaube, mein Mann weiß es auch nicht. Er kann es erst schreiben, wenn er es getan hat, verstehen Sie? Er kann immer nur das schreiben, was er gesehen hat.« Ihre Stimme wurde plötzlich dringender, flehender. »Bitte, Monsieur. Wollen Sie nicht herkommen? Wir müssen etwas tun! Vielleicht hat er sie noch nicht getötet.«

»Von wem sprechen Sie eigentlich?« fragte Gerard. »Wer tötet wen?«

»Mein Mann«, sagte Anna. »Mein Mann ist der Mörder.«

»Nun gut, Madame«, sagte Gerard mit einem leichten, unhörbaren Seufzer. »Ich werde zu Ihnen kommen.«

»Danke«, flüsterte Anna, »danke. Chemin du serpente fünfundsechzig.«

Sie legte auf.

Gerard schwenkte seinen Sessel herum. Er schaute Veronique forschend an. »Nun? Was halten Sie von der Geschichte? Ist die Frau verrückt oder nicht?«

»Ich weiß nicht«, sagte Veronique. »Ihre Stimme klang so ... so betont ruhig. Man weiß nicht, ob sie sich nur besondere Mühe gegeben hat, ruhig zu wirken, sich zu beherrschen ...«

» ... oder ob sie so ruhig war, weil eigentlich gar nichts los ist«, vollendete Gerard den Satz. »Sehr gut möglich, daß diese Frau nur eifersüchtig ist. Daß sie ihren Mann mit ihrer Eifersucht verfolgt. Offenbar hat er eine Leidenschaft für sehr junge Mädchen und sie, na, wie alt schätzen sie die Dame?«

»Dreißig?« riet Veronique aufs Geratewohl.

Gerard wiegte den Kopf. »Eher älter, würde ich sagen. Wahrscheinlich kurz vor dem Klimakterium. Da kommen zu den Depressionen oft noch Wahnvorstellungen hinzu.« Er lächelte. »Eigentlich sollte ich besser einen Psychiater hinschicken. Mir scheint, dieser Mord, von dem die Frau geredet hat, findet nur in ihrer Phantasie statt.«

Er knöpfte seinen Kragen zu und zerrte das Jackett von der Stuhllehne.

»Und ich wollte Marius heute abend beim Schach mattsetzen.«

»Aber warum fahren Sie denn überhaupt hin, wenn Sie sowieso nicht an die Geschichte glauben, Monsieur Lasalle?«

Gerard streckte seine Hand aus und tätschelte ihre Wange. Er tat das gerne. Sie hatte eine so besonders weiche seidige Haut, die geradezu dazu einlud, gestreichelt zu werden. Veronique errötete dann immer ein bißchen, und das steigerte noch Gerards Vergnügen.

»Der größte Fehler eines Polizisten, meine Liebe«, sagte er väterlich, »ist, wenn er ausschließlich seinem Instinkt folgt. Der Instinkt führt einen machmal auf den falschen Weg. Jetzt zum Beispiel«, er grinste, »würde mein Instinkt mir sagen, ach, Gerard, vergiß die Geschichte. Eine verrückte Alte, die eifersüchtig ist, weil ihr Mann sie mit einem Mädchen mit roten Lackschuhen betrügt. Nichts dran an der Geschichte. Fahr zu deinem Marius und mach den Zug, der dir schon lange im Kopf herumspringt. Setze den Springer auf e acht.«

»Aber Sie fahren nicht zu Marius.«

»Nein«, sagte Gerard. »Ich fahre zu Madame. Ich tue es, weil ich sonst das Gefühl hätte, meine Pflichten zu vernachlässigen. Schließlich werde ich nicht dafür bezahlt, daß ich Marius mit meinem Springer matt setze, oder?«

Er streckte noch einmal seine Hand nach ihrer Wange aus, aber Veronique hatte, vielleicht unabsichtlich, ihr Gesicht eben so weit abgewandt, daß er sie nicht berühren konnte.

Um fünf Minuten vor acht verließ Gerard Lasalle das Polizeikommissariat. Es war immer noch sehr schwül. Die Gewitterwolken hatten sich verzogen. Der befreiende Regen würde wieder nicht kommen.

Polizeikommissar Gerard Lasalle war zweiundfünfzig Jahre alt. Seine »Midlife-crisis« lag hinter ihm, mit neunundvierzig hatte er sich von seiner Frau, die er fünfundzwanzig Jahre zuvor unter dem Druck der öffentlichen Meinung geheiratet hatte, scheiden lassen. Die Tochter, deretwegen er damals sein fröhliches Junggesellenleben aufgegeben hatte, war nun selbst verheiratet, und seine Frau war nach Paris gezogen, wo sie – so jedenfalls hatte sie es Gerard bei dieser endgültigen Aussprache unter Tränen entgegengeschleudert, einmal glücklich gewesen war – natürlich vor ihrer Heirat.

Gerard lebte jetzt, zusammen mit einem dicken kastrierten Kater, in einem der neuen Appartements, die etwas außerhalb von La Tournelle gebaut worden waren, eine sehr moderne, fast gewagte Architektur; die beiden Terrassenhäuser sahen aus, als wären sie an den Felshang geklebt worden. Man hatte einen herrlichen Blick in die Schlucht, hörte nachts, wenn der Straßenlärm verebbte, sogar das wilde Rauschen des Wasserfalles. Gerard wohnte dort mit seinen dreitausend Büchern, einer Sammlung arabischer Schachspiele und dem Kater Pernod.

Als er jetzt seinen dunkelblauen Renault in Richtung Süden lenkte, blickte er immer wieder über die Schlucht hinweg, weil es der einzige Punkt war, von dem aus man sein Appartement sehen konnte. Die Vogeleschen waren fast verblüht und verströmten einen herrlichen Geruch. Genau in jenem Augenblick als der Durchblick kam und Gerard das Tempo drosselte, näherte sich ihm ein Bus mit lärmenden, winkenden Fußballern, die ihm alle betrunken etwas zuriefen. Gerard reagierte nicht, sondern setzte, nun plötzlich weniger fröhlich, seinen Weg fort.

Einen halben Kilometer später mußte er bremsen. Vor ihm hielt ein VW-Kombi mit niederländischem Kennzeichen. Der Fahrer des Wagens, ein krebsroter Mann mit wachsblonden Haaren, redete heftig auf eine junge Frau ein, die Gerard bekannt vorkam. Als Gerard ausstieg und auf die beiden zuging, erkannte er Denise Arnot, die Frau des Immobilienmaklers Arnot, von dem Gerard damals sein Appartement gekauft hatte.

Der kleine Peugeot von Frau Arnot stand quer zur Fahrbahn, der hintere rechte Kotflügel war vollkommen eingedrückt, das Rad hatte sich in dem Blech verklemmt.

Offenbar waren die beiden Fahrzeuge zusammengestoßen,

Gerard konnte sich nur keinen Reim darauf machen, wie es zu dem Unfall gekommen war.

Der Holländer, ein Mann mit kurzen hellblauen Shorts und einem roten T-Shirt, das einen Teil seines Bauches freiließ, sprach in einem unverständlichen Französisch immer wütender auf Frau Arnot ein, die sich, als sie Gerard Lasalle erkannte, fast weinend in seine Arme flüchtete.

»Welch ein Glück, daß ausgerechnet Sie vorbeigekommen sind, Monsieur!« rief sie. »Ich bin ganz verzweifelt. Mein neues Auto! Erst fünftausend Kilometer habe ich damit gefahren! Und nun hat dieser Mensch es mir kaputtgemacht. Nicht wahr, wenn einer auffährt, ist er doch auf alle Fälle schuld? Können Sie nicht ein Protokoll aufnehmen?«

Gerard lächelte. »Aber ich bin doch kein Streifenpolizist, Madame.« Er ärgerte sich ein bißchen, daß die Leute niemals wirklich zwischen den Dienstgraden unterscheiden konnten. Für sie blieb ein Polizist immer ein Polizist, selbst wenn er Präfekt geworden war. Die Leute dachten wohl, er führe ständig mit einem Protokollheftchen spazieren und einem Zentimetermaß, um gleich die Bremsspuren der Autos zu vermessen.

»Sie sind von der Polizei?« fragte der Holländer. »Sehr gut, dann erklären Sie dieser Dame bitte, daß ich den Namen ihrer Versicherung wissen möchte. Ich werde das alles von Amsterdam aus klären lassen. Sie hat gebremst ohne Grund, da mußte ich ja auf sie auffahren.«

»Ohne Grund? Ich habe Ihnen doch gesagt, daß ein großer Stein den Abhang heruntergerollt ist, direkt an meinem Wagen vorbei. Wenn ich nicht gebremst hätte, wäre womöglich ein noch größeres Unglück geschehen!«

»Ein Stein?« Der Holländer lachte gereizt. »Und wo ist dieser Stein jetzt, bitte? Wieso habe ich ihn nicht gesehen?«

»Ja«, sagte Gerard, »wo ist der Stein, Madame Arnot?«

Die Straße war vollkommen leer. Man konnte nicht einmal eine Spur sehen, die der Stein hinterlassen hatte.

Jetzt weinte Denise Arnot wirklich. Sie konnte die Tränen einfach nicht mehr zurückhalten. »Aber er ist weitergerollt! Über die Straße und weiter den Abhang hinunter. Richtig gesprungen ist er. Einen Augenblick dachte ich, er würde meine Windschutzscheibe zertrümmern. Ich mußte einfach bremsen.« Heftig wandte sie sich an den Holländer. »Sie hätten ja nicht so dicht auffahren müssen! Es hat mich ohnehin gestört. Den ganzen Weg von La Tournelle sind Sie so dicht hinter mir gefahren. Das hat mich ganz nervös gemacht.«

»Ich wollte überholen«, sagte der Holländer achselzuckend, »aber auf dieser kurvenreichen Straße ist das ja kaum möglich.«

Gerard Lasalle verspürte keine große Lust, weiter Zeuge dieses Streites zu sein. »Ich werde über Funk einen Streifenwagen rufen«, sagte er und ging zu seinem Auto zurück.

Er mußte einen Augenblick warten, bis sich in der Funkzentrale jemand meldete. »Hallo, hier ist Lasalle. Schickt einen Wagen auf die RN 12. Kilometerstein 13,5. Es ist ein Unfall aufzunehmen.«

»Ich habe verstanden, Herr Kommissar. Gibt es Verletzte? Soll ich einen Krankenwagen schicken?«

»Keine Verletzten. Der Streifenwagen genügt.«

Er startete seinen Motor und fuhr langsam an die beiden Wagen heran. »Der Streifenwagen wird in wenigen Minuten hier sein«, sagte er. »Können Sie mir bitte ein Zeichen geben, ob ich an Ihrem Auto vorbeikomme?«

Madame Arnot lief auf ihn zu. Ihre Schminke war von den Tränen verwischt. Ihre Unterlippe zitterte immer noch. »Danke, Monsieur Lasalle«, flüsterte sie. »Sie sind sehr liebenswürdig. Stellen Sie sich vor, ich hätte mit diesem Menschen da allein verhandeln müssen.«

»Es wird alles gut werden Madame, machen Sie sich keine Sorgen.« Gerard lächelte ihr aufmunternd zu. Der Holländer stand schon breitbeinig da und winkte ihn mit der internationalen Zeichensprache der Autofahrer durch das Nadelöhr zwischen dem Felsen und dem demolierten Auto von Madame Arnot.

Um zwanzig Minuten nach acht zog Gerard Lasalle an der Schnur, die von der Messing-Glocke neben dem schwarzen

Blechtor herabhing. Hinter dem Tor begann wütendes Hundegebell, schließlich hörte Gerard die Stimme von Anna, die den Hund besänftigte.

Sie schob von innen den Riegel zurück und öffnete.

»Sind Sie der Kommissar?« fragte sie ihn aufmerksam musternd.

Gerard verbeugte sich leicht. »Darf ich eintreten?«

Anna sah anders aus, als er sie sich nach ihrer Stimme vorgestellt hatte. Ihre ruhige Stimme, eine schöne wohlklingende Stimme paßte nicht zu dem gehetzten und verhärmten Gesichtsausdruck, den sie hatte. Dabei war ihr Gesicht sehr schön. Ein klares, sehr ausgeprägtes Profil mit einer großen Nase. Anna hatte dunkle, weit auseinanderstehende Augen unter buschigen Augenbrauen. Die Lippen waren ein wenig schmal, wie bei Frauen, bei denen das Sinnliche im Leben immer zu kurz gekommen war. Ihre langen schmalen Hände hantierten ständig nervös herum. Gerard erinnerte sich, daß sie gesagt hatte, sie sei Malerin. Sie hatte einen resoluten, männlichen Gang. Gerard mußte sich sputen, wenn er ihr auf dem Weg vom Tor zum Innenhof auf den Fersen bleiben wollte. Sie kam ihm vor wie eine Marathonläuferin. Sie hatte das Kreuz von Sportlerinnen und kräftige, fast männliche Waden. Sein Blick glitt weiter zu ihren Füßen. Er stellte fest, daß Anna außerordentlich grobe Füße hatte.

»Bitte«, sagte Anna, sich kurz zu ihm umwendend, »ich werden Ihnen die Stelle zeigen, wo diese Schuhe gelegen haben. Ich habe sie genau dorthin zurückgelegt. In der gleichen Position. Sie werden sehen, daß ich recht habe. Es sieht sehr unwirklich aus.«

Gerard folgte ihr stumm. Der schmale Plattenweg führte quer durch den Obstgarten zum Swimmingpool. Das Licht wurde allmählich dämmrig, bald würde der Mond aufgehen. Einen Augenblick überlegte Gerard, ob sie zunehmenden oder abnehmenden Mond hätten, aber Anna unterbrach ihn bei seinen Gedanken.

»Mein Mann ist übrigens noch nicht zurück«, sagte sie. »Er hat auch nicht angerufen.«

»Ach, Sie haben Ihren Mann zurückerwartet? Wäre er da nicht sehr überrascht, mich zu sehen? Wie wollen Sie ihm erklären, daß ich hier bin?«

Anna wandte sich zu ihm um. Sie lächelte. »Ich weiß es nicht«, sagte sie. »Ich habe mir darüber keine Gedanken gemacht. Wir reden nur noch sehr selten miteinander, mein Mann und ich. Wahrscheinlich hätte er geglaubt, daß Sie ein Bild von mir kaufen wollen. Nachher zeige ich Ihnen meine Bilder.«

O Gott, dachte Gerard, worauf habe ich mich eingelassen. Was will ich eigentlich hier? Diese dämlichen roten Lackschuhe. Was gehen mich diese roten Lackschuhe an ...

Anna blieb stehen. Sie deutete auf eine Stelle. »Da«, sagte sie.

In der Tat sah Gerard Lasalle nichts außer einem Paar, allerdings sehr schöner, leuchtend roter Lackschuhe, die eine rote Ripsschleife hatten. Eine sehr strenge Schleife. Sie lagen auf dem marmornen Beckenrand. Sie lagen genauso, wie Schuhe nun einmal liegen, wenn man sie auszieht und nicht sorgfältig parallel wieder aufstellt. Sie lagen einfach da.

»Sehen Sie?« fragte Anna.

»Ich sehe ein Paar Schuhe«, sagte Gerard Lasalle. Er hob die Augen und blickte Anna an. »Das ist alles.«

Anna zupfte nervös an ihren Ohrringen. »Es kann sein«, sagte sie kleinlaut, »daß es auf Sie keinen besonderen Eindruck macht. Das habe ich mir auch schon gesagt, daß es vielleicht keinen Eindruck auf Sie machen würde. Deshalb habe ich das Manuskript meines Mannes aus seinem Arbeitszimmer geholt. Ich hätte gerne, daß Sie einige Passagen daraus lesen. Das Problem ist nur, er darf es nicht wissen. Hendrik erlaubt niemandem, seine Manuskripte zu lesen, bevor sie gedruckt sind.«

Gerard räusperte sich. »Ich möchte auch nicht indiskret sein, Madame. Ich habe gar nicht das Recht, sein Eigentum anzufassen, wenn er es mir nicht ausdrücklich gestattet. Es liegt ja nichts gegen ihn vor.«

Anna sah ihn an. In ihrem Gesicht zuckte es. Gerard sah die vielen tiefen Falten an ihrem Mund. Ein Kranz von Falten um die Lippen herum. Er dachte, daß sie eine unglückliche Frau sein mußte. Er dachte, daß sie darunter leidet, daß ihr Mann junge Freundinnen hat, daß sie es nicht mehr ertragen konnte. Gerade heute, an diesem schwülen gewittrigen Tag, war vielleicht alles für sie unerträglich geworden. Sie wollte etwas tun. Und weil ihr nichts anderes eingefallen war, hatte sie einfach beim Polizeikommissariat angerufen.

Anna las in seinem Gesicht. Schließlich nickte sie. Sie bückte sich, hob die Schuhe auf und hielt sie ihm hin. »Ich möchte, daß Sie wenigsten die Schuhe mitnehmen.«

»Aber warum, Madame?« Gerard legte die Hände auf den Rücken.

»Weil es Beweismaterial ist. Indizien. Es ist doch möglich, daß einmal ein Augenblick kommt, wo diese Schuhe der einzige sichtbare Beweis sind, nicht wahr?«

Sie ist verrückt, dachte Gerard. Sie ist wirklich verrückt. Ich hätte nicht kommen sollen. Welch ein Unsinn. Was will ich hier überhaupt? Ihm fiel plötzlich ein, daß er bei seinem Freund Marius nicht einmal angerufen hatte. Der saß jetzt, den Rotwein bereits in die schöne Karaffe mit dem Silberhals umgefüllt, über dem Schachbrett und grübelte, welchen Zug der Gegner wohl als nächsten machen würde. Gerard nahm die Schuhe nur, damit es ein Ende hatte. Damit die Frau beruhigt war, daß etwas geschah. Er nahm sie nur, um schneller wieder davonzukommen. Er wollte den Springer auf e acht setzen. Dagegen hatte Marius kein Mittel, das wurde ihm immer klarer. Kein Mittel ...

»Also, ich werde die Schuhe mitnehmen, Madame«, sagte er, sich zum Gehen umwendend. »Falls der Eigentümer sie zurückverlangt, werden sie selbstverständlich sofort ausgehändigt.«

»Niemand wird sie zurückverlangen, Monsieur«, sagte Anna. »Denn wie kann man etwas zurückverlangen, wenn man tot ist?«

Erst als sie zum Haus zurückgingen, sah Gerard die Hündin. Sie lag zusammengerollt auf ihrer Matte und hechelte mit weit heraushängender Zunge.

»Er ist wohl schon sehr alt?« sagte Gerard.

»Es ist eine Hündin. Sie heißt Sandy. Sie ist vierzehn Jahre. Ich habe sie noch aus Deutschland. Noch von damals, wissen

Sie, als alles gut war.« Kurz bevor sie das Tor erreicht hatten, blieb Anna stehen. Sie schlug sich gegen die Stirn. »Meine Bilder!« rief sie. »Sie haben ja meine Bilder noch gar nicht gesehen.«

»Ein andermal«, antwortete Gerard hastig. »Ein anderes Mal gerne, Madame Nurew.«

Aber sie hielt ihn fest. Ihre Hände umklammerten sein Handgelenk. Sie hatte mehr Kraft, als er ihr zugetraut hätte. »Bitte! Nur fünf Minuten!« flehte sie. »Ich würde gerne wissen, was Sie davon halten. Sie sehen so aus, als ob Sie etwas von Bildern verstehen. Sie haben ein Gesicht, das mir gefällt. Die hohe gewölbte Stirn, und dann Ihre Augen, grau wie Jurafelsen. So ein Schieferton. Wirklich sehr schön. Hat Ihnen schon mal jemand gesagt, daß Sie einen interessanten Kopf haben? Nur die Wangenpartie scheint mir, im Gegensatz zur oberen Kopfhälfte, etwas zu weich.« Sie lachte. »Ich wette, daß Sie im Privatleben ein ganz gutmütiger Mann sind.«

»Gutmütig bis zur Trotteligkeit«, sagte Gerard, der plötzlich lachen mußte. »Das haben meine Freunde immer gesagt. Zwanzig Jahre stand ich unter dem Pantoffel meiner Frau. Aber das ist eine andere Geschichte. Wo also sind Ihre Bilder? Ich habe wirklich nur noch fünf Minuten Zeit. Ich bin verabredet, mit einem Freund ...« Er folgte Anna durch den Innenhof.

Anna stieß die schmalen Flügeltüren auf, die in das Wohnzimmer führten. Das Zimmer war fast dunkel. Es roch muffig und feucht. Ein altes Haus, dachte Gerard, das dringend renoviert werden müßte. Bestimmt ist es hier, während des kalten Frühjahrsregens, klamm und ungemütlich.

Anna war stehengeblieben, um eine Lampe anzuknipsen, die auf dem breiten Eichentisch stand. Sie drehte den Schirm so, daß die Staffelei beleuchtet wurde. Dann trat sie zur Seite. »Es ist mein letztes Bild«, sagte sie. »Beinahe fertig. Ich glaube, es wird mein bestes.«

Gerard sagte nichts. Er trat einen Schritt vor, als müsse er das Bild von nahem betrachten. Er wußte nicht, was er sagen sollte. Es war ein scheußliches Bild. Einfach schlecht gemalt. Diese Frau verstand nichts von Farbenmischung, nichts von graphischer

Aufteilung eines Bildes. Es war groß und brutal. Und dann das Thema ...

»Ein Grab in der Wüste«, murmelte er, während sein Blick von dem Bild zu Anna schweifte, »es soll doch ein Grab in der Wüste sein?«

Anna nickte. »Mir hat das gefallen. Diese Leere. Der Himmel ist leer und die Erde auch. Und dann nur dieses viereckige Loch, in das sie die Leiche legen werden. Ich denke, man wird keinen Sarg haben. Die Leiche nur in ein weißes Laken gehüllt, könnte ich mir vorstellen. Vielleicht ist die Totenstarre schon eingetreten. Vielleicht ist die Leiche ganz starr, steif wie ein Brett. Später werden sie das Kreuz dann in den losen Wüstensand stecken und weggehen. Dann kommt der Wind, wirft das Kreuz um und weht den Sand darauf, so lange, bis von dem Grab nichts mehr übrig ist als ein kleiner Hügel aus gelbem Sand, den Dünen ähnlich. Alle Dünen könnten Gräber sein.« Sie brach plötzlich ab, fuhr sich mit der Hand durch ihre langen Haare, in die sich die ersten grauen Fäden mischten, ihr Gesicht, das eben konzentriert und hart wirkte, wurde wieder mild. Wenn sie lächelte, sah man, daß sie einmal eine schöne Frau gewesen ist. »Ich rede so viel über das Bild«, sagte sie, »das tut ein guter Maler nicht. Ein guter Maler stellt sich neben sein Werk und wartet, was dem Betrachter dazu einfällt. Die Phantasie soll ja im Kopf des Betrachters entstehen. Was denken Sie, Monsieur?«

Gerard wiegte den Kopf. »Es ist ein merkwürdiges Thema«, sagte er. »Hier in diesem Haus, so eingewachsen von dem Wein und dem Efeu. Alles ist voller Leben. Sie haben Mimosen- und Zitronenbäume im Garten, habe ich gesehen ...«

»Und Aprikosen. Aprikosen auch.«

»Ja, und ein Swimmingpool. Und blühende Oleanderbüsche überall. Sehr schöne Hibiskushecken.« Er räusperte sich. »Was ich sagen will: Es ist erstaunlich, daß Ihnen in dieser blühenden Umgebung ausgerechnet die Wüste einfällt. Ausgerechnet hier.«

Anna lachte nervös. »Die Innenwelt eines Menschen, Monsieur, kann manchmal in einem großen Kontrast zum Äußeren sein. In einem sehr großen Kontrast.«

Gerard schaute auf das Bild. »So sieht es also in Ihrem Inneren aus«, sagte er. Seine Stimme klang nicht so, als interessiere es ihn brennend, wie es in Annas Innerem aussah. Er trat noch dichter an das Bild heran. Es war wirklich verdammt schlecht gemalt, schade, daß sie so eine erbärmlich Künstlerin war, er hätte ihr gerne etwas Nettes gesagt, aber er konnte sich nicht dazu aufraffen zu lügen. Eine seiner hervorragendsten Eigenschaften, behauptete er immer wieder, sei seine Ehrlichkeit. Er bemühte sich immer, ehrlich zu sein, ohne dabei verletzend zu wirken. Er drehte sich plötzlich um und schoß seine Frage so ab, daß Anna zurückprallte. »Wen wollen Sie in diesem Grab beerdigen, Madame?«

Es war ihm plötzlich klar geworden. Sie spielte in ihren Gedanken mit einem Mord. Sie wollte jemanden umbringen, irgendwo vergraben, wo man nichts mehr von ihm wiederfinden würde. Nur ein Hügel in der endlosen Wüste, eine Düne, die tausend anderen glich. Ein Mord, den niemand bemerkte. Aber noch war die Angst zu groß. Die Angst vor der Tat. Vielleicht hatte sie ihn gerufen, um sie zu beschützen. Um sie vor der Tat zu bewahren ...

Anna antwortete nicht. Sie hatte sich hinter den Lichtkegel zurückgezogen, er konnte ihr Gesicht nicht sehen. Er sah nur ihre Hände, lange schöne Hände, die nervös und zitternd über die Tischplatte tasteten.

»Warum antworten Sie mir nicht, Madame?« fragte er, nun fast mit der Stimme eines Inquisitors, eines Untersuchungsbeamten.

»Ich«, flüsterte Anna, »ich antworte Ihnen gern, Monsieur. Ihre Frage überrascht mich nur, das ist es.«

»Warum überrascht Sie diese Frage? Es liegt doch nahe, so etwas zu fragen.«

»Ja. Natürlich. Trotzdem überrascht es mich. Außerdem hat mein Mann genau dieselbe Frage gestellt.«

»Ja?« fragte Gerard neugierig. Er ging zu der Lampe und drehte den Fuß so lange, bis ihr Gesicht erhellt wurde. Annas Augen flackerten. Sie versuchte zu lächeln. Es war ein hilfloser Versuch. »Hendrik fragte, für wen ist das Grab? Für dich oder für mich?«

»Das ist interessant. Und was haben Sie geantwortet?«

»Nichts«, murmelte Anna. »Ich glaube, ich habe nichts gesagt. Vielleicht habe ich auch gesagt: Ich weiß es nicht.« Sie fuhr mit den Händen wieder durch ihre Haare, steckte eine Strähne hinter ihr rechtes Ohr. Ein goldener Ohrring blitzte auf. Ein Ring wie eine Schaukel, auf der ein kleiner Vogel saß. Gerard hatte noch nie derartige Ohrringe gesehen.

»Ich zeige Ihnen jetzt die anderen Bilder«, sagte sie, ging an ihm vorbei, ohne ihn anzuschauen, und drehte das Deckenlicht an. Sie zeigte auf den Treppenaufgang, an dem die Bilder, die alle das gleiche rechteckige Format hatten und schwarz gerahmt waren, so dicht hingen, daß sie wie eine Tapete wirkten. Eine grelle bunte Tapete, auf der man provenzalische Häuser sah, leuchtendes Meer mit weißen blitzenden Segeln, Plätze an Kirchenmauern, auf denen Männer Boule spielten, efeubewachsene Türme, um die Dohlen kreisten. Helle Sandwege durch Ginsterhecken. Lavendelbeete, endlos.

Gerard lächelte. »Als Sie das gemalt hatten, sah es in Ihrem Innern noch anders aus«, sagte er. »Noch nicht so leer.«

Anna antwortete nicht. Sie stand, die Arme über ihrem Sommerkleid verschränkt, und schaute ihre Bilder an. »Ich habe noch nie in meinem Leben ein einziges verkauft«, sagte sie plötzlich. »Hendrik meint, ich würde auch nie eines verkaufen. Hendrik sagt, ich sei die schlechteste Malerin, die ihm je begegnet sei.«

Sie sagte es tonlos, ohne Bewegung der Stimme. Es klang, als mache es ihr nichts mehr aus. Aber Gerard wußte, daß es einem Menschen, der sich zum Künstler berufen fühlt, immer etwas ausmacht, wenn seine Kunst nicht gewürdigt wird. Er legte seine Hände tröstend auf ihren Arm. »Vielleicht hat Ihr Mann es nur gesagt, um Sie zu verletzen.«

Anna hob den Kopf. Ihre Augen wirkten jetzt sehr groß. Groß wie dunkle, glänzende Oliven. »Ja«, sagte sie, »das ist möglich. Er versucht das seit Jahren. Er möchte, daß ich das Haus verlasse. Daß ich fortgehe. Aber das werde ich niemals tun.«

Gerard wartete, ob sie noch etwas sagen würde. Er schaute

auf ihre bebenden Lippen. Das Kinn zitterte leicht. Sie war jetzt sehr erregt, versuchte aber, ihre Erregung zu kontrollieren.

»Sie müssen jetzt gehen«, sagte sie. »Ihr Freund wartet. Und nehmen Sie die Schuhe mit.«

Gerard hatte die Schuhe ganz vergessen. Sie lagen neben der Staffelei auf dem Boden. Anna hob sie auf und gab sie ihm ein zweites Mal in die Hand. »Sie sind sehr wichtig«, sagte sie.

Er ging wortlos zur Tür, durchquerte den Innenhof, murmelte etwas Beruhigendes, als die alte Hündin anschlagen wollte, und öffnete das Tor.

»Es war sehr nett von Ihnen, daß Sie gekommen sind«, sagte Anna.

Gerard lachte. »Das finde ich auch, Madame«, sagte er.

Er stieg in sein Auto und schaltete die Scheinwerfer ein. Es war plötzlich ganz dunkel geworden. Im Scheinwerferlicht taumelten die Motten. Als er seinen Wagen zurücksetzte, sah er einen roten Porsche, der seitlich am Grünstück parkte. Ein Porsche mit französischer Nummer. Cabrio. Ein altes Modell.

Anna stand am Tor und sah ihm nach.

»Endlich!« Marius empfing Gerard an der Haustür. »Ich habe mir gerade überlegt, daß ich dir die Freundschaft aufkündigen muß. Weißt du eigentlich, daß du erst ein einziges Mal pünktlich erschienen bist?«

»Tut mir leid.« Gerard ging an Marius vorbei durch das Wohnzimmer auf die Terrasse. »Ich hatte da noch einen Fall zu erledigen.« Er starrte gierig auf das Schachbrett, seine Finger zuckten. Am liebsten hätte er den Zug, von dem er seit Tagen träumte, sofort getan. Aber das war wohl unhöflich dem Gastgeber gegenüber. Im Lichtschein der Wandlampe schwirrten die Insekten. Von der Hauptstraße dröhnte noch das Röhren der Motorräder herüber, die genau an der Stelle in den nächsten Gang schalteten. Schon aus diesem Grund hätte Gerard diese Wohnung nie beziehen können. Obwohl das Wohnzimmer, wie er neidlos zugab, viel größer und geräumiger als seines war.

»Ein Fall? Sag bloß, in La Tournelle gibt es endlich wieder

einmal einen richtigen Fall. Wie viele Morde hast du eigentlich schon bearbeitet, seit du hier bist?«

»Drei«, antwortete Gerard. »Die alte Frau, die ihren Mann mit vergiftetem Pudding umgebracht hat, und dann diese kleine Schauspielerin, die eigentlich eine Nutte war, und die man mit einer Überdosis Schlaftabletten im Hotel Oasis gefunden hatte.«

»Das sind erst zwei Fälle«, sagte Marius, »und die liegen schon jahrelang zurück.«

»Ach ja.« Gerard bediente sich aus der Rotweinkaraffe. Er prostete seinem Freund zu, der einladend nickte. »Dann noch diese komische Sache, dieser Rachemord eines Schwulen, der glaubte, daß sein Freund ihn mit AIDS angesteckt hatte. Eine schmierige Geschichte. Hat wenig Spaß gemacht.«

»Kann ich mir denken.« Marius deutete auf einen Teller mit kleinen Pasteten. »Hast du schon was gegessen? Die sind von dem neuen Patissier aus Carrefourt. Meine Celine hat sie entdeckt. Ich habe sie im Ofen aufgebacken, aber nun sind sie bestimmt schon wieder kalt, heiß waren sie köstlich. Du verstehst, daß ich mich schon bedient habe? Ich kann, wie du weißt, nichts Eßbares stehen sehen.«

Marius war ein Koloß von zwei Zentner Lebendgewicht. Er hatte kurze säulenartige Beine und einen großen roten Kopf, der ohne Hals auf den Schultern lag. Er war kein schöner Mann, aber sein freundliches gemütliches Gesicht und seine dunkle angenehme Stimme machten den ersten schlimmen Eindruck bald wett. Gerard hielt Marius, einen Weingroßhändler, für seinen besten Freund.

»Und was war das heute für ein Fall?« frage Marius.

»Ach, wahrscheinlich gar nichts. Eine hysterische, eifersüchtige Frau, wenn du mich fragst. Wollte sich wahrscheinlich nur interessant machen. Hat angerufen und einen Mord gemeldet.«

»Und?«

»Nichts und.« Gerard zuckte die Schulter. »Es hat gar keinen Mord gegeben. Höchstens in ihrer Phantasie. Die Pasteten sind wirklich hervorragend. Was ist das? Täubchen? Oder Wachtel?«

»Erzähl weiter. Ich warte schon seit Jahren drauf, daß du mir mal eine wirklich gute Detektivgeschichte erzählst.«

»Dann kauf dir lieber einen Kriminalroman von Simenon. Von mir darfst du nichts erwarten. Es war nichts weiter, ich habe mir ihre wirre Geschichte angehört und bin wieder abgefahren. Und nun bin ich hier. Können wir jetzt spielen? Ich war am Zug, ja?«

Gerard setzte sich und zog den Stuhl nahe an das Schachbrett heran. Seine Augen prüften noch einmal die Plazierung der Figuren, er hatte sich nicht geirrt. Der Springer nach e acht würde Marius aus der Fassung bringen. Bestimmt rechnete er damit, daß Gerard den Bauern vorzog ...

Marius ließ seinen massigen Körper auf den kleinen Drahtsessel fallen. Er verschränkte seine Arme über seinem dicken Bauch und sah Gerard lächelnd an. »Na, dann mach endlich deinen Zug«, sagte er fröhlich. »Ich seh' dir doch an, daß du es gar nicht erwarten kannst. Mach ihn schon.«

»Du wirst dich wundern«, murmelte Gerard. Er streckte die Hand aus.

»Wundern? Wieso? Du wirst den Springer nach e acht setzen«, sagte Marius behäbig.

Gerard starrte Marius an. »Woher hast du das gewußt?« fragte er. Er konnte seine Enttäuschung nicht verbergen. Er war beinahe zornig, wie ein Kind, dem der Auftritt verpatzt wird.

»War doch logisch«, meinte Marius ungerührt. »Der einzig wirklich anständige Zug.«

Gerard sagte nichts. Wortlos setzte er den Springer auf e acht. Irgendwie hatte er das Gefühl, daß dies ein verpfuschter Tag war. Vielleicht lag es wirklich am Wetter. Es wurde Zeit, daß das Gewitter, welches sie seit Tagen im Wetterbericht ankündigten, sich endlich entlud.

Anna war gegen elf Uhr in einen leichten Schlaf gefallen. Sie hatte sich, noch tropfnaß von der Dusche, auf das Bett gelegt und nur mit dem Leinenlaken zugedeckt. Jeder Schlag der Kirchturmuhr ließ sie aus ihrem leichten Schlummer aufschrecken. Gegen zwei Uhr nachts näherte sich ein Wagen. An dem stotternden Motor erkannte sie sofort Hendriks alten Peugeot. Er öffnete das quietschende Garagentor, aber er tat es behutsam, als wolle er überflüssigen Lärm verhindern. Anna lag mit weit geöffneten Augen in ihrem Bett und starrte an die Zimmerdecke, die von dem blassen Mondlicht sanft beleuchtet wurde. Jetzt öffnete Hendrik das Blechtor, schloß es wieder, schob den Riegel vor. Er sagte etwas zu der Hündin, die nicht angeschlagen hatte. Sandy kannte das Auto ihres Herrchens unter tausend Wagen heraus. Wahrscheinlich war sie aufgestanden und ans Tor gegangen, um Hendrik zu begrüßen. Anna hörte seine Schritte auf den Steinfliesen, schlurfende, weiche Schritte. Hendrik trug im Sommer immer Espadrilles, mit Bastsohlen, die fast kein Geräusch verursachten. Nur weil er die Füße nicht genügend vom Boden abhob, gab das Streifen der Bastsohlen auf den Steinen so ein schleifendes Geräusch.

Anna wartete, daß er ins Haus kam, aber er entfernte sich. Er geht in den Garten, dachte Anna. Hendrik blieb lange dort. Anna hatte sich aufgerichtet. Einmal hörte sie ein Geräusch, als hantiere Hendrik im Geräteschuppen. Vielleicht war irgend etwas umgefallen, vielleicht die Benzinkanister, die dort standen, für den Rasenmäher.

Als Hendrik endlich vom Garten zurückkam und auf das Haus zuging, schaute er nach oben zu ihrem Fenster. Anna stand am Fenster, sie hatte das Fliegengitter abgenommen, ihr Gesicht war ganz weiß im Mondlicht. Die glatten braunen Haare mit den silbernen Strähnen, in der Mitte gescheitelt, umrahmten madonnenhaft ihr Gesicht. Sie war nackt. Sie wußte nicht, ob Hendrik das von unten sehen konnte, es waren nur kleine Fenster, ziemlich hoch angebracht.

Für eine Sekunde blieb Hendrik stehen und sah zu ihr hinauf.

Anna schaute hinunter, wortlos, ohne Regung.

Dann ging Hendrik weiter ins Haus. Anna hörte, wie er den Riegel der Holzläden vorschob, wie er im Wohnzimmer rumorte, die Treppe hinaufkam. Er ging nicht in sein Arbeitszimmer. Er ging ins Bad. Anna horchte auf jedes Geräusch. Sie legte sich wieder ins Bett. Sie deckte sich nicht zu, nur die Füße schob sie etwas unter das Laken. Gerade und steif lag sie auf ihrem Bett, die Hände neben dem Körper. Ihre Haare hatte sie ausgebreitet wie einen Fächer. Sie lag da, horchte auf das Schlagen ihres Herzens und wartete.

Hendrik schloß die Badezimmertür, die Dielenbretter knarrten unter seinen Tritten. Er verharrte vor seiner Tür, ging dann weiter, näherte sich ihrem Zimmer. Langsam, Millimeter für Millimeter, öffnete er die Tür, drängte sich durch den schmalen Spalt. Er trug seinen blauen Bademantel. Seine Haare waren wirr und lockig. Ein Geruch von Moschusseife breitete sich in Sekundenschnelle in ihrem Zimmer aus. Anna wandte den Kopf ein wenig. Sie konnte sein Gesicht nicht sehen, nicht richtig jedenfalls, nur die weißen Zähne zwischen den leicht geöffneten Lippen. Hendrik kam näher, blieb neben ihrem Bett stehen und betrachtete sie. Betrachtete lange ihren Körper, ließ seine Augen von ihrem Kopf über ihren Busen, ihren Bauch, ihre Beine abwärts wandern, bis zu den Füßen, die Anna verdeckt hatte. Er rührte keine Hand, beugte sich nicht über sie. Er hatte kein Verlangen sie zu berühren. Er hatte nicht das geringste Verlangen. Anna hätte es wissen müssen. Sie sah es an der Art, wie er vor ihr stand. Es half auch nicht, daß sie die Schenkel etwas spreizte, er spürte einfach kein Verlangen.

Anna atmete tief, um ein Stöhnen zu unterdrücken.

»Wo sind die Schuhe?« fragte er.

Anna schwieg. Sie drehte den Kopf weg. Sie war nahe daran, zu weinen. Immer diese törichten naiven Tränen, die nicht zu einer vierzigjährigen Frau paßten.

»Wo sind die Schuhe?« wiederholte Hendrik. Es hatte keinen Sinn, nach einer Lüge zu suchen. »Ich habe sie abgegeben«, antwortete Anna. »Polizeikommissar Gerard Lasalle war hier. Ihm habe ich die Schuhe gegeben.«

Hendrik blieb eine Weile reglos stehen. Anna schaute ihn nicht an, sie wollte sein Gesicht nicht sehen. Hatte sie einen Zornesausbruch erwartet oder doch zumindest eine Frage? Nichts davon geschah. Hendrik stand nur da, blickte schweigend auf sie herab, drehte sich dann abrupt um und verließ wortlos das Zimmer.

Olivier war auf dem Weg von seinem Elternhaus in die Schule. Auf dem Gepäckträger seines apfelgrünen Mofas hatte er die Schulmappe geklemmt, eine abgegriffene Ledertasche, die er vor acht Jahren zur Einschulung von seiner Patentante geschenkt bekommen hatte. Sie hatte damals vielleicht geglaubt, diese Tasche aus derbem, gegerbtem Schweinsleder würde ein Leben lang halten, sie hatte sich vielleicht vorgestellt, daß ihr geliebter Patensohn Olivier eines Tages mit dieser Tasche unter dem Arm das Justizgebäude betreten würde, mit den elastischen schwungvollen Schritten eines Reverendars, der später einmal ein berühmter Anwalt werden würde. Oliviers Patentante hatte sich aus irgendeinem Grunde eingebildet, daß aus diesem robusten, rotwangigen Jungen, der sich nachmittags auf Fußballplätzen und vor Kinoeingängen herumtrieb, einmal etwas ganz besonderes werden würde. Und als Startkapital hatte sie ihm deshalb diese teure haltbare Ledertasche gekauft.

Nun, das war vor acht Jahren gewesen, jetzt war Olivier beinahe fünfzehn, und es sah nicht so aus, als strebe er irgendein Ziel an, daß so ehrbar und lukrativ war wie der Beruf eines Rechtsanwalts.

Olivier haßte die Schule, haßte alles, was mit Lernen zu tun hatte. Zweimal hatte er bereits eine Klasse wiederholen müssen, die fünfte und die siebente. Seine Mutter weinte lautlos, wenn er ihr die schlecht benoteten Arbeiten zur Unterschrift vorlegte, mit trotzigem Gesicht, ohne das geringste Zeichen von Reue oder Scham.

»Was soll bloß aus dir werden«, seufzte Oliviers Mutter. Sie nahm ihren Füllfederhalter und setzte ihre saubere, etwas ungelenke Unterschrift unter eine weitere mißlungene Klassenarbeit.

Einmal hatte der Französisch-Lehrer unter den Aufsatz geschrieben: »Die Arbeit ist zu schlecht, um sie überhaupt zu benoten.« Olivier hatte auch diese Arbeit seiner Mutter vorgelegt, und sie hatte auch darunter, begleitet von einem noch tieferen Seufzer, ihre Unterschrift gesetzt, hatte nachher seine Hand zwischen ihre Hände genommen, hatte seine Hand gestreichelt und sie an ihre Wange geführt, dankbar, daß er sie nicht rüde einfach wieder wegzog.

»Oli, mein Schatz«, flüsterte sie, »bitte mach' deiner Mama keinen Kummer.«

»Ich mach' dir keinen Kummer, Mama«, knurrte Olivier. »Ich bin ganz okay, wirklich. Ich hab' nur keine Lust auf diese Schule.«

»Aber du brauchst doch einen Abschluß, Junge!«

Olivier zuckte mit den Schultern und blickte an seiner Mutter, die immer noch seine Hand tätschelte, vorbei. Einen Abschluß! Wozu brauchte jemand, der davon träumte, einmal ein berühmter Rennfahrer zu werden, einen Abschluß?

»Krieg' ich trotzdem das Mofa?« hatte er seine Mutter gefragt. »Du hast es mir zum vierzehnten Geburtstag versprochen.«

Und da hatte sie unter Tränen gelächelt. »Du bekommst dein Mofa, mein Schatz«, sagte sie. »Ich hab' das Geld schon von der Bank geholt.«

Oliviers Augen leuchteten auf. »Danke, Mama.« Er beugte sich zu seiner Mutter herunter und küßte sie auf den Mund. Sie war so überrascht vor Glück, daß sie beinahe aufgeschluchzt hätte.

Olivier bekam sein apfelgrünes Mofa, an dem er ganze Nachmittage herumbastelte, bis es so aussah, als könnte man damit Moto-Cross-Rennen gewinnen. Wenn er durch La Tournelle fuhr und der Motor mit dem abgesägten Auspuff aufheulte, hielten sich die Leute am Straßenrand die Ohren zu. Vor dem »Café des Arts«, in dem Oliviers Kumpel saßen, gab er noch einmal Vollgas, so daß sich der Vorderreifen des Mofas steil aufrichtete, wie ein sich aufbäumender Hengst.

An diesem Tag, auf dem Weg zur Schule, fuhr Olivier sehr langsam, fast im Schrittempo. Hinten in seiner Schulmappe lagen die Mathebücher und das Arbeitsheft für die Klassenarbeiten. In zehn Minuten würde der Lehrer in den Klassenraum kommen, würde sagen »Hefte aufschlagen«, würde einen Stapel hektographierter Blätter verteilen, auf denen die kompliziertesten Aufgaben standen. Später dann würde der Lehrer dasitzen, vorn an seinem Pult, mit dem kleinen Zahnstocher aus Elfenbein zwischen seinen gelben Zähnen herumstochern und jedem Schüler, der ihn verzweifelt und hilfesuchend anschaute, ein hämisches Grinsen schenken.

Olivier fuhr noch ein bißchen langsamer, umkreiste einen Müllwagen, streckte sein rechtes Bein aus und kickte gegen die Weinflaschen, die am Rand des Bürgersteigs vor der Weinhandlung von Marius aufgebaut waren. Es klirrte und schepperte, als sie umkippten und auf die Straße kullerten. Marius, der gerade von innen die Holzläden aufstieß, schrie Olivier etwas hinterher. Aber Olivier fuhr weiter unbekümmert seinen Slalom durch die Stadt. Dann plötzlich gab er Gas, fuhr an der Schule vorbei, über den Dorfplatz, wo der Kiosk gerade öffnete, vorbei am Polizeikommissariat, das noch ziemlich verlassen aussah, bog rechts in eine Seitenstraße ein, die bergauf führte, in Richtung Col du Venou, vorbei an Oleanderhecken und verschnörkelten Eisentoren, hinter denen sich Parks und Villen verbargen, von Leuten, deren Namen Olivier nicht einmal kannte. Er verließ die Straße an einer Kreuzung, von der ein Wanderweg abzweigte. Überall Bänke, neben denen überquellende Müllkörbe standen. Es hatte lange nicht geregnet, Oliviers Mofa sprang und hüpfte über den staubigen Weg. Er fuhr im Zickzack an den Schlaglöchern vorbei, versuchte, den Felsbrocken, den dicken Wurzelsträngen der Ebereschen auszuweichen, fuhr weiter den Berghang empor, der Wald wurde lichter, Sonnenflecke warfen weiße Kleckse auf den Sandweg. Einmal bremste er, als er eine Menge frischgepflückter Waldhimbeeren mitten auf dem Weg liegen sah. Olivier stellte sein Mofa ab, bückte sich, hob einige Beeren auf und legte sie in die Handfläche. Olivier aß keine Sachen, die er auf dem Weg fand. Wahrscheinlich hatte ein Sammler sie hier verloren, vielleicht war er hier gestolpert, der Eimer umgestürzt, und er hatte in plötzlich aufsteigendem Zorn die Lust an der ganzen Sammelei verloren.

Olivier richtete sich auf. Er schaute sich um. Die Disteln und Brennesseln wuchsen hier sehr hoch, dazwischen leuchteten Ginster und Rotdorn, über allem lag der würzige Geruch des Sommers. Ganz hinten zwischen zwei üppig blühenden Ebereschen sah er das Meer, silbern glitzernd in dem Morgendunst.

Olivier brach einen Zweig ab, nahm sein Taschenmesser heraus und entfernte die kleinen grünen Äste. Prüfend ließ er den biegsamen Weidenrutenzweig durch die Luft sausen. Er freute sich, als er den sausenden Pfeifton hörte, den er erwartet hatte. Dann schlug er mit seinem Zweig auf die Disteln und Brennesseln ein, bis er sich einen Weg freigelegt hatte, zu jenen Plätzen, wo die Himbeeren in roten reifen Exemplaren an den dünnen Zweigen hingen. Ganz schwer waren die Äste von den Früchten. Olivier stopfte sich davon in den Mund, soviel er essen konnte, er schaute dabei in den Himmel, auf das Meer, die Lichtflecken auf den moosbewachsenen runden Felsen. Lange hatte er sich nicht so gut gefühlt. Bilder aus der Vergangenheit kamen ihm in den Kopf, wie er mit seinem Vater hiergewesen war, wie sie Eichhörnchen aufgelauert und kleine Marder aus ihrem Versteck geholt hatten. Sein Vater hatte die Natur sehr geliebt. Manchmal hatte Olivier ihn in die Berge begleitet, hatte mit ihm Pilze gesammelt oder Sauerampfer, aus denen die Mutter dann eine herrliche Suppe kochte. Damals hatte seine Mutter noch gelacht. Damals hatten sie noch in einer schönen großen Wohnung gelebt. Damals war alles besser gewesen ...

Olivier ging weiter, drang immer tiefer in die Wildnis ein. Einmal war es ihm, als hörte er die Schulglocke. Er grinste, als er an seine Klassenkameraden dachte, die jetzt über einer Mathearbeit schwitzten, während er sich den Bauch mit Waldhimbeeren vollschlug. Später würde er zu der Peugeotwerkstatt fahren, in der sein Freund Georges arbeitete. Später, so gegen elf. Sein Freund Georges würde heute morgen eine Probefahrt mit einem Sportwagen machen, den ein Kunde verkaufen wollte. Ein alter Lamborghini. Vielleicht würde er Olivier erlauben, sich einmal hinter das Steuer zu setzen. Dann könnte er vielleicht sogar eine kleine Runde auf dem Werkshof drehen. Olivier verstand etwas von Autos. Er würde schon dafür sorgen, daß dem Lamborghini nichts passierte. Wenn man sich das einmal vorstellte ... ein Sportwagen, der mindestens zweihunderttausend Francs kostete! Zweihunderttausend Franc!

Der Gedanke faszinierte ihn so, daß er ganz weiche Knie

bekam. Er ließ sich auf einem moosigen Baumstumpf nieder, dessen oberes Ende so zerfetzt aussah, als sei der Blitz da hineingeschlagen. Die spitzen Zacken waren jedoch von der Feuchtigkeit morsch geworden, und es hatte sich allerlei Getier in dem Stamm angesiedelt, der innen schon fast ausgehöhlt war. Rote Ameisen liefen emsig hin und her, Spinnen huschten davon und eine grünlich schillernde Raupe ging in Deckung, als Olivier sie mit der Fingerspitze anstieß.

Olivier scharrte mit den Füßen im Laub, er suchte nach einem Stein, irgend etwas, das er in den ausgehöhlten Baumstamm fallen lassen konnte. Plötzlich stießen seine Füße gegen etwas Weiches, das jedoch nicht nachgab. Olivier stutzte, rutschte vom Baumstamm herunter, bückte sich und grub mit seinen Händen im Laub, an jener Stelle, wo er den Widerstand gespürt hatte. Olivier tat das, ohne sich etwas Besonderes dabei zu denken, es war eine kindliche, spielerische Neugier, die ihn hier graben ließ, es erinnerte ihn beinahe an die Zeit, als er mit seinem Vater so im Wald herumgestochert hatte, auf der Suche nach den köstlichsten Steinpilzen, die sich auch gern unter dem Laub des letzten Herbstes versteckten.

Es roch tatsächlich ein bißchen nach Pilzen. Dabei, so ging es Olivier durch den Kopf, während er weitergrub, dabei würde die Pilzsaison erst in ein paar Monaten beginnen ...

Plötzlich hatte er etwas Weißes freigelegt, etwas Bleiches, Feuchtes, Kaltes, das wie ein Stück Menschenhaut aussah.

Olivier atmete schneller. Er schluckte. Er starrte auf seine Hände, die erdverschmierten Hände, auf seine Turnschuhe, die grau und schlammig aussahen. Vorsichtig trat er einen Schritt zurück. Er schaute sich um, lauschte, und sein Herz jagte jetzt in tollen Sprüngen. Wenn er in den Himmel schaute, in die grellen Lichtflecken der Sonnenstrahlen, dann war es ihm, als kreiste alles um ihn herum.

Er taumelte rückwärts und ließ sich kraftlos fallen. Dann schloß er die Augen und wartete. Die Gedanken in seinem Kopf jagten sich, er wußte nicht, was er dachte, es war ihm, als liefen lauter Momentaufnahmen vor ihm ab, wie auf einem Fernsehschirm, lauter kleine Videoclips mit Krimis, von Verbrechen, mit Horrorszenen und erstarrten Leichen. Olivier liebte solche Filme, die seinen Pulsschlag beschleunigten. Er konnte bei solchen Filmen ganz ruhig sitzen, konnte ein Dosenbier trinken und Chips essen, ohne daß ihm übel wurde von all dem Blut, was da auf dem Fernsehschirm floß. Manchmal hatte Olivier sich schon gewünscht, so etwas Spannendes, Grausiges einmal in der Wirklichkeit zu erleben, einfach nur, um zu sehen, wie er reagierte.

Olivier aber reagierte gar nicht. Er saß nur stumm da und wartete. Es ist möglich, daß er Angst hatte, aber nicht einmal das wußte er ganz genau. Der Gedanke kreuzte sein Gehirn, daß vielleicht in der Nähe jemand lauerte, daß ihn jemand beobachtete. Ob er in Gefahr war? Olivier öffnete langsam die Augen und schaute sich um. Immer noch war alles still. Ein Vogel hüpfte von einem Ast zum anderen, irgendein Tier kroch durch das Laub. Das Geräusch verschwand ebenso schnell wie es entstanden war.

Olivier konzentrierte seinen Blick immer wieder auf den zerwühlten Laubhaufen vor seinen Füßen. Er träumte nicht. Er hatte keine Halluzinationen. Da vor ihm, unter dem Laub, lag etwas, das wahrscheinlich ein Mensch war. Ein toter Mensch. Sein Herz ging jetzt ruhiger. Die schwarzen Flecken vor seinen Augen verschwanden, er konnte wieder atmen, ohne daß es schmerzte. Er war wieder okay.

»Bist du okay, Olivier?« fragte er sich.

Er nickte. »Ich bin okay.«

»Glaubst du, daß du den Mumm aufbringst nachzusehen?«

Er nickte wieder. »Ja, das glaube ich.«

»Na, dann los.« Olivier stützte sich auf dem Baumstamm ab und ließ sich auf die Knie fallen. Dann begann er mit den Händen zu graben. Er legte ein Bein frei. Ein Mädchenbein. Ein Frauenbein. Glattes festes Fleisch, runde Knie wie von einem Kind. Er grub weiter, hastiger, in seinen Schläfen pochte es, ihm war heiß, und gleichzeitig liefen ihm kalte Schauder über den Rücken. Olivier sah einen nackten kleinen Fuß, der etwas abgewinkelt dalag. Der Junge grub weiter. Jetzt kamen die Oberschenkel zum Vorschein. Weiter: der Bauch. Feine rote Schamhärchen über dem Venushügel. Olivier wühlte weiter. Da war das andere Bein. Der Oberkörper. Die Brüste, weiße Brüste mit ganz hellen Brustwarzen, weich, nach innen gedrückt. Der Hals, an dem ein dünnes Kettchen glitzerte. Darüber ein feiner roter Strich, tief, wie mit einem scharfen Messer geschlitzt, aber kein Blut. Überhaupt kein Blut. Der Kopf. Das Kinn, weich und rund. Die Lippen, blau und dick, die Zunge, aufgequollen, ragte aus dem rechten Mundwinkel heraus. Die Wangen weiß mit blauen Flekken. Die Ohren. Ohrmuscheln, Ohrläppchen. Eine goldgefaßte Koralle im Ohrläppchen. Das Loch etwas erweitert, wie gewaltsam erweitert, ein paar geronnene Blutstropfen. So als habe jemand versucht, den Schmuck aus den Ohren zu reißen. Die Augen, geöffnet, starr. Ganz durchsichtig blau. Große hervorgetretene Augen, in denen die Lichtflecken reflektierten. Rötliche kurze Wimpern, weiße Lider. In den Nasenlöchern Reste von Blättern, die Olivier herauszog, eine nach der anderen, vorsichtig, als habe er Angst, der Toten wehzutun. Lockige rötliche Haare, schulterlang. Ein scharfer hoher Haaransatz, der die gebogene Stirn freiließ. Die Stirn so weiß wie Kalkstein. Olivier zog die Piniennadeln aus ihren Haaren, griff dann in die Gesäßtasche seiner Jeans nach einem Kamm. Wie im Unterbewußtsein begann er, die rötlichen Haare zu kämmen, die sofort einen seidenen Schimmer bekamen und in Wellen rieselten, so sanft, so weich. Olivier legte sein Gesicht an diese Haare, die nach der Feuchtigkeit eines schattigen Waldes rochen. Er beugte sich zu ihrer Stirn hinunter, ihren Wangen, ihren Lippen. Er hatte plötzlich das Gefühl, als lebte sie. Er starrte auf ihre Brüste, die kleinen weißen Brüste mit den hellen Brustwarzen, und er bildete sich ein, daß der Busen sich hob und senkte, bildete sich ein, daß sie atmete. Er fuhr sanft mit den Fingern über ihren Bauch. Es war ihm, als wäre der Körper schon wärmer geworden, als hätte er von der Grabeskälte wieder etwas abgegeben. Als hätte er in den dünnen Schichten unter der Haut die Sonnenwärme gespeichert.

Das Mädchen, bleich, klein, zart, lag da nackt und schamlos vor seinen Augen, und er starrte sie ergriffen an. Er hatte nicht gedacht, daß ein nacktes Mädchen so schön sein könnte. Wie die weiße Haut der Rothaarigen leuchtete auf dem dunklen feuchten Laub! Ihre Arme, die Innenflächen nach außen gekehrt, so schutzlos, und gleichzeitig so verlangend. Und die Hände, klein wie die eines Kindes. Aber die Nägel waren lackiert. Ein grüner Nagellack. Wer hätte gedacht, daß es so etwas gibt. Am linken Arm war ein Streifen der Haut heller als das übrige. Vielleicht hatte sie dort immer eine Uhr getragen. Die linke Hand war zur Faust geballt. Olivier legte seine Hand um diese kleine Faust, um sie zu wärmen. Die Finger waren ganz starr. Aber er würde sie wärmen, dann würde sie ihre kleine Hand öffnen und ihm zeigen, was sie verbarg.

Aber ihre Finger blieben kalt und steif.

»Ist gut«, sagte Olivier, »ich will es gar nicht wissen. Behalte dein Geheimnis. Wo sind deine Sachen? Warum bist du nackt? Was ist passiert?«

Das Mädchen blickte mit starren hellen Augen in den Himmel und schwieg. Olivier sah sich um. Er hatte Augen wie ein Luchs. Er witterte. Er tastete die Umgebung ab, aber er fand nichts. Keine einzige Spur. Er ging zu dem Mädchen zurück und kniete neben ihr. »Ich kann nichts finden«, sagte er. »Ich kann deine Sachen nicht finden. Aber ich möchte nicht, daß du so nackt bist. Was sollen die anderen denken. Es geht sie nichts an, wie du aussiehst.« Er lächelte, als sie nicht antwortete. Er wußte, sie würde ihm recht geben.

»Ich werde dich zudecken«, sagte er. »Ich hole trockenes Laub. Leichtes sonnenwarmes Laub, das wird dir guttun. Warme Blätter, das ist gut für dich, das wird dich wärmen. Warte. Lauf nicht weg.«

Sie lief nicht weg. Sie lag, wie er sie gefunden hatte, das linke Bein angewinkelt, die winzigen Füße verrenkt, als seien ihre Fußgelenke ausgekugelt. Sie rührte sich wirklich nicht. Olivier war keuchend zurückgekehrt, den Arm voller sonnenwarmer, weicher Blätter, die er auf sie herabrieseln ließ, vorsichtig. Zuerst bückte er sich jedesmal, wenn ein Blatt ihre Brust bedeckte, schob es vorsichtig zur Seite. Er wollte lange noch ihre Brust sehen, er hatte so etwas Schönes noch nie gesehen. Und ihren Bauch. Und diese rötlichen langen Haare, die einen kleinen Schopf zwischen ihren Beinen bildeten. Erst ganz zuletzt deckte er das zu. Da hatte er ihr Gesicht schon wieder verhüllt und ihren Hals, und den feinen roten Strich, der über ihre Kehle führte, als sei er mit dem Messer geschlitzt.

Als Olivier fertig war, richtete er sich auf und lauschte. Irgendwo rief ein Kuckuck. Automatisch zählte Olivier. Eins zwei ... bis zehn zählte er. Der Kuckuck machte eine kleine Pause und hub wieder an. Und Olivier lächelte, nickte und zählte weiter bis fünfunddreißig. »Siehst du«, sagte er. »So alt werden wir werden. Noch fünfunddreißig Jahre. Ist das nicht schön? Mach dir keine Sorgen, ich pass' auf dich auf, Valerie.«

Er wußte nicht, wieso ihm plötzlich der Name Valerie in den Sinn kam. Es muß ein Film gewesen sein, den er kürzlich gesehen hatte. Das Mädchen hatte auch Valerie geheißen, und er hatte sich gewünscht, sie zu besitzen. Er hatte es sich die ganze Nacht, als er längst vom Kino daheim war und in seinem Bett lag, gewünscht, sie zu besitzen. Valerie müßte seine Braut sein, sein Mädchen. Valerie müßte hinten auf seinem Mofa Platz nehmen, ihre zarten weichen Arme um seinen Bauch schlingen, müßte ihren Kopf mit den Locken an seinen Rücken pressen, und dann würde er Gas geben, würde vorbeifahren an all seinen Freunden, die doch nicht seine Freunde waren, vorbei an den Cafés und Bars von La Tournelle, hinaus fahren, der Sonne entgegen. Nur Valerie und er ...

»Bis morgen«, sagte Olivier und hob leicht die Hand zum Gruß. »Morgen komme ich wieder. Paß auf dich auf, ja? Sei ganz still. Wenn du ganz still bist, wird dich niemand entdecken.«

Er lächelte ihr, die ihn nicht mehr sehen konnte, noch einmal zu und stapfte durch das dichte Unterholz zu seinem Mofa zurück. Er stieg auf, setzte seinen Sturzhelm auf, einen roten Helm mit getöntem Visier, er ließ den Motor an, ganz vorsichtig nur, und fuhr mit gedrosselter Geschwindigkeit und so schonend, als habe er Angst, daß der Boden unter den Rädern erzittern könnte, den Weg nach La Tournelle zurück.

An diesem Tag betrat er die Schule erst, als es zur vierten Stunde läutete.

Der Junge, der neben ihm saß, sagte: »Mann, wo bist du gewesen? Wolltest du die Mathearbeit schwänzen?«

Aber Olivier reagierte gar nicht. Lächelnd, mit abwesendem Gesicht, nahm er Platz und öffnete seine Mappe.

»Wir haben die Arbeit gar nicht geschrieben«, sagte der Junge, der neben ihm saß. »Ich glaube, der Typ hat das extra vertagt, als er sah, daß du dich drücken willst. Er hat nicht einmal gesagt, wann der neue Termin ist. Gemeiner Trick, was?«

Olivier zuckte mit den Achseln. Er öffnete seine Hefte, legte die Stifte sorgfältig auf den Tisch und vertiefte sich in die Lektüre.

Der Junge neben ihm starrte ihn an. »Mann«, sagte er, »ich glaube, du hörst überhaupt nicht zu!«

Olivier wandte ganz kurz den Kopf. »Stimmt«, sagte er und blickte wieder in sein Buch.

Als Kommissar Gerard Lasalle aufwachte, fühlte er einen stechenden Schmerz in seinen Schläfen. Er öffnete die Augen und merkte, daß das Licht schmerzte. Ergeben schloß er die Augen wieder und zog die Decke weiter über den Kopf.

Aber da es in seiner Wohnung, deren Zimmer fast alle nach Osten lagen, schnell sehr heiß wurde, hielt Gerard Lasalle es unter der Decke nicht lange aus.

Er erhob sich, indem er nach jeder Bewegung eine längere Pause einlegte, und tappte ins Badezimmer. Dort nahm er aus dem kleinen, weißen Schränkchen neben dem Fenster die Schachtel mit den Aspirintabletten, legte zwei davon in ein Glas und ließ lauwarmes Wasser, das er zuvor auf dem Handrücken getestet hatte, hineinlaufen. Er hielt das Glas hoch, schaute aber nicht hin, wie die weißen Tabletten sich sprudelnd auflösten, er erkannte an dem Geräusch, wann das Gebräu fertig war und kippte es, immer noch mit geschlossenen Augen, hinunter. Danach hustete und keuchte er wie ein alter Mann und hielt sich am

Waschbeckenrand fest.

»Was ist los?« fragte eine weibliche Stimme hinter ihm. »Wieder dieser schwere Rotwein von Marius? Ich verstehe nicht, warum du ihm nicht endlich sagst, daß du das Zeug nicht vertragen kannst.« Kiki, Gerard Lasalles Tochter, lehnte an der Badezimmertür. Sie hatte die Arme verschränkt und beobachtete ihren Vater, der laut aufstöhnte, als er seine Tochter da so propper und frisch entdeckte.

»Kiki«, sagte er, »wieso kommst du immer an einem Morgen, wo es mir schlecht geht? Warum bist du nicht gestern gekommen, da war ich fabelhaft in Ordnung. Oder vorgestern. Vorgestern auch. Da hab' ich morgens sogar zehn Kniebeugen gemacht. Auf der Terrasse.«

»Ist ja toll«, sagte Kiki, ohne sich zu rühren.

»Aber heute hat mich die Migräne erwischt. Verdammt noch mal, wieso kriege ausgerechnet ich, ein Polizist, solch eine Weiberkrankheit! Ich wette, das hat deine Mutter mir noch eingebrockt. Marie hat mir doch die Pest an den Hals gewünscht, als ich mich von ihr scheiden ließ. Und nun habe ich zwar nicht die Pest bekommen, aber immerhin die Migräne.« Er schnitt seinem Spiegelbild eine Grimasse. »Salut, Marie«, sagte er grimmig, »du siehst, dein Gift wirkt immer noch.«

»Ich mag nicht, wenn du so über Mutter redest«, sagte Kiki. »Sie hat es auch nicht leicht gehabt nach der Scheidung. Außerdem weiß jedes Kind, woher deine Migräne kommt. Es ist nichts weiter als ein Kater, du hast zu viel getrunken, das ist alles.«

Gerard drehte sich um. Er zog seine Pyjamahose über den Bauch und knöpfte die Jacke ordentlich zu. »Kiki«, sagte er schmollend, »du bist nicht nett zu deinem alten Vater. Machst ihm immer Vorhaltungen. Wenn du noch meine süße Kiki wärst von früher, das liebe kleine Mädchen, dann hättest du längst einen heißen Kaffee für mich und ein paar frische süße Brioches. Aber seit du selbst eine Ehefrau und Mutter bist ...«

»Der Kaffee steht fertig in der Küche. Und Brioches habe ich auch mitgebracht«, sagte Kiki.

»Wirklich?« Gerard riß die Augen auf. Er konnte wieder lächeln. »Wie lieb von dir. Immer noch mein kleines Mädchen. Du willst die Wäsche holen, wie? Liegt alles fertig im Korb. Dreimal zusammengelegt, wie du es befohlen hast.«

Als der Kommissar in einem blütenweißen Oberhemd mit halbem Ärmel, einer hellen Sommerhose, mit glattem Kinn und nach Rasierwasser duftend in der Küche stand, fühlte er sich schon viel besser. Jetzt noch eine Brioche und einen Becher Milchkaffee ... Er lächelte seine Tochter dankbar an. Kiki war wirklich ein Glücksfall in seinem ansonsten ziemlich gescheiterten Leben. Kiki, die eigentlich Christiane hieß, war immer ein außerordentlich anhängliches, zärtliches Kind gewesen. Obwohl sie nicht besonders schön war, sah sie doch immer frisch und gesund aus. Sie hatte besonders schöne Zähne und einen Gang, den die Männer sexy fanden. Wenn sie in ihren schwingenden Röcken über das Trottoir ging, gab es immer einen, der ihr hinterherpfiff. Meist, wenn sie sich umdrehte, hörte er sofort auf zu pfeifen, aber das amüsierte Kiki nur. Sie wußte, daß ihr Hinterteil wirkte, als wäre sie erst sechzehn. Und von vorn, da sah sie halt genau aus wie sie war: zweiunddreißig Jahre alt, Mutter von zwei Kindern, verheiratet mit einem Beamten von der Präfektur, ein Leben in Sicherheit und ohne Sorgen. Das hatte ihr Gesicht geprägt.

Gerard war immer noch ein Fan seiner eigenen Tochter. Er ging auf sie zu, beugte sich über sie und küßte ihre Haare. »Du bist ein liebes Mädchen«, sagte er zärtlich, »schön, daß du deinem alten Vater in seinem Junggesellendasein Gesellschaft leistest.«

»Das traurige Junggesellendasein hast du dir selbst ausgesucht, Pa«, sagte Kiki ungerührt. »Außerdem ist es wahrscheinlich gar nicht so traurig, wie du mich immer glauben läßt. Ich falle immer noch auf deine Mitleidmasche herein. Dabei führst du wahrscheinlich das Leben eines Casanovas.«

»Eines ... was«, fragte Gerard verblüfft. Er lachte amüsiert.

»Ein Casanova? Willst du eine Karikatur aus deinem Vater machen?«

Wortlos stand Kiki auf und verschwand in den Flur. Als sie zurückkam, hielt sie in der ausgestreckten Hand ein Paar kleine rote Frauenschuhe.

»Und was ist das?« fragte sie herausfordernd.

»Das sind Schuhe«, sagte ihr Vater.

»Rote Damenschuhe.«

»Richtig. Größe sechsunddreißig.«

»Sehr teure Damenschuhe übrigens. Hast du sie ihr gekauft? Sie sind aus dem Laden unten am Boulevard des Anglais in Nizza. Ich erkenne sie wieder. Am Samstag, als ich mit den Kindern einen Bummel machte, habe ich sie gesehen. Da standen sie im Fenster, auf einem gläsernen Kubus, der sich immerzu drehte. Es waren die teuersten Schuhe im ganzen Laden. Hast du sie ihr gekauft?«

Gerard starrte auf die Schuhe, dann auf seine Tochter. Er runzelte die Stirn. »Wem?« fragte er geistesabwesend.

»Na, dem Mädchen. Der Frau. Deiner Geliebten. Mein Gott, wie soll ich sie nennen?«

Gerard schaute die Schuhe an. In den Händen seiner Tochter wirkten sie auf einmal ganz anders. Geradezu herausfordernd schön. Geradezu aggressiv, dieses Rot. Ob seine Kiki davon träumte, solche Schuhe zu tragen? Rote Schuhe? Er schaute sie an. Ihre Augen, grau wie immer, waren erwartungsvoll auf den Vater gerichtet. Erwartete sie jetzt eine Beichte? Ein intimes Geständnis?

»Du hast recht«, sagte er, sanft mit der Hand über die Schuhe streifend, »sie sehen wirklich sehr teuer aus.«

»Und fast gar nicht getragen. Schau mal, die Sohle ist noch ganz glatt. Hast du sie in den Schuhen nur ein bißchen auf deinem Teppich auf und ab spazieren lassen? Oder waren sie ihr zu klein? Wieso sind die Schuhe übrigens hiergeblieben? Ich habe in der Wohnung sonst nichts von ihr gefunden.«

»Soso«, sagte der Kommissar, »meine Tochter spioniert mir nach. Stell die Schuhe weg, Kind. Oder nein, nimm sie mit. Welche Schuhgröße hast du?«

Kiki sah ihren Vater irritiert an. »Du willst sie mir schenken?«

»Nein, nein. Nicht schenken. Natürlich nicht. Wäre ja wohl eine lächerliche Geste, oder? Aber ich schenke dir ein Paar andere, jawohl. Fahre du nach Nizza, geh in das vornehme Schuhgeschäft und kauf dir ein Paar Schuhe. Ein Paar, das du dir sonst niemals kaufen würdest, weil du ja eigentlich ein vernünftiges Mädchen bist. Eine Hausfrau, die rechnet, nicht wahr?« Er lächelte ihr zu. »Ich möchte, daß du etwas Unvernünftiges tust. Verrückte Schuhe kaufst, schöne Schuhe, wie du sie immer haben wolltest. Hier«, er kramte in seiner Brieftasche, zog einen Fünfhundert-Franc-Schein heraus und legte ihn auf den Tisch. »Hier. Ein Geschenk deines Vaters. Als Dank dafür, daß du dich so um ihn kümmerst und immer die Wäsche zur Mangel bringst und wieder abholst. Und mir das Frühstück machst, wie heute.«

»Pa«, sagte Kiki. Vorsichtig, an einer Ecke, mit spitzen Fingern, hob sie den Schein auf. Sie schien wirklich gerührt. »Pa, ich ...«

Er winkte ab. »Schon gut, Kiki. Gleich wirst du sehen, daß dein Vater einen Hintergedanken bei der Sache hat. Ich möchte, daß du in dem Schuhgeschäft etwas für mich herausfindest. Ganz unauffällig.«

Kiki nickte. Sie wartete.

Gerard strich über die glänzende glatte Kappe der Schuhe. »Ich möchte, daß du herausbekommst, wer die Schuhe gekauft hat. Wer und wann. Wie derjenige bezahlt hat, alles möchte ich wissen. Wie er aussah, was er trug, alles ...«

»Das klingt«, sagte Kiki verwundert, »als ob du glaubst, daß ein Mann sie gekauft hat.«

Gerard sah seine Tochter an. Er strich sich mit einer fahrigen Bewegung über die Stirn. »So? Klingt es so?« Er schüttelte den Kopf. »Nein, nein, laß dich nicht auf eine falsche Fährte lenken. Es kann ebensogut eine Frau gewesen sein. Eine Frau, so über vierzig, mit glatten Haaren und silbernen Strähnen, etwas verhärmt aussehend, sehnig und schlank. Es kann aber auch ein kleines junges Mädchen gewesen sein. Einfach nur ein Mädchen, dem diese Schuhe gefallen haben. So kann es gewesen sein.« Kiki nahm die Schuhe und legte sie auf den Wäschekorb. »Ich werde es für dich herausfinden, Pa«, sagte sie.

Der Campingplatz »Les Rosalies« ist, darüber sind die Urlauber an der Côte d'Azur sich klar, ein Geheimtip. Man ist zwar zehn Kilometer vom Strand entfernt, dafür aber in einer idyllischen, fast paradiesisch ruhigen Umgebung, schlägt sein Zelt unter alten knorrigen Olivenbäumen auf, atmet den Geruch von Thymian und wildem Lavendel und hat, wenn man unter der Dusche steht, die für zwei Franc reichlich heißes Wasser spendet, einen Blick wie die Millionäre, die in der Umgebung ihre Villen bauen ließen: das kleine Städtchen St. Paul de Vence mit seiner romantischen Stadtmauer, die sanften Pinienhügel und dahinter silbern glitzernd das Meer.

Sogar das kleine Restaurant, das in dem alten Bauernhaus für die Camper eingerichtet wurde, bietet eine bessere und preiswertere Küche als irgendwo sonst. Madame Tallier, die hier seit fünf Jahren das Regiment führt, verwendet, wie alle ehrgeizigen Köche, nur frische Produkte. Den Salat und alle Gewürze bezieht sie von ihrem Nachbarn, der ein kleines selbstgebautes Treibhaus besitzt, die Hühner kommen von einem kleinen Bauernhof in der Nähe, das Lammfleisch ist zarter als irgendwo sonst, und wenn Madame Tallier am Freitag die große Tafel vor die Tür stellt, auf der sie in ihrer krakeligen Kreideschrift ankündigt »Heute frische Bouillabaisse«, dann gibt es keinen Camper auf dem Platz von »Les Rosalies«, der auf die Idee käme, irgendwo anders zu essen, oder womöglich selbst auf dem kleinen Spirituskocher etwas Dilettantisches herzustellen.

Familien mit kleinen Kindern kommen selten nach »Les Rosalies«. Und das ist Madame Tallier auch ganz recht. Die sollen unten bleiben, auf den Campingplätzen am Strand, wo sie mit ihren Gummiringen, ihren aufblasbaren Schwänen, ihren Sandschaufeln und Schwimmflossen viel besser aufgehoben sind. Madame Tallier ist eine sehr geräuschempfindliche alte Dame. Lieber hat sie junge Leute um sich, Liebespärchen, die abends engumschlungen vor ihrem Zelteingang den Mond anträumen, lieber mag sie ältere Leutchen, die es sich leisten können, in ihrem Restaurant bis zum Dunkelwerden eine Flasche Rotwein nach der anderen zu leeren. Manchmal wird auf dem halbrunden gemauerten Platz ein Feuer angezündet, und wenn einer der Gäste eine Gitarre dabei hat, werden alte und neue Lieder gesungen. Etwas von Charles Aznavour, aber auch Joan Baez und manchmal »Strangers in the Night«. Madame Tallier schiebt in solchen Augenblicken eine tiefgekühlte »Quiche Lorraine« in den Ofen und serviert sie ihren Gästen dampfend am Lagerfeuer. Das kleine Faß Rotwein, das aus dem Weinkeller heraufgeschafft wird, verteilt sie dann gewissenhaft auf die Rechnungen der Camper, und zwar so, daß für sie durchaus ein kleines Sümmchen übrigbleibt. Aber das hat sie auch verdient. Und schließlich, wenn nicht sie selbst, wer sorgt dann für ihr Alter?

In diesem Sommer hatte Madame Tallier zum erstenmal einen hohen Prozentsatz ausländischer Gäste. Junge Leute aus England, Schweden, den Niederlanden, auch ein paar Deutsche. Gerade die Deutschen fanden einen besonders großen Gefallen an der Stimmung, die auf »Les Rosalies« herrschte. Die Deutschen, sagte Madame Tallier immer, lieben eben die Gemütlichkeit, das Romantische. Sie hatte gern Deutsche da. Noch nie hatte es mit denen irgendeinen Ärger gegeben. Deutsche waren meist höflich, rücksichtsvoll und viel weniger laut als die Schweden zum Beispiel, die abends in ihren Zelten hochprozentigen Schnaps in sich hineinschütteten, als wollten sie alles, was sie in einem Jahr versäumt haben, in zwei Urlaubswochen wieder wettmachen.

Die Deutschen trinken meist Wein, loben ihr Essen und sind dankbar, wenn sie auf ihrem Grammophon ein paar alte Chanson-Platten auflegt, die kratzige rauhe Stimme von Edith Piaf. »Non, je ne regrette rien.«

»Sie hat das auch sehr gemocht, dieses Lied«, sagte Madame Tallier zu dem Polizisten, der gekommen war, um die Vermißtenanzeige aufzunehmen. »Noch vorgestern, am Abend, bevor sie verschwand, ist sie zu mir gekommen und hat gebettelt: ›Ach bitte, Madame Tallier, noch einmal die Platte von Edith Piaf.‹ Richtig geschmust hat sie, gebettelt wie ein kleines Mädchen. Nicht wahr, Ruth?« Madame Tallier wandte sich an ein junges Mädchen mit strohblonden Haaren, das zitternd und unglücklich neben der Wirtin saß, die Hände zwischen die Knie gepreßt. Ruth nickte.

»Ja. Und sie hat den ganzen Text mitgesungen. Ariane kannte alle Lieder von Edith Piaf auswendig. Sie hat ja auch Gesang studiert.«

Der Polizist klappte sein Notizbuch auf. »Also, fangen wir ganz systematisch an«, sagte er. »Wie war der Name der Vermißten?« Er schaute auf die runden weißen Knie des Mädchens, das Ruth hieß, und die Hände, die es zwischen die Schenkel preßte. Ruth trug blaue Leinenshorts, sie hatte sehr schlanke, fast dünne Beine, die von einem dichten blonden Haarflaum bedeckt waren. Sogar die Oberschenkel. Der Polizist fragte sich, ob wohl auch die Innenseiten ihrer Schenkel so behaart waren.

»Ariane Melsung«, sagte Ruth mit leiser Stimme.

»Alter?«

»Sie ist gerade achtzehn geworden. Am Montag haben wir ihren achtzehnten Geburtstag gefeiert. Mit Madame Tallier.«

»Ja«, sagte Madame Tallier, »das kann ich bestätigen.«

»Sie haben allein gefeiert?« fragte der Polizist. Seine Augen wanderten von den Beinen zu Ruths Gesicht. Ruth hatte hellgraue, etwas ängstliche Augen und sehr blasse Lippen. Sie nickte.

»Und Ihre Freundin war nicht verändert?«

»Nein«, sagte Ruth, den Kopf schüttelnd. »Sie war genau wie sonst.«

»Ein sehr liebes, braves Mädchen«, sagte Madame Tallier. »Die beiden waren mir vom ersten Augenblick an sympathisch. Man sah gleich, daß es ihnen hier nicht darum ging, sich einen Mann zu angeln. Die beiden waren immer zusammen. Haben gelacht und geredet. Manchmal habe ich gedacht, was die sich wohl alles zu erzählen haben. Soviel können die doch noch gar nicht erlebt haben, die Küken.«

Ruth lächelte verlegen. Sie schaute den Polizisten an. »Glauben Sie, daß Sie sie finden?«

»Ich weiß nicht«, sagte der Polizist. »Es verschwinden so viele Menschen. Besonders im Sommer. So viele Ausländer. Wo sollen wir sie suchen? Vielleicht wollte ihre Freundin nur weg. Hat sie wirklich gar keine Sachen mitgenommen?«

»Nein«, sagte Ruth. »Es ist noch alles da. Ihre Handtasche. Ihr Geld. Ihre Kleider.«

»Und Ausweise?«

»Sind auch noch da. Hier.« Ruth holte eine blau-weißgestreifte Kunststoffmappe hinter ihrem Rücken hervor. »Die gehört Ariane. Es fehlt überhaupt nichts.«

Der Polizist streckte die Hand danach aus. Er öffnete die Mappe, nahm die einzelnen Gegenstände achtlos und ohne großes Interesse in die Hand. Schließlich entdeckte er den grünen Reisepaß, klappte ihn auf und betrachtete lange das kleine gestempelte Foto. Der Paß war ausgestellt am 15. Juli 1983.

»Da war sie sechzehn«, sagte Ruth. »Mit sechzehn hat sie den Paß bekommen.«

»Und sieht sie heute noch genauso aus?«

Der Polizist zeigte auch Madame Tallier das kleine Paßfoto.

Madame Tallier nahm ihre Brille aus der Küchenschürze und setzte sie auf. Aufmerksam studierte sie das Bild. Es war das Foto eines lachenden Mädchens mit rötlichblonden Haaren, sehr großen intensiven Augen und weichen vollen Lippen. Die Nase war ein bißchen kurz und das Kinn sehr spitz. Trotzdem konnte man sehen, daß Ariane Melsung ein schönes junges Mädchen war. »Haarfarbe: rotblond«, las der Polizist vor. »Augen blau, keine besonderen Kennzeichen. Größe ein Meter fünfundsechzig. Stimmt das?«

Ruth nickte. »Ja, das stimmt. Warten Sie.« Sie öffnete ihre Handtasche und nahm ein Foto heraus, das sie zusammen mit ihrer Freundin Ariane zeigte, wie sie auf einer Steinmauer saßen und die Beine baumeln ließen. Hinter ihnen erkannte man unscharf den Eiffelturm.

»Das hat ein Fotograf in Paris gemacht, so ein Straßenfotograf. Wir haben gar nicht gemerkt, daß er uns fotografiert hat. Nachher mußten wir zehn Franc dafür bezahlen. Das Foto ist erst zwei Wochen alt.«

Der Polizist nahm es entgegen und betrachtete es lange. »Kann ich es eine Weile behalten?« fragte er. »Vielleicht ist es hilfreich für die Fahndung.«

»Natürlich«, sagte Ruth. »Hauptsache, Sie finden Ariane.« Sie zitterte plötzlich und rutschte immer näher an Madame Tallier heran, die ihr mütterlich die Schultern tätschelte.

»Es wird schon alles gut ausgehen, Kleine«, sagte sie. »Keine Angst. Vielleicht spaziert sie schon gleich da vorne durch das Tor.«

Automatisch blickten alle in die gleiche Richtung. Das Tor war ein rostiges, schmiedeeisernes Gitter, das seit der Zeit, als hier noch eine kleine Bauernwirtschaft betrieben wurde, nicht repariert worden war. Grasbüschel wucherten um die Scharniere. Es stand gerade weit genug offen, daß die Autos mit ihrem Campingwagen hindurchfahren konnten. Hinter dem Tor war ein Sandweg. Manchmal, wenn ein Wagen oder ein Motorradfahrer mit hoher Geschwindigkeit vorbeifuhr, wirbelte der Straßensand auf, und für einen Augenblick lag ein gelber Schleier über dem Eingang, der sich aber wieder senkte und nichts zurückließ, als eine weitere dünne Schicht Staub auf den dicken Blättern der Magnolie, die neben dem Tor wuchs.

»Also«, sagte der Polizist, »nun erzählen Sie noch einmal kurz und präzise, was sich gestern ereignet hat.«

Ruth erzählte, stockend, was sie schon dreimal gesagt hatte: Ariane und sie waren tagsüber unten am Strand gewesen, in Nizza, gegenüber dem Hotel »Negresco«, wo der Liegestuhl vierzig Franc kostet. Sie hatten an dem Tag plötzlich die Idee, einmal wie im Luxus zu leben. Sie wollten mal sehen, ob das Leben dort genauso ist, wie man es in den Zeitungen lesen kann.

»Und?« fragte der Polizist, während er wieder auf Ruths Beine starrte. »Ist es so?«

Ruth lächelte. »Wir fanden es fad. Nur alte Leute. Und das Restaurant war so teuer, daß wir nicht einmal einen Salat essen konnten. Außerdem war es so schwül, und widerliche Quallen trieben an den Strand. Wir sind dann sehr früh wieder aufgebrochen. Wir wollten noch ein bißchen Shopping machen. Aber es war so voll in der Stadt. Ich wollte heim, aber Ariane hatte keine Lust. Sie war so aufgekratzt, so unternehmungslustig. Und plötzlich habe ich Ariane verloren. Ich war in einer Drogerie und habe mir ein Haarshampoo gekauft, das wußte Ariane. Sie wollte auf mich warten. Aber als ich wieder herauskam, war sie weg. Ich bin dann noch ein bißchen herumgelaufen, habe sie aber nicht gefunden. Da bin ich dann alleine mit dem Bus um fünf Uhr vierzig zurückgefahren.«

»Also hat es Streit zwischen Ihnen gegeben«, stellte der Polizist fest.

»Nicht direkt Streit«, sagte Ruth hastig. »Nur so ... ich weiß nicht. Eine kleine Mißstimmung. Ich wollte nach Hause und ärgerte mich, daß Ariane immer ihren Kopf durchsetzte. Und Ariane war wohl auch ärgerlich. Das ist doch normal, daß man sich mal auf die Nerven geht. Wir waren ja drei Wochen lang zusammen, Tag und Nacht. Ich dachte dann, daß es wirklich ganz gut ist, wenn wir mal getrennt etwas machen.« Sie schluckte. »Ich konnte ja nicht ahnen ...«

»Natürlich nicht, mein Küken«, murmelte Madame Tallier. »Natürlich nicht.«

»Und gestern«, sagte der Polizist, »nachdem von Ariane nichts zu sehen und zu hören war, sind Sie dann also wieder mit dem Bus ans Meer gefahren.«

»Ja, aber an eine andere Stelle. In der Nähe von Cap d'Antibes. Da waren Ariane und ich häufiger. Da ist es sehr schön. Ein öffentlicher Badestrand, wo man nichts bezahlen muß. Und es gibt so schöne alte Gassen in Antibes, in denen man bummeln kann.«

»Wie lange waren Sie dort?«

Ruth wurde rot. »Ich bin ziemlich spät erst zurückgekommen. Ich wollte, daß Ariane sich Sorgen macht. Ich weiß auch nicht, wieso. Ich habe abends noch was gegessen in einem kleinen Fischlokal, wo viele junge Leute sind. Da habe ich ein paar Deutsche kennengelernt, und wir haben viel Spaß gehabt.«

»Und wie sind Sie zurückgekommen?«

»Mit dem letzten Bus. Ich war um elf Uhr hier.«

»Das stimmt«, sagte Madame Tallier. »Sie ist nämlich noch ins Restaurant gekommen und hat nach Ariane gefragt.«

»Ich dachte, sie müßte nun bestimmt da sein. Hatte eine Nacht mit einem Typen verbracht, vielleicht. Okay, aber am nächsten Abend wäre sie dann doch bestimmt zurück! Aber unser Zelt war leer. Es lag auch kein Zettel da. So dachte ich, also ist sie im Restaurant. Aber da war sie nicht.«

»Sie war den ganzen Tag nicht dagewesen«, fügte Madame Tallier hinzu.

Der Polizist nickte. »Sie ist also seit vorgestern nachmittag verschwunden, ohne Papiere, nur ihre Geldbörse und ihre Badetasche hatte sie bei sich und ist bis heute nicht zurückgekehrt? So ist es doch, oder?«

Ruth nickte. »Genauso ist es.«

Der Polizist sah Ruth ernst an. »Und Sie bleiben dabei, daß Sie eine Vermißtenanzeige aufgeben möchten? Kann es nicht sein, daß Ihre Freundin einen Mann kennengelernt hat... ich meine, es kommt hier doch immerzu vor, daß irgendwelche reiche Männer ein junges Mädchen einladen, in ihr Haus, auf ihre Yacht, immer wieder kommt so etwas vor. Es könnte ja Ihrer Freundin sehr peinlich sein, wenn plötzlich eine Vermißtenanzeige aufgegeben wird. Außerdem muß man ihre Eltern informieren.«

»Nein«, sagte Ruth hastig. »Das ist nicht nötig. Ariane ist schon vor einem Jahr von ihren Eltern weggezogen. Sie haben sich nicht verstanden. Sie wollten nicht, daß Ariane Gesang studiert. Sie wollten nicht, daß Ariane die Schule ohne Abschluß verläßt.«

»Aha«, sagte der Polizist. »Und wovon hat sie dann gelebt?«

»Ihre Eltern haben ihr monatlich einen Scheck geschickt.«

»Das war aber großzügig«, sagte der Polizist.

Ruth lächelte. »Sie hat es über einen Anwalt erreicht. Die Eltern müssen zahlen. Sie sind dazu verpflichtet. Außerdem hat sie manchmal noch etwas verdient, wenn sie in einem Café sonntags bedient hat.«

»Also die Eltern sollen nicht benachrichtig werden«, sagte der Polizist.

»Sie ist doch volljährig«, sagte Ruth.

»Stimmt.« Der Polizist erhob sich. »Kann ich das Foto mitnehmen?«

»Das habe ich doch schon gesagt«, sagte Ruth.

Sie stand ebenfalls auf und streckte dem Polizisten ihre Hand, die noch ganz heiß war von den Knien, zwischen denen sie immer gelegen hatten, entgegen. »Ich hoffe, daß Sie sie finden«, sagte sie.

Der Polizist hob die Schultern. »Ich kann Ihnen keine großen Versprechungen machen. Wenn Sie wüßten, wie viele Vermißtenanzeigen wir in dieser Gegend bearbeiten müssen. Aber das sagte ich wohl schon. Auf Wiedersehen Madame Tallier. Wieviel macht der Kaffee?«

»Auf Wiedersehen, Monsieur Lacoste. Den Kaffee lassen Sie mal. Der geht auf meine Rechnung.« Sie begleitete den Polizisten zum Tor. Als er in seinen Wagen stieg, sagte Madame Tallier: »Es wäre wirklich schön, wenn Sie das Mädchen finden. Sie war ein so liebes, frisches Mädchen. Mir würde es leid tun, wenn ihr etwas passierte.«

»Was Neues?« fragte Gerard Lasalle, als er sein Dienstzimmer betrat.

»Heute wird es heiß«, antwortete Veronique. »Sie haben in den Nachrichten erzählt, daß die Gefahr von Waldbränden täglich wächst. Die Feuerwehr ist immer auf dem Sprung.«

»Mhmh.« Gerard Lasalle legte zur Begrüßung seine Hand auf die Schulter seiner Sekretärin. »Da haben wir ja Glück, daß es in diesem Haus so kalt ist. Und sonst?«

»Nichts«, sagte Veronique. »Ein paar Anrufe aus Nizza wegen dieser Drogengeschichte. Scheint, daß sie den Kerl erwischt haben, als er mit seinem Boot in den Yachthafen einlief. Aber er hatte keinen Stoff an Bord. Wenn Sie wollen, können Sie Monsieur Dupont einmal anrufen.«

Gerard verzog sein Gesicht. »Wenn ich morgens schon mit dem Kerl reden muß, kommt meine Migräne sofort zurück. War was in der Post?«

»Liegt auf Ihrem Schreibtisch. Übrigens muß Ihr Wagen zum

Abgastest. Ich hab' ihn mal provisorisch für morgen angemeldet. Oder haben Sie morgen etwas Besonderes vor?«

»Was ist morgen für ein Tag?«

»Freitag.«

Gerard schüttelte den Kopf. »Nicht daß ich wüßte. Abgastest! So ein Unsinn. Die sollen so einen Test mal lieber am Schornstein dieser neuen chemischen Reinigung machen, die in unserem Nest aufgemacht hat. Da kommt ein solcher Gestank raus, den können tausend Autos nicht produzieren. Was sagt Ihr Verlobter?«

Veronique lächelte. »Was soll er sagen?«

Gerard, der die Post durchgeblättert hatte, schaute auf. Zum erstenmal blickte er seine Sekretärin richtig an. Heute hatte sie sich eine hellblaue Tüllschleife ins Haar gebunden. Passend zu dem engen, kniekurzen Jeansrock, den sie trug. Dazu trug sie hohe Sandalen. Die Zehennägel waren rubinrot gefärbt. »Nun, er könnte sagen, daß Sie hübsch aussehen, oder? Macht Ihnen Ihr Verlobter eigentlich so viele Komplimente wie ich?«

Veronique wurde rot. »Er macht andere Komplimente.«

Gerard schaute sie an, bis sie die Wimpern schamhaft senkte.

»So, so. Andere Komplimente. Na ja. Er kennt sich bei Ihnen ja auch besser aus als ich. Kein Wunder. Sie müssen nicht immer rot werden, Veronique. Sie wissen, daß ich es ganz väterlich meine. Meine Tochter ist ja schon älter als Sie.«

»Es hat geklopft«, sagte Veronique, hastig aufspringend.

Sie lief zur Tür. In der Tür stand ein Polizist in Hemdsärmeln. Den Revolver im schwarzen Lederhalfter am Gürtel baumelnd.

»Guten Morgen, Philippe«, sagte Gerard freundlich. »Kommen Sie rein. Hoffentlich können Sie uns irgend etwas Neues berichten. Scheint ein langweiliger Tag zu werden.«

»Zwei Diebstähle in der Fußgängerzone, Herr Kommissar«, sagte Philippe. »Eine Lederjacke wurde in der Boutique Jeanette entwendet und in der Drogerie ein Parfum.«

»Ein Parfum? Deswegen rufen die uns an?«

Philippe zuckte die Achseln. »Scheint so, daß die eine junge Verkäuferin haben, der die Chefin nicht traut. Es ist wohl häufiger etwas weggekommen, und deshalb hat die Verkäuferin jetzt einfach die Polizei angerufen, damit sie nicht immer verdächtigt wird.«

Gerard Lasalle nickte. »So so. Armes Ding. Und sonst?«

»Eine Vermißtenmeldung, Herr Kommissar.«

Gerard seufzte. »Klingt auch nicht gerade spannend. Wer wird vermißt?«

»Ein junges Mädchen. Eine Deutsche. Sie war mit ihrer Freundin auf dem Campingplatz ›Les Rosalies‹. Ist seit vorgestern verschwunden.«

»Irgendwelche Anhaltspunkte?«

Philippe wiegte den Kopf. »Das Übliche, Monsieur. Es hat eine Meinungsverschiedenheit zwischen den Freundinnen gegeben. Vielleicht auch so etwas wie Eifersucht. Die Vermißte hat vermutlich in Nizza jemanden kennengelernt. Obwohl die Freundin das abstreitet. Sie behauptet, daß die Vermißte nicht dieser Typ Mädchen sei. Deshalb sei sie ja auch so beunruhigt.«

»Ich frage mich, warum man uns mit so etwas belästigt«, sagte Gerard. »Sie hatte eben keine Lust mehr, mit der Freundin zusammenzusein. Sie wollte einen Kerl. Ist doch klar, oder?«

Philippe nickte. »Ich glaube auch, daß da nichts anderes dahintersteckt.«

Gerard lehnte sich in seinem Schreibtischstuhl zurück. »Veronique«, sagte er. »Was würden Sie tun, wenn Sie mit Ihrer Freundin einen Campingurlaub machen und plötzlich einen tollen Typen kennenlernen? Einfach abhauen?«

»Kommt drauf an«, antwortete Veronique. »Wenn er unheimlich nett ist und reich, dann vielleicht.«

Gerard grinste. »Ihr Mädchen seid alle gleich. Träumt wohl immer noch den Traum von dem arabischen Ölscheich, wie?«

Philippe zog aus seiner Hosentasche ein Foto und legte es auf den Schreibtisch. »Das ist sie übrigens.«

Gerard nahm das Foto und hielt es dicht unter die Augen. Er betrachtete es aufmerksam. »Welche ist es? Die rechte oder die linke?«

»Die linke. Die mit den rötlichen Haaren. Die andere ist das Mädchen, das die Vermißtenanzeige aufgegeben hat. Die heißt Ruth.«

»Und die mit den rötlichen Haaren, wie heißt die?«

Philippe nahm seinen Notizblock zu Hilfe. »Ariane Melsung«, sagte er, »achtzehn Jahre alt. Hundertfünfundsechzig Zentimeter groß. Blaue Augen. Keine besonderen Kennzeichen.«

»Eine Deutsche«, sagte Gerard Lasalle nachdenklich. »Sie haben gesagt, daß sie eine Deutsche sei, nicht wahr?«

Der Polizist nickte. Gerard betrachtete das Foto. Ein hübsches Mädchen. Das Kinn ein bißchen zu spitz, aber eine lustige Nase. Schöne gerade Schulter, zierlich, eine schlanke Taille. Sehr schmale Fesseln, sehr kleine Füße, wie es schien ... Gerard legte das Foto hin, stützte die Ellbogen auf die Tischplatte und dachte nach. Respektvoll wartete der Polizist. Veronique klebte Briefmarken auf die adressierten Briefumschläge.

»Seit wann, sagten Sie, ist das Mädchen vermißt?« fragte Gerard plötzlich.

»Seit vorgestern morgen, Herr Kommissar.«

»Eine Deutsche, ja?«

»Wie ich bereits sagte, Monsieur. Achtzehn Jahre.«

Gerard sackte wieder zusammen und verfiel in dumpfes Brüten. Er wollte keinen Fehler machen. Er wollte nicht zu jenen Kommissaren gehören, die eine Sache, an der eigentlich nichts ist, aufbauschen, nur um den Apparat zu bewegen. Da, wo kein Verbrechen begangen worden ist, konnte man auch nicht so tun, als wenn es eines gäbe. Eine Vermißtenanzeige alleine bedeutete gar nichts. Und zwischen dieser Anzeige und dem Gespräch mit Anna Nurew mußte es keinen Zusammenhang geben. Eine eifersüchtige Frau, die ihrem Mann etwas anhängen wollte ... Dennoch.

Diese Füße waren besonders zierlich, selbst auf diesem Foto fielen die besonders schlanken, fast zerbrechlichen Fesseln auf, und die kleinen Füße. Auf dem Foto trug sie Bastschuhe, Espadrilles, in einem gelblichen Ton.

Er erhob sich, streckte dem Polizisten die Hand hin und sagte: »Danke, Philippe, ich werde mich darum kümmern. Haben Sie jetzt Feierabend?«

Philippe nickte. »Ich bin seit sechs Uhr morgens im Dienst.

Heute abend habe ich wieder einen Einsatz. An der Autobahn ist der Teufel los, jetzt in der Ferienzeit.«

»Viel Glück, Philippe.« Gerard Lasalle begleitete den Polizisten zur Tür. Dann wandte er sich an Veronique.

»Rufen Sie auf dem Campingplatz ›Les Rosalies‹ an, ich möchte dieses Mädchen sehen, diese Freundin. Sagen Sie, ich hätte nur eine einzige Frage. Aber es sei dringend.«

»Gern, Monsieur.«

Gerard Lasalle las die Post und den internen Umlauf, der von der Zentrale an die Dienststellen weitergegeben wurde. Unfälle, Einbrüche, Diebstähle, Überfälle. Dann ein Aufruf der Polizeigewerkschaft: Schafft die Überstunden ab. Wir brauchen neue Arbeitsplätze.

»Ich habe das Mädchen am Telefon«, sagte Veronique, die Hand auf die Sprechmuschel haltend. »Sie ist sehr aufgeregt, sie weint.«

»Gut. Ich spreche mit ihr.« Gerard nahm seinen Hörer ab. »Mademoiselle?«

»Ja, bitte. Ich spreche nicht gut französich. Haben Sie etwas von meiner Freundin gehört? Ich mache mir solche Sorgen!«

»Leider, Mademoiselle, haben wir noch keine Neuigkeiten. Aber mein Kollege hat Ihnen ja sicherlich schon gesagt, daß es auch eine ganz harmlose Erklärung für das Verschwinden Ihrer Freundin ...«

»Ariane«, sagte Ruth, »Ariane Melsung.«

»Ja genau. Eine harmlose Erklärung geben kann. Wollte ich sagen.« Er lachte. »Vielleicht hat sie sich verliebt. Hals über Kopf.«

»Ariane hat sich noch nie Hals über Kopf verliebt«, sagte Ruth. »Sie ist nicht der Typ. Sie ist sehr zurückhaltend, beinahe scheu.«

Gerard erwiderte darauf nichts. Seine Erfahrungen sagten ihm, daß Freundinnen oft eine ganz falsche Meinung von dem Charakter der anderen hatten. Besonders was das Verhältnis zu Männern betraf.

»Mein Kollege«, sagte Gerard Lasalle, »hat ja schon alle Einzelheiten notiert. Ich hätte nur noch eine Frage, ich hoffe, daß

Sie sie mir beantworten können.«

»Gern, wenn ich kann«, sagte Ruth.

»Welche Schuhgröße hat Ihre Freundin Ariane?«

Einen Augenblick entstand eine verblüffte Pause. Ruth schneuzte sich. Wahrscheinlich liefen ihr immer noch die Tränen über das Gesicht.

»Sie meinen die Schuhgröße?« wiederholte sie.

»Ja.«

»Also, Ariane hat sehr kleine Füße.«

»Eben«, sagte Gerard Lasalle. »Das fiel mir auf dem Foto auf.»

»Sie hat Schuhgröße sechsunddreißig.«

Gerard Lasalle registrierte, daß er in diesem Augenblick sein Herz spürte, wie einen Stich, dem ein heftiges, fast schmerzhaftes Klopfen folgte, beschleunigt und ein bißchen beängstigend. Er hatte das oft. Der Arzt tippte auf Herzrhythmusstörungen. Es trat immer auf, wenn er sich aufregte. Oder wenn er sehr angespannt war.

Er beugte sich vor und umklammerte mit beiden Händen den Hörer.

»Ein Irrtum ist ausgeschlossen?«

»Ganz ausgeschlossen, Monsieur. Ich bin doch Arianes Freundin seit vielen Jahren! Immer, wenn sie Schuhe kauft, begleite ich sie. Ich weiß ganz genau, daß sie Schuhgröße sechsunddreißig hat.«

Gerard nickte. Er schloß die Augen. »Mademoiselle Ruth«, sagte er langsam, jede Silbe betonend, »können Sie sich vielleicht erinnern, ob Ihre Freundin Ariane ein Paar rote Lackschuhe besitzt? Rote Lackschuhe mit einer roten Ripsschleife. Sie sind fast gar nicht getragen.«

»Rote Schuhe?« sagte Ruth. Er hörte ihren Atem durch das Telefon. »Nein. Rote Schuhe besitzt Ariane nicht.«

»Könnte es sein«, fragte Gerard Lasalle, »daß sie diese Schuhe an dem Nachmittag gekauft hat, nachdem Sie sich aus den Augen verloren haben?«

Ruth schwieg eine Weile, als dächte sie nach. Dann sagte sie: »Das weiß ich nicht, ich glaube aber kaum. Wir haben ja nicht so viel Geld, daß wir uns aus einer Laune heraus Schuhe kaufen. Rote Lackschuhe, haben Sie gesagt? Wie merkwürdig«, sagte Ruth nach einer kleinen Pause.

Gerard beugte sich vor. »Wieso merkwürdig?«

»Ich ... ich weiß nicht, Monsieur. Aber Ariane hat nie etwas Rotes getragen. Sie sagt, das paßt nicht zu ihr, wegen ihrer rötlichen Haare. Sie besitzt überhaupt nichts Rotes.«

»Danke«, sagte Gerard. »Wir werden uns melden, sobald wir etwas Neues erfahren. Au revoir, Mademoiselle.«

»O ... Monsieur ... pardon ... entschuldigen Sie ... gibt es einen besonderen Grund, warum Sie nach den roten Schuhen fragen?«

Gerard zögerte. Er nahm den Bleistift und malte Kreise auf das Löschpapier.

»Nein, Mademoiselle«, sagte er schließlich. »Es war nur so eine dumme Polizistenfrage. Nichts weiter.«

Er legte auf.

»Veronique«, sagte er, »Sie haben Schuhgröße sechsunddreißig.«

»Na und?« Die großen naiven Augen Veroniques richteten sich auf das Gesicht ihres Chefs.

»Die Frau, die mich vorgestern anrief, um einen Mord zu melden, Sie erinnern sich ...?«

»Natürlich.«

»Diese Frau hat mir ein Paar Schuhe gezeigt. Sie waren rot und haben die Größe sechsunddreißig.«

»Ich verstehe nicht«, sagte Veronique. »Was folgern Sie daraus?«

»Nichts. Im Augenblick noch gar nichts.«

Gerard überlegte einen Moment, dann erhob er sich.

»Wenn jemand nach mir fragt, Veronique, ich fahre noch einmal zu dieser Deutschen. Wie heißt sie noch gleich: Anna Nurew. Chemin du serpente.«

»In Ordnung, Chef«, sagte Veronique

Gerard Lasalle hatte nicht bei Anna Nurew angerufen, um sein Kommen anzukündigen. Er hielt es für besser, dieses zweite Mal unangemeldet zu erscheinen. Anna würde überrascht sein, und aus der Art dieser Überraschung konnte er vielleicht irgendwelche Schlüsse ziehen.

Natürlich gab es das Risiko, daß Anna Nurew nicht zu Hause sein würde. Während Gerard Lasalle seinen Wagen über die kurvenreiche Bergstraße lenkte, versuchte er nachzurechnen, wie oft er schon vergeblich irgendeinen Weg gemacht hatte. Allein im letzten Jahr ... aber das waren zu viele. Er beschränkte es auf den laufenden Monat, und selbst da fielen ihm sofort mehr sinnlose Fahrten ein, als er sie an einer Hand abzählen konnte. Aber er hatte Glück. Als er von dem Chemin du serpente in die Auffahrt mit dem schwarzen Blechtor einbog, kam Anna gerade heraus. Sie hatte ihre Haare unter einem Baumwolltuch hochgesteckt. Es war ein taubenblaues Tuch mit einem kleinen weißen Muster, wie man es manchmal in alpenländischen Halstüchern sieht. Es stand ihr nicht besonders gut.

Sie trug Jeans und ein weites Fliegerhemd, das wahrscheinlich einmal ihrem Mann gehört hatte. In der Hand hielt sie einen steifen Korb, dessen Inhalt mit einer Plastiktüte verdeckt war. Sie erschrak, als sie den Kommissar erblickte. Ihr Gesicht, das ihm heute morgen seltsam grau erschien, wurde noch fahler. Er sah, daß sie überhaupt nicht geschminkt war. Ihre Haut war großporig, und man sah plötzlich deutlich Falten wie bei einer Magenkranken. Gerard Lasalle fragte sich, wieso er sie eigentlich als eine schöne Frau in Erinnerung hatte. Jedenfalls als eine Frau, der man die vergangene Schönheit durchaus noch ansah.

»Sie wollten gerade wegfahren?« fragte Gerard Lasalle. Er war ausgestiegen und hatte Anna begrüßt. Sie hatte seinen Händedruck weich, fast ängstlich erwidert.

»Ich fahre zur Arbeit«, sagte Anna. »Mein Wagen springt so schlecht an. Ich bin etwas nervös. Ich komme immer zu spät.«

»Ihr Wagen?« fragte Gerard. Er schaute sich um. Der kleine Platz vor dem Tor war leer.

»Ich stelle ihn manchmal auf die abschüssige Straße. Falls er nicht anspringt. Dann kann ich ihn rollen lassen. Er ist schon ein bißchen alt. Aber ich hänge an dem Wagen.« Sie lächelte, und mit diesem Lächeln kam eine Ahnung ihrer Schönheit zurück. »Er gehört zu meinen guten Erinnerungen.«

»Etwa der rote Porsche?« fragte Gerard. »Das Cabrio? Das gehört Ihnen?«

Anna sah ihn an. »Das wundert Sie, ja?« Sie nickte bitter. »Manchmal wundere ich mich selbst. Eine Frau, die in einem Porsche als Putzfrau zu anderen Leuten fährt. Ob das wohl in das Klischee paßt, das die Franzosen von uns Deutschen haben?«

Gerard verbeugte sich leicht. »Ich bin auch Franzose, gnädige Frau, aber ich habe keine Klischeevorstellungen von den Deutschen. Ich habe festgestellt, daß es unter ihnen genau so viele verschiedene Individuen gibt wie unter den Franzosen.«

»Ja, das stimmt«, sagte Anna. »Genauso viele Heuchler, Spießer, Neurotiker.«

» ... und genauso viele Mörder«, fügte Gerard sanft hinzu.

Sie hob ihr Gesicht. Ihre Augen waren groß, aufmerksam und wach. »Sind Sie deswegen gekommen?« fragte sie.

»Ja. Unter anderem. Aber sagen Sie mir erst, warum arbeiten Sie als Zugehfrau? Ich dachte, Sie sind Malerin.«

»Aber ich sagte Ihnen auch, daß ich noch nie ein Bild verkauft habe. Oder sollten Sie das vergessen haben?«

»Ich kann mich nicht erinnern«, sagte Gerard höflich. »Und Ihr Mann verdient mit seinen Büchern nicht genug, daß Sie davon leben könnten?«

»Sie müssen seine Bücher einmal lesen«, sagte Anna anzüglich, »dann wissen Sie mehr.«

»Sind es schlechte Bücher?« fragte Gerard.

Anna hob die Schultern. »Ich weiß nicht, ob sie schlecht sind. Hendrik sagt, sie sind Literatur. Und Literatur, die moderne Literatur, werde mit anderen Maßstäben gemessen. Er sagt, er schreibe Avantgarde-Literatur. Aber für mich sind das nur die Ausbrüche eines neurotischen Geistes.«

»Heute klingt alles, was Sie über Ihren Mann sagen, ganz anders als gestern.«

»Heute ist ja auch ein anderer Tag, Monsieur le Commissaire.« Sie schob die Plastikfolie über dem Korb zur Seite und deutete auf die Waschmittel und Putzlappen, die sie darin trug. »Wenn ich auf dem Weg bin, die Wohnungen anderer Leute zu putzen, ist meine Stimmung nie so besonders, wie Sie sich denken können. Warum sind Sie gekommen, Monsieur? Gibt es etwas Neues?«

Gerard nickte.

Er spürte, wie sich Annas Gesicht anspannte. »Hat es etwas mit unserer Sache zu tun?«

Wieder nickte Gerard. Er ließ sich absichtlich Zeit. Er versuchte, in ihrem Gesicht zu lesen. War sie neugierig? Ängstlich? Verschreckt? Schwer zu sagen. Er kannte sie zu wenig, und ihr Gesicht war an diesem Morgen ohnehin das Gesicht einer bekümmerten, verbitterten Frau. Da konnte man vieles hineinlesen.

»Es wird ein junges Mädchen vermißt«, sagte er. »Eine Deutsche. Sie hat hier auf dem Campingplatz von ›Les Rosalies‹ Urlaub gemacht, mit einer Freundin.«

Anna sah ihn an. Ihre Augen veränderten die Farbe. »Wie alt?« fragte sie.

»Achtzehn.«

Annas Gesicht entspannte sich. Sie ist erleichtert, dachte der Kommissar. Irgendwie hatte es sie beruhigt, daß die Vermißte achtzehn Jahre alt ist. Aber wieso?

Anna, die plötzlich den intensiven Blick des Kommissars fühlte, warf den Kopf in den Nacken. »Und warum kommen Sie damit ausgerechnet zu mir? Nur weil ich auch eine Deutsche bin?«

»Es ist ja immerhin möglich«, sagte der Kommissar, »daß es einen Zusammenhang gibt zwischen den Schuhen, die Sie mir vorgestern zeigten, und der Vermißten.«

Anna verzog ihren Mund. »Das glaube ich nicht«, sagte sie. »Solche Zufälle gibt es nicht. Nein, Monsieur, Sie sind auf der falschen Spur.« Sie nahm den Korb, hängte ihn energisch über den Arm und ging an Gerard vorbei. Er folgte ihr langsam. Er sah zu, wie sie den Autoschlüssel aus dem Korb nahm, ihn in das Schloß des roten Porsche steckte, wie sie die Wagentür öffnete, den Korb auf den Beifahrersitz stellte. Die Sitze waren zerschlissen und fleckig. Der Aschenbecher, halb herausgezogen, quoll über von filterlosen Zigaretten. Gerard hatte nicht bemerkt, daß Anna rauchte. Er wartete, bis sie eingestiegen war und die Zündung betätigte. Der Wagen ruckte ein paarmal und war wieder still.

»Verdammt«, sagte Anna. Sie sagte es auf Deutsch. Ihre Stimme klang sehr viel rauher, wenn sie Deutsch sprach. »Verdammte alte Kiste.«

Gerard beugte sich über das Wagenfenster. »Madame«, sagte er. Anna blickte gereizt zu ihm auf. »Dieses dumme Auto springt wieder nicht an«, sagte sie. Er sah plötzlich, daß sie Tränen in den Augen hatte. »Jeden Tag dasselbe. Ich müßte den Wagen in die Werkstatt bringen, aber ich weiß schon jetzt, daß es nachher achthundert Franc kostet und doch nichts repariert wurde. Wissen Sie vielleicht, wie viele Stunden ich bei fremden Leuten putzen muß, um achthundert Franc zu verdienen, Monsieur?« Noch einmal ließ sie den Wagen an, der sich stotternd einen Meter vorwärts bewegte und wieder stehenblieb.

»Verdammt! Verdammt! Verdammt!«

Gerard war ihr gefolgt. »Madame«, sagte er.

»Was ist! Wieso sind Sie immer noch da? Was wollen Sie denn noch? Sehen Sie nicht, daß ich wütend bin? Daß ich es eilig habe?« Anna wischte mit dem Handrücken ihre Tränen von den Wangen. Es ärgerte sie, daß er sie so sah. Sie wandte den Kopf ab. Ihr Kinn zitterte.

»Ich wollte Ihnen nur sagen, Madame«, sagte Gerard ruhig, »daß dieses deutsche Mädchen, welches seit gestern vermißt wird, Schuhgröße sechsunddreißig hat. Genau die gleiche Größe wie die roten Schuhe, die Sie mir freundlicherweise überlassen haben.«

Er verbeugte sich, blickte in ihre Augen, die auf einmal weit aufgerissen waren wie die Augen eines erschreckten Tieres, und wandte sich ab. Er schaute sich nicht mehr nach Anna um. Er hörte eine Weile gar nichts, wahrscheinlich saß sie nun untätig, wie gelähmt, auf ihrem Sitz und versuchte diese Neuigkeit zu verarbeiten.

Als Gerard Lasalle seinen Wagen rückwärts aus der Ausfahrt setzte, sah er, wie der rote Porsche mit Zeitlupentempo die leicht abschüssige Straße hinunterrollte. Und plötzlich schoß dunkler Qualm aus dem Auspuff. Zweimal. Dreimal. Und dann lief der Motor.

»Na endlich«, sagte Gerard Lasalle befriedigt, bog in die Chemin du serpente ein und fuhr in entgegengesetzter Richtung davon.

Fast unhörbar hatte sich Veronique seinem Schreibtisch genähert. »Chef, es ist jemand da, der Sie sprechen möchte.«

Gerard Lasalle blickte von seiner Zeitung auf. Er war gerade mit einem Schachproblem beschäftigt. Ein berühmter Zug aus dem Spiel Karpow gegen Forster. Ein kniffliges Problem. Er hatte die Füße auf den Schreibtisch gelegt, allerdings eine alte Zeitung als Unterlage benutzt, damit die neue Schreibtischgarnitur, in die Veronique gerade ein frisches weißes Blatt eingelegt hatte, nicht ramponiert würde. Er ließ die Zeitung sinken. »Besuch?«

Veronique kam näher. Ihre Augen leuchteten. »Es ist dieser Schriftsteller!«

»Welcher Schriftsteller?« fragte Gerard stirnrunzelnd.

»Der Mann von der Deutschen, bei der Sie heute waren.«

Gerard nahm seine Füße vom Schreibtisch. »Hendrik? Sie meinen Hendrik Nurew?«

»Sage ich doch. Er möchte Sie sprechen.« Sie lächelte. »Er ist ziemlich sympathisch.«

Gerard grinste. »Hat er Ihnen ein Kompliment über Ihren hübschen Hintern gemacht?«

»Wieso?«

»Weil Sie alle Männer sympathisch finden, die Ihnen etwas Nettes über Ihre Figur sagen. Bloß wenn ich was sage, paßt es Ihnen nicht.«

»Also, Chef, ich ...«

»Lassen Sie den großen Dichterfürsten eintreten.« Er zwinkerte Veronique zu. »Über das andere sprechen wir dann später.«

Es amüsierte ihn, daß Veronique bei solchen Gesprächen immer noch ein bißchen rot wurde. Gerard hatte eine Schwäche für schamhafte Mädchen. Selbst wenn Veronique eigentlich gar nicht schamhaft wäre, würde das nichts daran ändern, daß er eine Schwäche für sie hatte. Immerhin brachte sie es noch fertig zu erröten. Und die Augen zu senken, wenn es heikel wurde. Wer von den jungen Mädchen schaffte das noch? Dabei gab es, nach Meinung des Kommissars, kaum etwas, das Männer mehr erregte, als ein schamhaft errötendes Mädchen. Aber ob sie so was einem alten Mann wie ihm glaubten?

Die Tür ging auf und ein graumelierter Wuschelkopf erschien. »Monsieur le Commissaire?«

»Bitte«, sagte Gerard. »Treten Sie näher.«

Hendrik Nurew stieß die Tür weiter auf. Als er im Türrahmen stehenblieb, füllte er ihn fast gänzlich aus. Gerard fragte sich, warum er sich eher einen kleinen windigen Kerl vorgestellt hatte, einen mageren Intellektuellen mit eingefallenen Augen und weißer Gefängnishaut. Wahrscheinlich lebte er doch von Klischees. Wahrscheinlich dachte er, daß alle Intellektuellen, die daheim an ihren Schreibtischen dichteten, so aussehen müßten wie diese Karikatur von Dr. Faustus, die letztes Jahr im Abonnementstheater von Nizza gegeben wurde.

Hendrik Nurew sah aus wie ein alternder Athlet, wie einer, der in seinem Leben sehr viel Sport getrieben hat, vielleicht auch täglich mit Hanteln übte, um Muskeln zu bekommen. Er stemmte die Hände in die Hüften und ließ seinen Anblick auf den Kommissar wirken. Er drehte sich langsam, so daß der Kommissar auch sehen konnte, daß er schmale Hüften hatte, er setzte ein Säulenbein vor das andere und kam langsam näher. Sein Gesicht war groß, rosig und sympathisch. Er hatte kleine verschmitzte Augen und ein Kinn, das immer stoppelig aussah, auch wenn er sich täglich zweimal rasierte. Er trug helle ungebügelte Hosen, ein senffarbenes Polohemd, das über der breiten

Brust spannte, mit ausgefransten Knopflöchern. Er war braungebrannt, ging mit federnden Schritten auf Gerard Lasalle zu, legte seine Pranke auf den Tisch und sagte: »Hier kommt ein sündiger Mensch, Monsieur le Commissaire.«

Seine Stimme war dunkel, gleichzeitig sanft. Gerard Lasalle konnte sich ohne Mühe vorstellen, daß diese Stimme auf Frauen elektrisierend wirkte. Er hatte schwarze, glänzende Augen, in denen etwas lauerte, das ein Schalk sein konnte, vielleicht aber auch Sarkasmus. Wer kann das immer so leicht unterscheiden?

»Warum bezeichnen Sie sich als einen sündigen Menschen, Monsieur?« fragte Lasalle. »Ich kenne Sie nicht.«

»Ah«, Hendrik breitete die Arme aus und lachte. »Sind wir nicht allzumal Sünder, Herr Kommissar? Ich weiß nicht mehr, wer es gesagt hat, aber ich bin sicher, daß es ein weiser und wahrer Satz ist. Ich fühle mich oft als Sünder.« Er beugte sich weiter vor, lächelte Gerard ins Gesicht. »Als Sünder im Geiste natürlich nur.«

»Wieso natürlich?« fragte Lasalle.

»Nun. Mon dieu.« Hendrik räusperte sich. Diese Frage schien ihn zu verwirren. »Sie als Kommissar haben es natürlich in der Hauptsache mit Sündern der Tat zu tun. Aber ich bin Schriftsteller. Meine Taten finden immer nur hier oben statt.« Er tippte mit dem Fingerknöchel gegen die krause Haarwolle auf seinem Kopf. Dann wurde er plötzlich förmlich, verneigte sich und sagte: »Gestatten Sie, daß ich mich vorstelle. Mein Name ist Hendrik Nurew. Ich wohne im Chemin du serpente, Maison Jolie Jeunesse.«

»Maison Jolie Jeunesse.« Gerard lächelte amüsiert. »Ist dieser Name eben Ihrer Dichterphantasie entsprungen?«

»Nein, das Haus hieß immer so. Das heißt, ich habe es so getauft, als wir es kauften.«

»Ein merkwürdiger Name«, sagte Gerard.

»Wieso merkwürdig? Er entspricht meiner Weltanschauung. Ich bin ein Bewunderer der Jugend. Jugend, das ist für mich der Inbegriff von Leben, Dynamik, Energie. Alles eben, was unsere Welt bewegt. Das Alter verwaltet die Welt nur noch, aber Innovationen gehen von der Jugend aus. Sogar der Fruchtbarkeitskult, von alters her ist es ein Kult für junge Leute. Oder glauben Sie, daß zwei alte Menschen sich paaren, weil sie alte Haut und schlaffe Brüste lieben? Das glauben Sie doch wohl selbst nicht.«

Lasalle spürte, wie seine Sekretärin aufmerksam zuhörte. Das Klappern auf der Schreibmaschine hatte abrupt aufgehört.

»Es gehört nicht zu meinen beruflichen Aufgaben«, sagte Gerard gereizt, »darüber nachzudenken. Jugend also. Aber Ihr Haus heißt ›Jolie Jeunesse.‹ Sie meinen also nur einen Teil der Jugend, nämlich die schöne Jugend. Meinen Sie vielleicht ganz speziell schöne junge Mädchen?«

Hendrik lachte. Er suchte sich einen Stuhl, setzte sich, ohne um Erlaubnis zu fragen. Immer noch lachend sagte er: »Jetzt haben Sie mich erwischt, Monsieur le Commissaire. Sieht man mir das etwa so leicht an?«

Gerard erwiderte nichts. Er lehnte sich zurück und betrachtete den Schriftsteller, der da behäbig, die Muskelpakete der Oberschenkel schwer auf der Stuhllehne ausbreitend, vor ihm saß.

»Ich habe Ihnen ja gleich gesagt, Herr Kommissar, hier kommt ein sündiger Mensch. Sie müssen zugeben, daß ich es Ihnen leicht gemacht habe. Außerdem wissen Sie längst, weshalb ich hier bin.«

Gerard schüttelte den Kopf.

»Nein?« Argwöhnisch schaute Hendrik ihn an. »Sie wissen es nicht? Oder wollen Sie mich provozieren? Natürlich wissen Sie es. Meine Frau hat es Ihnen gesagt. Vorgestern nachmittag. Nicht wahr? Meine Frau war bei Ihnen, um es Ihnen zu sagen.«

»Um mir was zu sagen?« fragte Gerard.

»Das mit den Schuhen. Die roten Schuhe. Ich bin hier, um sie abzuholen. Meine Frau hat sie Ihnen gebracht.«

»Sie hat sie nicht gebracht. Ich war bei ihr, und ich habe sie mitgenommen.«

»Und warum?« Hendrik starrte den Kommissar an. »Warum haben Sie sich die Mühe gemacht, die zehn Kilometer bis zu uns herauszufahren. Nur um die Schuhe abzuholen?«

»Es war nicht wegen der Schuhe«, sagte Gerard ruhig.

»Nicht wegen der Schuhe?« Hendrik war sehr ernst geworden.

Der Kommissar spürte, wie er sich Mühe gab, genau so locker und lässig zu wirken wie am Anfang.

»Ihre Frau«, sagte Gerard Lasalle langsam, jede Silbe betonend, »Ihre Frau, Anna Nurew, rief mich an, um einen Mord zu melden. Deshalb bin ich zu Ihnen hinausgefahren.«

Der Schriftsteller starrte den Kommissar an. »Einen Mord?« wiederholte er.

»Ja, einen Mord.«

Gerard ließ ihn nicht aus den Augen. Hendrik wollte seinem Blick ausweichen, aber es gelang ihm nicht. Er rieb sich mit den Händen über das Kinn, es gab ein kratzendes Geräusch. Hendrik zuckte zusammen und ließ die Arme sinken.

»Und wieso? Wie kommt sie darauf? Ich meine, es ist doch überhaupt kein Mord geschehen! Wie kann sie so etwas Verrücktes behaupten! Herr Kommissar«, Hendrik schaute Lasalle durchdringend an, »Sie haben Anna gesehen. Glauben Sie, daß sie ein bißchen verrückt ist?«

»Ihre Frau?« fragte Gerard gedehnt. Er schüttelte den Kopf. »Nein, das Gefühl hatte ich nicht.«

»Aber es könnte doch sein, daß sie unter Verfolgungswahn leidet. Ich kenne sie. Sie hat eine ... sagen wir mal übertriebene Phantasie. Haben Sie ihre Bilder gesehen?«

Gerard nickte.

»Na also! Das sind doch keine Bilder einer normalen Frau, oder? Das offene Grab in der Wüste! Haben Sie das gesehen?«

Wieder nickte Gerard.

Hendrik fuchtelte mit den Armen. »Na also, so etwas malt eine Frau, die an einem der schönsten Punkte der Welt wohnt! Zwischen blühendem Oleander, Bougainvillea und leuchtenden Zitronenbäumen! ›Kennst du das Land, wo die Zitronen blühn? Dahin, dahin will ich mit dir, du meine Geliebte, ziehen.‹ Goethe.«

»Ich weiß«, sagte Gerard. »Vielleicht malt Ihre Frau diese Bilder, seit sie weiß, daß sie nicht mehr geliebt wird. Nicht von dem Schriftsteller Hendrik Nurew, und auch sonst von keinem.«

»Sie scheinen über unser Privatleben ja ganz gut Bescheid zu wissen. Soll ich Ihnen vielleicht noch verraten, wann ich das letzte Mal mit meiner Frau geschlafen habe? Wollen Sie das auch noch wissen?«

»Nein«, sagte Gerard.

Hendrik fuhr sich durch die krausen Haare und rang sich ein gequältes Lächeln ab. »Was für ein unsinniges Gespräch. Ich glaube, es ist die Hitze. Alle Tage so schwül, wie in den Tropen. Und immer wieder kündigen sie im Wetterbericht ein Gewitter an, aber das kommt nie bis zu uns. Bleibt wohl irgendwo in den Bergen stecken. In Amerika, habe ich gehört, ist eine Wetterstation auf 1,2 Millionen Dollar verklagt worden, weil sie einen falschen Wetterbericht gebracht hatte. Sie haben gesagt, es kommt kein Sturm, und dann ist aber doch ein Sturm gekommen, und zwei Hummerfischer sind vor der Küste von Philadelphia ertrunken. Aber sagen Sie einmal ehrlich, Herr Kommissar, wie kann meine Frau einen Mord melden, der gar nicht stattgefunden hat?«

Gerard hob die Schultern. »Wahrscheinlich hat sie etwas verwechselt. Wahrscheinlich denkt sie, daß alles, was Sie in Ihren Büchern schreiben, auch in der Wirklichkeit passiert. Ihre Frau hat gesagt, Sie können nur etwas beschreiben, das Sie selbst gesehen haben. Stimmt das?«

Hendrik starrte den Kommissar an. »Das hat meine Frau gesagt? Und das glauben Sie?«

»Wieso nicht? Marcel Proust zum Beispiel hat nie ein Geheimnis daraus gemacht, daß er keine Phantasie hat. Kennen Sie nicht die Geschichte, wie er nachts Bordelle besuchte und durch einen falschen Spiegel den Orgien in der Folterkammer zusah? Als seine Haushälterin ihn deswegen schalt, sagte er zu ihr: ›Ich mußte mir das alles ansehen, weil ich keine Phantasie habe.‹ Und Marcel Proust war nun wirklich ein großer Schriftsteller.«

Hendrik schaute den Kommissar mit wachsendem Interesse an. »Was Sie alles wissen!«

Gerard lächelte ironisch. »Polizisten sind keine Analphabeten, Herr Nurew, selbst wenn die Öffentlichkeit das manchmal zu glauben scheint. Verzeihen Sie, daß ich drängen muß. Aber ich habe noch einige Termine. Würden Sie mir höflicherweise sagen, welchem Umstand ich Ihren werten Besuch verdanke?«

Hendrik nickte. »Ich bin gekommen, weil ich die Schuhe zurückhaben möchte.«

»Ihre Schuhe?« sagte Gerard.

»Ja. Die Schuhe. Die roten Schuhe. Lackschuhe mit einer roten Schleife. Was um Himmels willen hat sich meine Frau dabei gedacht, Ihnen die Schuhe zu geben?«

»Sie wird sich gedacht haben«, sagte Gerard, »daß diese Schuhe einem Mädchen gehört haben könnten, das ermordet worden ist.«

Hendrik schwieg verblüfft. Dann lachte er etwas zu laut. »Das hat sie gesagt? Sie ist verrückt! Sie muß verrückt sein! Würden Sie mir jetzt bitte die Schuhe zurückgeben?«

Gerard nickte. »Ich nehme an«, sagte er, »daß Sie mir nicht sagen wollen, warum Sie diese Schuhe besitzen.«

»Ihre Annahme ist richtig, Herr Kommissar. Ich glaube nicht, daß Sie das Recht haben, eine Antwort zu fordern. Gegen mich liegt nicht das Geringste vor.«

Gerard lächelte müde. »Sagen Sie mir wenigstens, ob Sie die Schuhe persönlich gekauft haben.«

»Auch darüber, Herr Kommissar, bin ich Ihnen keine Rechenschaft schuldig.«

Gerard nickte. »Gut. Ich verstehe. Sie gehören zu der großen Gruppe von Menschen, die es der Polizei so schwer wie möglich machen möchten. Weil sie instinktiv alles, was die Polizei tut, verachten. Ich wünsche Ihnen, Herr Nurew, daß nicht einmal der Augenblick kommt, wo Sie auf die Hilfe der Polizei angewiesen sind.«

Hendrik stand auf. »Wenn Sie mir bitte jetzt mein Eigentum aushändigen wollen.«

»Ich kann Ihnen Ihre Schuhe leider im Augenblick nicht zurückgeben, sie sind unterwegs.«

»Unterwegs?« Hendrik sprang von seinem Stuhl auf. »Wollen Sie sich über mich lustig machen?«

»Die Schuhe sind wirklich nicht hier. Ich lasse eben feststellen, wann und wo diese Schuhe gekauft worden sind.«

Hendrik starrte ihn an. »Eine Überprüfung. Aha. Sie haben nicht die geringste Veranlassung, ein Paar rote Schuhe, die nichts verbrochen haben, zur Überprüfung zu geben. Was wollen Sie noch haben? Mein Hemd? Meine Hose? Meinen Gürtel?«

»Ich werde Veronique bitten, Sie hinaus zu begleiten«, sagte Gerard, sich erhebend. »Und die Schuhe werden Ihnen sofort überstellt, noch heute abend.« Er lächelte. »Sie müssen keine Angst haben, daß wir sie konfiszieren. Dafür gibt es zur Zeit noch keinen Grund. Auf Wiedersehen, Herr Nurew.«

Gerard streckte seine Hand aus, aber Hendrik übersah sie. Er stürmte zur Tür. Als er die Hand schon auf der Klinke hatte, sagte Gerard plötzlich: »Ach übrigens, Herr Nurew, eine kleine Frage hätte ich noch.«

»Ja?« Hendrik sah sich argwöhnisch um.

»Sagt Ihnen der Name Ariane etwas? Ariane Melsung?«

Hendrik schüttelte stumm den Kopf. »Was ist mit ihr?« fragte er.

»Sie wird vermißt. Seit vorgestern. Sie hatte übrigens Schuhgröße sechsunddreißig.«

Hendrik starrte den Kommissar immer noch an, aber nun schien Gerard endgültig das Interesse an ihm verloren zu haben. »Das genügt für heute«, sagte Gerard mit seinem liebenswürdigsten Lächeln. »Veronique wird Sie hinausbegleiten.«

Veronique erhob sich schweigend. Als sie wieder hereinkam, schaute sie ihren Chef verwirrt an. »Was hat er denn?« fragte sie. »Der Mann war ja völlig durcheinander.«

Gerard hatte die Zeitung mit der Schachecke wieder aufgeblättert. »Er ist nervös, denke ich. Ach, übrigens«, er blickte von seiner Lieblingslektüre auf, »gegen fünf Uhr fahre ich zu dem Campingplatz ›Les Rosalies‹. Sagen Sie Philippe Lacoste, der das Vermißten-Protokoll aufgenommen hat, ich hätte gerne, daß er mich begleitet.«

»Aber um fünf Uhr hat er Feierabend.«

»Dann wird er eben eine Überstunde machen müssen, meine Liebe«, sagte Gerard sanft. »Ich denke, es ist in der Geschichte der französischen Polizei schon vorgekommen, daß ein Polizist nicht pünktlich nach Dienstplan Feierabend hatte. Was meinen Sie?«

Veronique schwieg. Sie beschloß, an diesem Tag mit ihrem Chef nur das Nötigste zu reden. Es wurde Zeit, daß ein Gewitter kam. Die atmosphärischen Spannungen nahmen von Stunde zu Stunde zu.

Das Telefon auf Veroniques Schreibtisch läutete. Gerard, in seine Akten vertieft, runzelte die Stirn. Es klingelte zweimal, dreimal.

»Das Telefon, Veronique«, sagte er.

Niemand antwortete. Gerard, der mit dem Gesicht zum Fenster gesessen hatte, so daß er die Füße auf den Fenstersims legen konnte, schwang seinen Sessel herum. »Warum, zum Teufel, nehmen Sie nicht ab ...?«

Aber Veronique saß gar nicht an ihrem Platz. Gerard erhob sich fluchend. Als er an Veroniques Schreibtisch angekommen war und den Hörer abgenommen hatte, war die Leitung tot. Wütend marschierte Gerard auf die Tür zu, riß sie auf und schrie: »Veronique, verdammt noch mal! Wo stecken Sie?«

»Hier, Chef«, antwortete Veronique. Sie balancierte ein Tablett mit zwei Tulpengläsern aus Milchglas, von dem Inhalt konnte man nur zwei dicke Sahnetupfer erkennen, die mit Schokoladeraspeln garniert waren. In jedem Becher steckte ein rotweiß gestreifter Strohhalm. Veronique schien etwas außer Atem. Auf ihrer Oberlippe hatten sich winzige Schweißperlen gebildet. »Ich habe uns einen Eiskaffee geholt«, sagte sie, »unten aus der Bar. Ich dachte, das belebt die Geister.«

»Aber ich habe Sie nicht geschickt«, sagte Gerard stirnrunzelnd. Er betrachtete die Becher. »Was kostet denn so ein Ding?«

Veronique schüttelte den Kopf. »Das ist meine Einladung«, sagte sie.

Gerard folgte ihr ins Büro. »Aber wie kommen Sie dazu, mir einen Eiskaffee zu kaufen? Ich meine, das kommt gar nicht in Frage. Sagen Sie mir, was es gekostet hat und ich gebe Ihnen ...« Er zückte seine Brieftasche, aber Veronique, nachdem sie das Tablett abgestellt hatte, legte ihm beschwörend die Hand auf die

Schulter. »Bitte, Chef! Ich möchte Sie einladen.«

»Gibt es einen besonderen Grund?« Zögernd steckte Gerard die Brieftasche wieder ein.

»Ich habe heute Namenstag«, sagte Veronique. »Und da dachte ich, weil es heute so heiß ist. Naja«, sie wurde ein bißchen rot, »und überhaupt.«

Gerard schaute sie eine Weile forschend an. Sie war wirklich sehr süß mit den kleinen Schweißperlen auf der Oberlippe. Immerhin hatte sie sich vor dem Gang zur Bar die Zeit genommen, ihre Lippen neu zu schminken. Er mochte den Perlmuttglanz. Die Lippen leuchteten so einladend. Jemand, der weniger gehemmt als Gerard war, hätte ihr jetzt vielleicht einen kleinen freundschaftlichen oder väterlichen Kuß auf diese Lippen gegeben. Aber Gerard brachte es nicht über sich.

Er zog ein frisches Taschentuch aus seiner Jackentasche und reichte es ihr. »Ihre Oberlippe«, sagte er, »ein paar Schweißtropfen.«

»Oh!« Veronique wurde rot. Sie nahm das Taschentuch und wandte sich ab. Als sie es ihm zurückgab, war eine Spur von dem Lippenstift darin zurückgeblieben. Gerard fand den Gedanken amüsant, daß seine Tochter Kiki eines Tages ein Taschentuch mit Lippenstiftspuren finden würde. Endlich etwas, an dem ihre Phantasie sich entzünden konnte.

»Es hat übrigens eben jemand angerufen«, sagte er, »aber als ich abnehmen wollte, war niemand da.«

Veronique lachte. Sie nahm ihren Eisbecher und steckte die Zunge in den weichen weißen Sahneberg. »Wenn es dringend war«, sagte sie, »wird er schon wieder anrufen.«

Gerard blickte sie kopfschüttelnd an. »Eine Dienstauffassung haben Sie!«

»Probieren Sie. Er ist gut. Wirklich.«

Gerard stocherte mit dem Strohhalm in der Tiefe des Bechers und trank. »Stimmt«, sagte er, »wirklich gut.«

»Na also.« Veronique lachte erleichtert.

In diesem Augenblick klingelte das Telefon wieder. Hastig nahm Veronique den Hörer ab, meldete sich und nickte ihrem

Chef zu.

»Es ist Ihre Tochter«, sagte sie.

»Hallo, Kiki! Von wo rufst du an?«

»Ich bin noch in Nizza, Pa. Ich wollte dir nur schnell sagen, was ich in diesem Schuhgeschäft erreicht habe. Ich dachte, vielleicht ist es wichtig.«

»Das kommt darauf an, was du erfahren hast.«

»Also. Es war ein bißchen schwierig. Die Verkäuferin ist so ein dummes junges Ding. Zuerst konnte sie sich überhaupt nicht erinnern, aber dann, als ich drängte, fiel es ihr wieder ein.«

»Und?« fragte Gerard.

»Ein junges Mädchen war da. Sie hatte die Schuhe im Fenster gesehen und fragte, ob es sie auch in Größe sechsunddreißig gäbe. Die Verkäuferin mußte im Lager nachschauen, aber dann stellte sie fest, daß es nur ein einziges Paar mit der Schuhgröße sechsunddreißig gab, und das stand im Fenster. Die Verkäuferin war ein bißchen gereizt, glaube ich, weil die Schuhe an einem so schwierigen Platz standen. Sie mußte erst andere Paare beiseiteräumen und dann auf Strümpfen in die Auslage klettern. Das junge Mädchen half ihr dabei. Sie probierte dann die Schuhe an und ging ein bißchen hin und her. Sogar auf die Straße, weil sie die Farbe im Tageslicht prüfen wollte. Die Verkäuferin wollte es ihr verbieten, aber da war sie schon draußen. Dann dachte sie, das Mädchen wolle verschwinden, ohne zu bezahlen, aber als die Verkäuferin herauskam, stand das junge Mädchen da und redete mit einem Mann. ›Sie dürfen nicht rausgehen auf die Straße‹, sagte die Verkäuferin. ›Es ist verboten, wegen der Kratzer, die man nachher auf den Sohlen sieht.‹

›Okay‹, sagte das Mädchen. ›Ich nehme sie.‹ So ungefähr ist das abgelaufen, Pa! Zufrieden?«

Gerard holte tief Luft. »Ich weiß nicht, Kiki. Dieser Mann würde mich interessieren, mit dem das Mädchen draußen gesprochen hat. Hatte die Verkäuferin den Eindruck, daß die beiden zusammengehörten?«

»Also wirklich, Pa. Das habe ich nicht gefragt. Ich meine, ich bin kein Detektiv. Ich kann doch niemanden verhören ...«

»Schon gut, Kiki. Ich frag' ja bloß, weil ich weiß, daß du gut bist in solchen Dingen. Da schlägt eben doch der Erbteil des großen Vaters durch, nicht?«

»Eingebildeter Kerl«, lachte Kiki. »Willst du wissen, wie das Mädchen aussah?«

»Natürlich.«

»Also. Sie war mittelblond, mittelgroß und trug ein weißes Sommerkleid. Irgendwas Weißes. An mehr konnte sich die Verkäuferin nicht erinnern. Aber keine Hosen, das hätte sie gewußt. Anscheinend betrachtet sie pausenlos die Beine ihrer Kundinnen, eifersüchtig, um zu sehen, ob eine schönere Beine hat als sie.«

»Frauen sind nun mal so«, sagte Gerard. »Du übrigens auch. Was machst du jetzt?«

»Ich fahr' in den Tennisclub. Nachher gehen Georges und ich irgendwo zum Essen. Hab' heute keine Lust zu kochen. Kannst ja mitkommen. Ich bin sicher, Georges hat nichts dagegen.«

Natürlich hat er was dagegen, dachte Gerard. Ich weiß doch, daß die beiden sich mit Mühe einen Abend von den Kindern befreit haben, um mal wieder jung und verliebt zu spielen, oder wie immer das Spiel heißt. »Danke, Kiki. Ich habe noch was vor.«

»Und was ist mit den Schuhen?«

»Bring sie vorbei, wenn du Zeit hast.« Er legte auf.

»Nun«, fragte Veronique. »Was ist mit den Schuhen? Hat dieser deutsche Schriftsteller etwas damit zu tun?«

»Vielleicht ja, vielleicht nein«, sagte Gerard. Er lächelte Veronique zu. »Aber wir bekommen das schon noch raus.«

»Der Kommissar war wieder hier«, sagte Anna. Sie stand an der Staffelei und mühte sich, einen Schatten, der auf dem halbfertigen Bild etwas zu hell ausgefallen war, nachzudunkeln.

»So?« fragte Hendrik, der soeben schlecht gelaunt von seinem Platz an der Schreibmaschine aufgestanden war, weil ihm für eine Kurzgeschichte, die eine große deutsche Zeitschrift bei ihm bestellt hatte, kein guter Anfang eingefallen war. »Und was wollte er?«

»Er wollte dich sprechen.«

»Und hat er auch gesagt, worüber er mit mir sprechen wollte?«

»Ich glaube, er wollte wissen, wo du vorgestern gewesen bist. Zwischen ein Uhr mittags und elf Uhr nachts.«

Hendrik starrte Anna an. »Und wieso gerade zwischen ein Uhr mittags und elf Uhr nachts?«

Anna zuckte mit den Schultern. Sie trat von der Staffelei zurück und betrachtete das Bild, auf dem so etwas wie ein Bergpfad zu sehen war, der sich diagonal vom linken zum rechten Bildrand hinzog und über den der Wind Blätter von Ebereschen und Eichen geweht hatte. Auf der unteren linken Bildhälfte schien sich im Schatten etwas zu verbergen – ein Mensch oder ein Tier? Vielleicht auch nur ein Strauch, ein Baumstumpf. Nein, das Bild war noch lange nicht vollendet.

»Warum nicht zwischen ein Uhr und elf Uhr?« fragte Anna. »Wo bist du denn gewesen? Hier jedenfalls nicht.«

Hendrik ließ sich auf seinen Stuhl fallen. »Ich weiß nicht mehr«, sagte er gleichgültig. »Irgendwo. Geht es dich etwas an?«

»Mich nicht, aber den Kommissar. Und der will es unbedingt wissen.«

Hendrik hörte nicht auf zu fragen. »Und er war wirklich da? Eben gerade? Oder vor einer Stunde? Oder vor zwei Stunden?«

Er wußte, daß sie log. Schließlich war er auf der Polizeistation gewesen, wo er mit Gerard Lasalle gesprochen hatte.

»Vor einer Stunde ungefähr. Ich kam gerade vom Putzen zurück. Ich bin heute früher dran als sonst. Sonst komme ich immer erst gegen drei.«

Hendrik starrte sie an. Schleier bildeten sich über seinen Augen. Das geschah immer, wenn er Anna anschaute. Er hielt es für eine Art Schutzreaktion. Damit er sie nicht so deutlich sah. Nicht so genau die tiefen scharfen Falten, die großen Poren, die Runzeln in den Augenfalten. Dieser schmale verbitterte Mund, die schlechten Zähne. Der Schleier legte sich über seine Augen, und er sah Anna nur verschwommen, nur eine undeutliche Gestalt mit langen Haaren und einem großen Gesicht, mit hageren Armen und großen roten Händen, die jetzt mit Farbe befleckt waren. Wenn er sie so anschaute, wie ein Wesen, das in einem trüben Aquarium herumschwamm, dann konnte er sie ertragen. Wenigstens für die kurze Zeit, die er mit ihr zusammen war. Nur gegen ihre Stimme war er machtlos. Sie war schärfer geworden, bitterer, jede Sanftmut, von der unlängst noch Ansätze zu hören gewesen waren, hatten sich verflüchtigt, seit sie angefangen hatte, die Häuser anderer Leute zu putzen. Manche Frauen wären über dieser Demütigung krank geworden, oder müde. Anna jedoch war nur noch härter geworden. Hendrik konnte sich nicht genau vorstellen, worin ihre Arbeit genau bestand, und er fragte sie auch nicht. Er wußte, es würde ihn belasten, wenn sie es ihm sagen würde. Er wußte, sie würde ihm noch unerträglicher werden, wenn sie ihm diesen Seifenlaugengeruch, der ihr anhaftete, auch noch erklären würde.

»Hast du gehört, was ich gesagt habe?« fragte Anna.

Hendrik schüttelte den Kopf. »Ich habe nicht zugehört«, antwortete er.

Anna warf ihm einen raschen Blick zu. »Dann werde ich es noch einmal sagen. Es ist nämlich wichtig.«

Hendrik nickte. Er schaute auf die Farbpinsel, die sie jetzt wie Pfeile auf ihn gerichtet hatte. »Ich habe bei Bergsons gekündigt. Ich habe einfach alles liegen- und stehenlassen und bin gegangen. Jetzt kann sie den Staubsauger wegräumen und ihr dreckiges Geschirr mit den angeklebten Saucenresten alleine spülen.«

Hendrik wandt sich. Er haßte ihre genauen Beschreibungen von dem Schmutz anderer Leute.

Anna redete weiter. »Sie wollten mir weismachen, daß ich ihre chinesische Vase kaputtgemacht hätte. Ich hab' das Ding überhaupt nicht angefaßt. Ich weiß genau, wer es war.«

»Wer?«

»Die Madame persönlich. Aber weil sie Angst hat, daß ihr Mann wütend wird, hat sie die Schuld auf mich geschoben. Das kann sie mit einer kleinen, dummen Dienstmagd machen, aber nicht mit mir. Ich habe ihr gesagt: ›Wenn Sie glauben, daß ich unehrlich bin, möchte ich sofort kündigen. Bitte geben Sie mir die vierhundertfünfzig Franc, die ich noch bekomme.‹ Und dann bin ich gegangen.«

Hendrik nickte wieder. Er hatte nur mit halbem Ohr zugehört.

»Also kann ich von nun an wieder öfter zu Hause sein«, sagte Anna. »Ich werde wieder Zeit haben, mich an den Swimmingpool zu legen und das Leben zu genießen so wie du. Vielleicht werde ich auch wieder Leute einladen und feiern. Genau wie du. Schließlich gehört das Haus uns beiden, oder? Die Frage ist nur, wovon wir das alles bezahlen wollen.«

Hendrik hob den Kopf. »Ich werde das Buch zu Ende schreiben«, sagte er. »Bei Ablieferung des Manuskripts ist das Honorar fällig. « Seine Zunge war auf einmal dick und schwer, es machte ihm Mühe zu sprechen. Der Schleier vor seinen Augen wurde immer dünner, immer durchsichtiger. Von Sekunde zu Sekunde sah er Annas Gesicht deutlicher.

»Natürlich wirst du das Buch zu Ende schreiben. Was dachtest du sonst?«

»Ich dachte«, sagte Hendrik, »daß ich sonst vielleicht ein neues Buch begonnen hätte.«

Anna starrte ihn an. Er hatte lange nicht über seine Arbeit mit ihr gesprochen. Sie wunderte sich, daß er immer noch auf seinem Stuhl saß und ihr zuschaute. Er hatte es ewig nicht so lange in ihrer Gegenwart ausgehalten. Und obwohl sie seine Ablehnung spürte, genoß sie es, ihn in ihrer Nähe zu wissen. Sie sah, wie er die Handflächen auf den Tisch gegeneinander legte, in einer Gebärde der Hilflosigkeit, und sie spürte, daß sie ihn immer noch liebte.

»Du wolltest das Buch in der Mitte einfach aufhören lassen?« fragte sie. »Aber warum?«

Hendrik sah sie an. »Du weißt es doch«, sagte er. »Warum stellst du eine so scheinheilige Frage? Du weißt es ganz genau.«

Anna wurde rot. Sie warf die Farbpinsel auf den Arbeitstisch neben der Staffelei und wischte ihre Hände an einem Tuch ab. »Es ist wegen der nächsten Szene, nicht wahr?« sagte sie heiser. »Du hast Angst vor der nächsten Szene! Ich habe es gelesen. Ich habe es vor ein paar Tagen gelesen. Ich konnte nicht anders. Ich weiß, daß du wütend wirst, wenn ich es dir sage, aber ich mußte es lesen. Ich mußte wissen, was du tust. Ich war nervös.«

Hendrik schwieg.

Anna kam um den Tisch herum. Sie schaute auf den massigen Rücken ihres Mannes. Sie hob die Hand, wie um sie auf seine Schulter zu legen, aber sie zog ihre Hand im letzten Augenblick zurück.

»Du hast Angst davor, nicht? Das ist es. Du hast Angst.«

Hendrik nickte. Er öffnete die Hände, starrte sie an und legte sie dann behutsam wieder gegeneinander.

»Ich weiß, was es ist. Es ist dieser Mord. Du willst, daß sie stirbt, nicht? Du willst, daß das Mädchen stirbt. Ich weiß es! Ich habe es die ganze Zeit gewußt.«

Hendrik drehte sich nach ihr um. Die Schleier waren zerrissen. Er sah in Annas leuchtende Augen. Er fragte sich, warum ihre Augen derart leuchteten. Früher war ihm das nicht aufgefallen.

Anna beugte sich vor. »Hast du es schon getan?« flüsterte sie. »Hast du sie schon umgebracht?«

Hendriks Mundwinkel zuckten. Er zog Grimassen. Er wollte, daß die Schleier wiederkämen. Er wußte, alles würde besser werden, wenn er ihr Gesicht nicht so klar, nicht so scharf und nah vor sich sah.

Aber es funktionierte nicht. Er spürte ihren heißen unruhigen Atem auf seinem Gesicht. »Hast du sie umgebracht?« flüsterte Anna.

Hendrik senkte den Kopf. »Nein«, sagte er leise. »So darfst du nicht mit mir sprechen. Bitte, schweig jetzt. Um Gottes willen, sprich nicht weiter.«

Hendrik saß da, in sich versunken, vielleicht dachte er darüber nach, wie er weiterschreiben müsse, vielleicht dachte er auch über etwas anderes nach.

Sie richtete sich langsam auf, schob ihre Haare aus der Stirn und legte ihre Hände, die noch nach Farbe rochen, gegen ihre heißen Wangen.

Hendrik schüttelte langsam den Kopf. Seine Lider flatterten. Anna schaute ihn mit diesen strahlenden, fast unnatürlichen Augen an. Ihr Atem ging flach und schnell. »Du lügst«, sagte sie leise. »Ich weiß, daß du lügst.«

Olivier hatte den Schulbesuch, den er ohnehin überflüssig fand, einfach eingestellt. Er glaubte nicht, daß man ihn vermißte. Wenn die Mutter ihn ansprach, reagierte er nicht. Apathisch lag er auf seinem Bett, rauchte und starrte gegen die Decke. Neben sich lagerte er ein paar Dosen Bier, von denen er ab und zu eine aufhob, die Lasche aufbog und in langen gierigen Zügen trank. Es war in seinem Zimmer ganz still. Nie lief das Radio. Manchmal klatschte eine Fliege gegen das Fenster.

Oliviers Mutter machte sich Sorgen. Wenn sie von der Arbeit nach Hause kam, lag Olivier auf seinem zerwühlten Bett, es roch nach kalter Asche und abgestandenem Bier, und wenn sie sagte: »Bist du krank, Olli?«, dann drehte er ganz langsam den Kopf, blickte seine Mutter mit diesem ausdruckslosen, abwesenden Blick an und schüttelte den Kopf.

»Ich mach' mir Sorgen, mein Junge«, sagte die Mutter den Tränen nahe. »Was ist mit dir los?«

»Nichts, Mama«, sagte Olivier. »Hör auf, dir Sorgen zu machen.«

»Soll ich mir vielleicht keine Sorgen machen, wenn ich dich Tag für Tag da liegen sehe? Heute habe ich deinen Freund Bastian getroffen. Ich habe ihn gefragt, ob er eine Ahnung hat, was mit dir los ist, aber er wußte es auch nicht.«

»Bastian ist nicht mein Freund«, sagte Olivier.

»Aber ihr wart doch früher immer zusammen!«

»Jetzt nicht mehr«, sagte Olivier.

»Bastian sagt, du kommst nicht mehr in die Schule. Seit ein paar Tagen schon. Ist das wahr?«

Olivier nickte gelangweilt.

»Aber du fährst doch jeden Morgen mit dem Mofa weg! Nicht in die Schule?«

»Schule kotzt mich an«, sagte Olivier. Er beugte sich aus dem Bett und angelte nach einer Bierdose.

Ein tiefer Seufzer kam aus der Brust der Mutter. Kopfschüttelnd blickte sie ihren Sohn an, diesen Jungen, für den sie sich aufgeopfert hatte, den sie liebte, von dem sie immer noch hoffte, daß eines Tages etwas ganz Großartiges aus ihm werden würde.

Sie machte sich Illusionen wie viele Mütter.

»Aber was tust du denn die ganze Zeit auf deinem Bett?« fragte sie hilflos.

Olivier wischte sich den Schaum von den Lippen. Er schaute seine Mutter an. Sie fand plötzlich, daß seine Augen sehr traurig wirkten. »Ich denke nach«, sagte er. »Ich denke immerzu nach.«

In der Parfumerie am »Place de l'independence« kaufte Olivier von seinem letzten Geld einen großen Flacon Eau de Cologne. Es war ein schöner Glasflacon mit einem geschliffenen Stöpsel, der, hielt man ihn gegen das Licht, in allen Regenbogenfarben leuchtete. »Soll ich es als Geschenk verpacken?« fragte die Verkäuferin, Olivier freundlich anlächelnd. »Bestimmt ist es für deine Mutter.«

»Es ist nicht für meine Mutter«, sagte Olivier ruhig.

»Oh, là, là!« Die Verkäuferin drohte ihm schelmisch mit dem Finger. »Für die kleine Freundin also! Soso. In meiner Zeit hat man sich nicht so teure Geschenke gemacht. Weißt du, daß in diesem Flacon ein halber Liter Parfum ist? Braucht deine kleine Freundin so viel Parfum? Ich hoffe, sie gießt es sich nicht über den Kopf. Man nimmt immer nur ein paar Tropfen, weißt du. Zwei an die Schläfen, zwei aufs Dekolleté, einen in den Nakken ...«

»Geben Sie es her«, fuhr Olivier sie grob an. »Und hören Sie auf, so zu reden.«

Die Verkäuferin, eine freundliche, runde Person im mittleren Alter, wurde rot vor Empörung. »Aber ich wollte doch nur einen netten kleinen Scherz machen! Warum bist du denn so schlecht gelaunt?«

»Weil ich es hasse, wenn man sich über mich lustig macht«, sagte Olivier. »Wieviel muß ich zahlen?«

»Hundertzwanzig Franc«, sagte die Verkäuferin eingeschnappt. Sie blickte nicht mehr auf, als Olivier das Geschäft verließ.

»Unfreundlich sind die jungen Leute heutzutage!« schimpfte sie. »Hast du gehört, wie der mich behandelt hat?«

Die Kollegin, die gerade Lippenstifte sortierte, lachte. »Der hat sich bloß geniert, das ist alles. Wenn sie in dieses Alter kommen, da werden sie schwierig. Es war ihm einfach peinlich, daß du ihn auf seine Freundin angesprochen hast, und da hat er so reagiert.« Sie deutete aus dem Fenster. »Schau, jetzt hat er das Geschenk für sein Mädchen in die Seitentasche des Mofas verstaut, und nun braust er davon. Zum Rendezvous. Ist doch süß, so was.«

»Trotzdem«, murmelte die Verkäuferin, immer noch ein wenig verstimmt. »Ich hätte es ihm ja hübsch eingepackt, wenn er nicht so ein sturer Kerl gewesen wäre. Ein Mädchen freut sich doch auch über die hübsche Verpackung. Ich hab' das immer gern gemocht.«

»Seine Freundin ist vielleicht anders«, sagte die Kollegin achselzuckend. »Wer weiß.«

Olivier fuhr die Serpentinen hinauf, fast automatisch, so gut kannte er die Strecke inzwischen. Geschickt wich er den Schlaglöchern aus, bückte sich, wenn die tiefhängenden Zweige über sein Gesicht streiften, wandte den Kopf ab, als er an der Brombeerhecke vorbeifuhr, die halb in den Weg hineinwucherte und stellte sein Mofa an der gewohnten Stelle ab.

Er sah sich um, blieb eine Weile reglos, mit angehaltenem Atem, stehen und lauschte.

Ein Kuckuck rief. Fünfmal, zehnmal und mehr. Mechanisch zählte Olivier mit. Das war früher sein Spiel gewesen, so oft der Kuckuck ruft, so viele Jahre hast du noch zu leben. Bei zwölf hörte der Kuckuck plötzlich auf. Olivier nickte grimmig. »Ist auch besser so«, murmelte er. »Für meine Valerie ist es sowieso zu spät.«

Die Sonne stand im Westen, ein dunkelroter, riesiger Ball, der die schlierigen Wolken rosa färbte. Auch am nächsten Tag würde es nicht regnen.

Olivier war dankbar für jeden Tag, an dem es nicht regnete. Er wußte nicht, was er mit Valerie machen sollte, wenn der Regen kam. So gab es genug trockenes sonnenwarmes Laub, das er täglich wechselte, er suchte weiches Moos, sammelte zarte sanfte

Gräser mit denen er ihren Körper bedeckte. Jeden Tag bereitete er seiner Valerie ein frisches Bett, kämmte ihre seidigen rotblonden Haare. Jeden Tag. Wenn er um diese Stunde kam, schien die Sonne genau zwischen zwei Bäumen hindurch auf ihr Gesicht, und die wandernden Sonnenflecken zauberten eine Art Lächeln auf ihr Gesicht. Es war, als brächten die beweglichen Schatten ihren Mund zum Sprechen. Er hockte dann vor ihr, starrte auf ihr Gesicht und nickte immerzu. »Du hast ja recht, Valerie«, sagte er mit einem glücklichen Lächeln. »Natürlich. Du hast in allen Punkten recht.«

Er legte sein Mofa hin, nahm den Parfumflacon aus der Seitentasche und den Walkman mit den zwei Kopfhörern, den er im letzten Augenblick eingepackt hatte. Vorsichtig schlich er durch das Gebüsch zu seinem Platz.

Lautlos bewegte er sich, kaum ein Zweig wurde berührt, kaum ein Blatt raschelte. Nur das alte trockene Laub unter seinen Turnschuhen gab leise knackende Geräusche von sich.

Er kniete sich an die Stelle, die er ohne zu zögern wiederfand, langsam, fast andächtig hob er das Laub, die Gräser, das Moos auf und warf es hinter sich. Je mehr er von ihrem Körper bloßlegte, desto deutlicher wurde der Geruch. Ihre Haut war nicht mehr so weiß und makellos wie am Anfang. Totenflecken hatten sich gebildet, aber das störte Olivier nicht. Ihn störte nur der Geruch, dieser Geruch von Verwesung und Tod. Vorsichtig öffnete er den Flacon, hielt den Stöpsel gegen das Licht, ließ die Regenbogenfarben tanzen. »Ich habe dir etwas mitgebracht, Valerie«, flüsterte er. »Die Verkäuferin hat es mir empfohlen. Jasminduft. Du magst Jasmin, nicht wahr, Valerie?«

Er schüttete sich etwas von der gelben Flüssigkeit in die Hand und strich damit sanft über ihren Körper. Der Jasminduft breitete sich aus, umhüllte ihn, tötete alle anderen Gerüche. Er nahm mehr von dem Parfum, verbrauchte fast die halbe Flasche. »Schön, nicht wahr?« sagte Olivier. Die Sonnenschatten spielten auf ihrem Gesicht, und Valerie lächelte. Ihre Lippen schienen sich zu bewegen, und Olivier sagte mit aufgeregter Stimme: »Aber du mußt dich doch nicht bedanken, Valerie. Das ist doch selbstverständlich. Nur ein kleines Geschenk. Du nimmst ja sonst nichst von mir an.«

Valeries seidene Haare leuchteten in der Sonne, und ihr schlanker weißer Körper, auf dem die Schatten tanzten, war wieder so schön, daß es Olivier fast den Atem verschlug. Er tat, als sähe er die blutunterlaufenen Flecken nicht, die häßlichen roten Stellen unter ihrem Busen und an den Schenkeln. In diesem Licht konnten es auch tanzende Schatten sein, Lichtspiele, es war ganz gleich.

»Ich habe dir noch etwas mitgebracht, Valerie«, sagte Olivier. Er hob seinen Kassettenrecorder hoch. »Musik von Pink Floyd. Ich bin ein Pink-Floyd-Fan, weißt du. Ich habe den Film ›The Wall‹ gesehen. Die Typen sehen das Leben ganz genauso wie ich. Das hört man auch an ihrer Musik. Willst du, ja?«

Lichtflecken tanzten über Valeries Lippen und Olivier nickte glücklich. Er war dankbar, daß er etwas für Valerie tun konnte, daß er nicht immer nur so dasitzen mußte, so hilflos, so stumm. Behutsam stülpte er ihr den Kopfhörer über, setzte seinen auf und stellte das Band an. Die Musik von Pink Floyd hämmerte in seinen Ohren, er schloß die Augen, lauschte, öffnete sie wieder, sah, wie Valerie lächelnd der Musik zuhörte und schloß die Augen wieder. Er hörte nicht, was um ihn herum geschah.

Bastian und Pierre, zwei Jungen aus der ehemaligen Clique von Olivier, hatten sich fast bis an sein Versteck herangepirscht.

»Ich muß wissen«, wisperte Bastian, »was er da macht. Ich möchte es unbedingt wissen.«

»Neulich in der Schule hat er ein nacktes Mädchen gemalt, in sein Matheheft. Ich denke, ich flippe aus, als ich das sehe. Der und ein nacktes Mädchen! Dabei dachte ich, der hat keine Ahnung von so was.«

»Wie man sich irren kann«, grinste Pierre. Vorsichtig schob er die Zweige eines Holunderbusches auseinander. Plötzlich ließ er die Äste los. »Da ist er!« flüsterte er. »Vorsicht!«

Bastian wagte kaum, sich zu bewegen. »Was tut er?« fragte er.
»Konnte ich nicht sehen. Ich habe nur seinen Rücken gesehen.«
Sie pirschten sich weiter vor.

Jetzt waren sie nur noch zehn Schritte von Olivier entfernt. Bastian stieß Pierre in die Seite. »Der hat die Kopfhörer auf!« flüsterte er. »Der hört Musik! Da haben wir Glück. Da hört er uns nicht.«

Olivier saß reglos, ein wenig vornübergebeugt. Die Musik an seinem Trommelfell machte ihn taub für andere Geräusche. Er hatte meist die Augen geschlossen, nur manchmal öffnete er sie, fast erschrocken, so als befürchtete er, daß Valerie ihn inzwischen verlassen hätte. Aber sie lag immer noch so da, so weiß, so rührend, so reglos.

»Das gibt es nicht«, flüsterte Bastian. Er war schneeweiß, die Augen fielen ihm fast aus dem Kopf. Er starrte seinen Kumpel an. »Sag mal, träum' ich?«

Pierre keuchte. Er preßte die Hand gegen den Magen, als müsse er sich übergeben. »Das stinkt ja hier wie im Puff!« stöhnte er.

»Das mein' ich doch nicht, du Trottel.« Bastian stieß Pierre in die Rippen. »Hast du das Mädchen gesehen?«

»Nur flüchtig«, murmelte Pierre. »Mein Gott, ist mir schlecht.«

»Die ist tot, sag' ich dir. Mausetot.«

»Waas?« Pierre starrte Bastian an.

Der nickte heftig. »Wenn ich es dir sage! Da liegt eine Leiche. Und er hat ihr das Parfum drübergekippt, damit er den Gestank nicht riecht. Und jetzt sitzt er da, mit den Kopfhörern und hört Musik.«

»Wahnsinn«, flüsterte Pierre. »Und bemerkt uns überhaupt nicht.«

»Ein schönes Mädchen«, sagte Bastian, der sich zwingen mußte, genau hinzusehen. »So eine umzubringen. Was für ein Schwein der Olivier ist. Bringt so ein Mädchen um.«

»Ein perverses Schwein«, sagte Pierre angewidert. »Laß uns abhauen von hier.«

»Was sollen wir tun?« fragte Bastian.

Pierre legte die Finger an die Lippen und bedeutete Bastian, still zu sein.

Erst als sie die Straße wieder erreicht hatten, wo sie Pierres Mofa abgestellt hatten, holten sie tief Luft.

»Zur Polizei«, sagte Pierre. »Wir müssen das melden. Sofort.« Er schlug sich mit der flachen Hand gegen die Stirn. »Sich vorzustellen, daß so was in unserer Klasse war! Eine so perverse Mördersau!«

»Echt Wahnsinn«, murmelte Bastian. Er schüttelte sich, als wolle er einen widerlichen Traum abschütteln. Dann zerrte er sein Mofa aus dem Laub. Sie beide sprangen auf die rollende Maschine auf und rasten nach La Tournelle zurück.

Gerard Lasalle zog gerade sein Jackett an und band vor dem kleinen Spiegel über dem Waschtisch die Krawatte, als er von draußen laute Stimmen hörte. Einer der diensthabenden Polizisten war wohl in einen heftigen Wortwechsel mit einem Besucher geraten. So etwas kam häufiger vor, besonders an schwülen Tagen wie diesem, da gingen allen die Nerven ein bißchen durch. Lasalle fuhr sich mit der Hand prüfend über das Kinn. Es war rauh und stoppelig, als habe er sich mindestens zwei Tage nicht rasiert. Eigentlich, dachte er, müßte ich immer einen kleinen Batterie-Rasierer in meinem Schreibtisch haben. Im Alter soll der Bartwuchs ja stärker werden. Kiki mag es nicht, wenn ich so ungepflegt zu ihr komme. War das Hemd in Ordnung? Sieht der Kragen verschwitzt aus? Sollte er nicht doch noch einmal zu Hause vorbeifahren, um sich umzuziehen? Kiki legt immer so viel Wert auf Äußerlichkeiten. Sie mag es nicht, wenn ihr Vater aussieht wie eine Karikatur von Columbo, diesem amerikanischen Serienhelden, der immer so einen unausgeschlafenen verschlampten Kommissar spielt, im knittrigen Regenmantel und mit ungeputzten Schuhen.

Automatisch wanderte sein prüfender Blick auf die Schuhspitzen, die unter der braunen Gabardinehose hervorsahen.

Tatsächlich! Er hatte schwarze Schuhe angezogen! Zu braunen

Hosen! Wieder etwas, das Kiki ihm übelnehmen würde. Kiki hatte so einen Instinkt für Stil und Farben. »Niemals«, hatte sie zu ihm gesagt, »niemals Schwarz und Braun miteinander mixen. Das kann sich ein einfacher Arbeiter leisten. Aber nicht du.«

»Aber ich bin ein Arbeiter, Kiki«, hatte er erwidert, »ein Schwerarbeiter sogar. Weißt du, wieviel Stunden mein Arbeitstag manchmal ist?«

»Das meine ich nicht, Pa«, hatte sie geantwortet, ein bißchen gereizt, weil er sie so oft absichtlich mißverstand. »Du bist ein Kopfarbeiter, Pa. Du sitzt mit sauberen Händen an einem schönen Schreibtisch. Ich meine die Leute, die in einer Fabrik arbeiten.«

»Dabei mache ich mir wahrscheinlich öfter die Hände schmutzig als sie«, hatte er erwidert. Solche Gespräche machten ihm Spaß. »Was glaubst du, in welchem Sumpf ich schon gewühlt habe? In welchem Dreck? Was glaubst du?«

»Du willst mich nicht verstehen, Pa.«

Er hatte gelächelt und ihr einen flüchtigen, väterlichen Kuß gegeben. »Manchmal, Kiki, bist du wie deine Mutter. Euch haftet noch so etwas Großbürgerliches an. Das ist offenbar auch nach Generationen nicht wegzukriegen. Dabei war die Familie deiner Mutter schon vor dem Krieg verarmt. Und das Leben in der heruntergekommenen Villa nur noch Fassade. Das Kleid deiner Mutter, mit dem sie zur Kommunion gehen mußte, war schon zweimal gewendet, sie hat es mir selbst erzählt. Wie sie sich geschämt hatte, damals als Mädchen.«

Die Tür flog auf.

Lasalle fuhr herum, die Hände immer noch an der Krawatte.

»Sind Sie hier der Boß?« fragte ein junger Kerl in Jeans und Lederjacke. Er hielt einen Sturzhelm in der Hand. Auf dem Sturzhelm war ein Abzeichen, ein Punkerzeichen für Victory. Der Junge sah blaß aus und gleichzeitig wirkte er ungeheuer hektisch. Er starrte den Kommissar an. Hinter ihm drängte ein zweiter Junge in den Raum. Blond, das Gesicht blühend von Akne, mit sehr hellen blauen Augen.

»Tut mir leid Monsieur le Commissaire«, rief der diensthаbende Polizist verzweifelt über die Köpfe der beiden Jungen hinweg. »Sie ließen sich nicht abschütteln. Ich habe ihnen gesagt, daß Sie wegmüssen.«

»Schon gut, Michel«, brummte der Kommissar. Er blickte die beiden an. »Nun?« fragte er. »Was gibt es denn Dringendes? Haben sie euch das Mofa geklaut? Oder habt ihr euch mit einer Bande geprügelt und braucht jetzt einen Schlichter? Du bist doch Pierre, nicht?«

Er sah den Jungen mit den Pickeln an. Der nickte.

»Ich kenne dich«, sagte der Kommissar. »Deine Mutter arbeitet in der Reinigung. Sie hat ein Foto von dir an der Kasse. Mit Tesafilm festgeklebt.«

Pierre riß seine blauen Augen noch weiter auf.

»Sie haben ein verdammt gutes Gedächtnis«, sagte er anerkennend. »Daß Sie sich das merken können! Würde ich überhaupt nicht drauf achten, auf so was.«

Lasalle lächelte geschmeichelt. »Gehört zu meinem Job, Pierre. Alles eine Sache der Routine. Man gewöhnt sich dran, die Augen aufzuhalten. Alles, weißt du, kann einmal wichtig sein. Ist das dein Freund?« Er wandte sich an den Jungen mit der Lederjacke.

»Das ist Bastian, Monsieur. Wir besuchen die gleiche Klasse. Er ist mein Kumpel, stimmt.«

»Wir wollen etwas melden«, sagte Bastian. »Der Typ da draußen, der hätte uns beinahe abgewimmelt. Der hat wohl gedacht, wir machen einen Witz. Der glaubt wohl nur Leuten, die einen Anzug und Krawatte tragen.«

»Unsinn«, sagte Lasalle. »Er weiß, daß jeder, der zu uns kommt, angehört werden muß.«

»Aber ob er die Geschichte dann glaubt oder nicht, das ist die andere Seite der Medaille«, sagte Pierre.

»Was war es denn für eine Geschichte?« fragte Lasalle. Er blickte auf die Uhr. Halb acht. Um acht Uhr wollte er bei Kiki sein. Vorher mußte er noch die Blumen abholen, die er bestellt hatte. Kiki freute sich immer so, wenn er als Dank für ein Abendessen Blumen mitbrachte. Sie liebte Rosen, wie alle Frauen, die selten Rosen geschenkt bekamen. Er hatte einen ganzen Arm voll davon bestellt. Im Augenblick waren Rosen ja preiswert. Oben in Grasse stampften sie schon Millionen Rosenblätter zu einem Parfum-Sud zusammen.

»Wir haben eine Leiche gesehen, Monsieur«, sagte Pierre.

»Oben, am Col du Ventou.«

»Eine weibliche Leiche«, fügte Bastian hinzu. »Und der Mörder saß neben ihr. Ein Wahnsinn. Ich dachte, so was gibt es nur im Film.«

»Hatte die Kopfhörer auf, der Olivier, und hörte Musik, während er die Leiche anstarrte.«

»Ich dachte, ich spinne«, sagte Pierre. »Ich dachte, so was gibt's doch gar nicht. Sitzt neben der Leiche und hört Musik!«

Lasalle starrte die beiden lange an. Er lockerte seine Krawatte, öffnete den obersten Hemdenknopf. »Mal schön langsam«, sagte er.

»Eine Leiche also?« Die beiden nickten.

»Eine Frauenleiche?« fragte Lasalle weiter.

Wieder nickten die beiden in seltener Einmütigkeit.

»Und gestunken hat es«, sagte Pierre, sich immer noch windend. »Der muß einen ganzen Parfumladen leergeklaut haben. Süß und eklig. Zum Speien.«

»Mal langsam«, Lasalle hob die Arme. »Mal ganz langsam. Also: am Col du Ventou liegt eine Leiche, behauptet ihr.«

»Nicht direkt auf dem Gipfel. Ein bißchen unterhalb, da wo dieser Sandweg ist, dieser Forstweg, in der Höhe der Bank, auf der die Spaziergänger manchmal sitzen, Sie wissen schon, diese Bank, die der alte Bruno gestiftet hat ...«

»Ich weiß«, unterbrach Lasalle. »Weiter.«

»Na ja, von da geht es ein paar Meter abwärts in die Büsche. Ziemlich viel Brombeersträucher da, Holunderbüsche, Ginster, alles mögliche. Beinahe braucht man da eine Machete, um sich durchzukämpfen. Echter Dschungel.«

»Und da, sagt ihr, liegt eine Leiche?« Lasalle starrte die beiden an und kratzte sein Kinn. Er ging zu der Wand, an der eine große genaue Karte von La Tournelle und Umgebung hing. Mit den Augen suchte er den Gipfel des Col du Ventou. Legte seinen

Zeigefinger auf den Punkt.

»Hier ist der Gipfel. Kommt mal rüber. Zeigt mal genau, wo die Stelle ist.«

Die beiden Jungen studierten die Karte, murmelten etwas, unterhielten sich, schließlich nickten sie und deuteten auf eine Stelle etwas weiter südlich. »Hier ungefähr.«

Lasalle nickte. Er blickte die Karte an. »Ziemlich genau oberhalb der Chaussee«, stellte er fest. »Steiles Gelände, wie?«

»Da ist es gerade ziemlich flach. Aber stimmt, etwas oberhalb geht es dann steil runter. Da wollten sie ja schon mal ein Schild aufstellen. Auf der Chaussee, wegen Steinschlag. Wenn da oben mal ein Felsbrocken ausbricht aus dem Sandstein, bei Regen oder so, da kollert der genau auf die Straße.«

Lasalle starrte den Jungen an. Ein Gedanke rumorte in seinem Hinterkopf. Er müßte sich jetzt an etwas erinnern, das fühlte er. Aber an was? Ein Stein. Wo zum Teufel hatte er zuletzt über einen Stein gesprochen? Er versuchte, den Gedanken an die Oberfläche zu holen, ihn konkreter zu machen ... sein Gedächtnis ließ ihn im Stich.

Er atmete tief durch. »Gut«, sagte er. »Fahren wir.« Er steckte seinen Kopf in die Tür und rief: »Michel! Wir brauchen den Wagen. Schnell. Sie begleiten mich.«

»Okay«, rief Michel. »Ich warte mit dem Wagen am Eingang.«

Lasalle wendete sich an die Jungen. »Wollt ihr in meinem Wagen mitfahren oder lieber euer Mofa nehmen?«

Bastian sah Pierre zögernd an. »Was meinst du?«

Pierre grinste. »Wär' doch mal stark, in so einem Bullen-Auto zu fahren, oder?«

»Allerdings müßt ihr dann warten, bis wir da oben fertig sind.«

»Macht nichts«, sagte Bastian. »Wir haben heute abend ohnehin nichts besonderes vor.«

In diesem Augenblick fiel Lasalle die Einladung bei Kiki ein. Er fluchte. »Ich muß noch mal telefonieren. Ihr könnt schon draußen warten.«

Er ging zum Telefon und wählte die Nummer, die er als eine von wenigen Nummern auswendig kannte. Während er auf das

Tuten horchte, starrte er die Landkarte an. Stirnrunzelnd. An irgendwas müßte er sich erinnern. Er hatte das Gefühl, daß es etwas wirklich Wichtiges war ... Kiki meldete sich.

»Hallo Pa«, sagte sie.

Lasalle räusperte sich verblüfft. »Woher hast du gewußt, daß ich es bin?«

»Weil du immer eine Viertelstunde vor acht anrufst, um abzusagen.«

»Das ist nicht wahr!« rief Lasalle empört. »Jetzt tust du mir Unrecht. Ich habe mich so auf ein gemütliches Abendessen bei euch gefreut. Was hast du gekocht?«

»Ein Ratatouille«, sagte Kiki. Lasalle stöhnte. Er liebte das Ratatouille, das Kiki kochte. »Es stimmt also, du sagst ab. Wo ich alles fertig habe.« Kiki war beleidigt. Er konnte es ihr nicht übelnehmen.

»Tut mir leid, mein Mädchen, ganz ehrlich. Du weißt, daß dein Vater nichts lieber täte, als ein anständiges Ratatouille bei dir zu essen. Kann ja sein, daß die Sache schnell erledigt ist. Dann komme ich noch. Bewahr mir ein bißchen was auf, ja? So was kann man ja gut aufwärmen. Schmeckt immer besser, je öfter es aufgewärmt wird, hat mir mal jemand gesagt.«

»Das stimmt vielleicht für einen Kohleintopf, aber nicht für frisches junges Gemüse, Pa. Was ist denn los?«

»Eine Leiche«, sagte Lasalle. »Zwei junge Kerle sind eben, gerade als ich das Büro verlassen wollte, um deine Blumen abzuholen, hier hereingekommen, und haben gemeldet, daß sie eine Leiche gefunden haben.«

»Das Mädchen«, sagte Kiki.

»Was für ein Mädchen?« fragte Lasalle verwirrt.

»Die mit den kleinen Füßen. Schuhgröße sechsunddreißig. Das wird sie sein.«

Lasalle starrte immer noch auf die Karte. Er suchte mit den Augen den Campingplatz »Les Rosalies«, schätzte die Entfernung ab. »Wie kommst du darauf?« fragte er.

»Ist doch logisch«, antwortete Kiki.

»Du mußt es ja wissen. Du verstehst ja so viel von Kriminologie«, sagte Lasalle sarkastisch. »Ich muß jetzt los. Michel wartet unten im Auto. Ich melde mich wieder.« Er legte auf.

Das Mädchen lag auf dem Rücken, mit merkwürdig verrenkten Beinen. Die weit geöffneten Augen wirkten wie ausgetrocknet. Der Blick hatte dadurch etwas Fremdes, fast Mystisches. Sie war nackt. Jemand hatte sie ziemlich übel zugerichtet. Blaue Flecken an Schenkeln und Brüsten. Lasalle schob mit den Schuhspitzen das vorjährige Laub hin und her, als suchte er nach einem weiteren Indiz, nach irgendwas, das Aufschluß geben könnte.

Pierre und Bastian hielten sich, nachdem sie die Leiche einmal flüchtig von Nahem betrachtet hatten, im Hintergrund. Pierre war ganz grün im Gesicht.

»Mord?« fragte Michel. Lasalle nickte grimmig. »Und zwar ein übler, Michel. Rufen Sie über Funk den Leichenwagen und die Spurensicherung. Am besten wäre, wenn auch gleich der Gerichtsmediziner herkäme.« Lange und nachdenklich betrachtete er die kleinen Füße mit den grünlackierten Zehen. »Und dann rufen Sie in der Pathologie an. Die Leiche soll erst obduziert werden, wenn ich grünes Licht gebe. Ich möchte sie noch jemandem zeigen.«

Michel sah seinen Chef neugierig an. »Schon einen Verdacht?«

Lasalle hob die Schultern. »Was ist schon ein Verdacht, Michel. Wir brauchen Beweise. Aber kann sein«, er lächelte Michel flüchtig zu, »daß er in die Falle läuft.«

»Darf man erfahren, an wen Sie denken, Monsieur?« fragte Michel in dem unterwürfigen und ergebenen Ton, den Lasalle nicht ausstehen konnte. Michel war ihnen von Marseille zugeordnet worden, eigentlich ein Fachmann für Rauschgiftfahndung. Lasalle hätte sich erkundigen können, warum man Michel in die Provinz abgeschoben hatte, aber er wollte sich einen eigenen Eindruck von Michel machen.

»Es gibt zwei Spuren, die zu diesem Mädchen hier führen könnten«, sagte er, während er aufmerksam das fleckige Gesicht der Leiche betrachtete. »Einen Mann, der Deutscher ist und sich verdächtig gemacht hat.«

»Und wieso?«

»Er liebt Frauen mit winzigen Füßen. Er ist ein Fuß-Fetischist. Außerdem schreibt er Bücher, in denen Morde vorkommen.«

»Georges Simenon hat das sein ganzes Leben lang gemacht, ohne jemanden umzubringen«, sagte Michel.

Erstaunt sah Lasalle ihn an. »Richtig, Michel, sehr wahr. Sie meinen, Leute, die über Morde schreiben, begehen so eine Art Ersatz-Mord, wie? Sie töten in ihren Büchern, um nicht im Leben zu töten. Mag sein, daß Sie recht haben.«

»Eigentlich«, sagte Michel demütig, »wollte ich nur anmerken, daß jemand, der über Morde schreibt, nicht zwingend auch eigene Mordgedanken haben muß.«

Lasalle nickte ungeduldig. »Ich habe verstanden, Michel. Danke.« Er wandte sich zu den Jungen, die mit abgewandten Gesichtern dastanden, schweigend.

»Und ihr«, sagte er, »habt einen Kerl gesehen, der hier neben der Leiche saß, stimmt das?«

Pierre drehte den Kopf. »Das stimmt. Als wenn der Totenwache hielt, so sah das aus.«

»Und die Kopfhörer«, ergänzte Bastian. »Das war richtig pervers. Er hat ihr die Kopfhörer aufgesetzt.« Er schüttelte sich in plötzlich aufkeimendem Ekel. »Daß er die überhaupt noch anfassen konnte!«

»Ihr wißt, wie er heißt?« fragte Lasalle.

»Klar. Geht doch in unsere Klasse. Das heißt, wenn er sich dazu herabläßt, den Unterricht zu besuchen. Ist ein komischer Kauz, der Olivier. Träumt von der Zukunft. Denkt, er wird eines Tages Millionär oder so was. Einfach durch Nichtstun.«

»Er heißt Olivier Arnaud. Ist sechzehn. Fährt ein Mofa.«

»Schreiben Sie das auf, Michel«, sagte Lasalle. Michel zückte sein Notizbuch.

»Wohnung?«

»Rue de Grenelle. Ich glaube, Nummer zwanzig, oder so. Er wohnt über einem Antiquitätengeschäft.«

»Mehr so eine Art Schrotthändler«, sagte Bastian. »So'n Trödler. Der verhökert alles, was die Leute für die Müllabfuhr an den

Straßenrand legen. Da wohnen sie im ersten Stock. Hat er sie ermordet?«

Lasalle hob nur stumm die Schultern. Er wandte sich an Michel. »Nehmen Sie den Kollegen Henri mit. Fahren Sie zu diesem Jungen und bringen Sie ihn auf's Revier.«

»Soll ich nach einem Alibi fragen?« meinte Michel eifrig.

Lasalle schaute ihn an. »Was wollen Sie ihn denn fragen? Wir wissen doch überhaupt nicht, wann dieser Mord passiert ist. Müssen erst das Gutachten des Mediziners abwarten. Nein, nein halten Sie ihn einfach nur fest. Macht nichts, wenn er ein bißchen nervös wird. Vielleicht fängt er von selbst an zu singen.«

Michel stand, das aufgeschlagene Notizbuch in den Händen, und wartete auf weitere Befehle. Lasalle schien in Gedanken versunken. Als er aufsah und Michel entdeckte, sagte er unwirsch: »Nun fahren Sie endlich. Worauf warten Sie noch? Ich bleibe hier. Lassen Sie noch einen weiteren Wagen raufschicken.«

»Okay, Chef«, sagte Michel. Er nickte den beiden Jungen flüchtig zu und stapfte an ihnen vorbei. Die Blätter raschelten.

»Könnten wir ... ich meine ... können wir jetzt auch gehen?« fragte Pierre schüchtern. »Mir ist ein bißchen übel, glaube ich.«

Lasalle nickte. »In Ordnung. Gebt Michel eure Adressen. Und denkt daran, daß ihr jederzeit als Zeugen gebraucht werden könntet. Nicht, daß ihr euch plötzlich entschließt, einen Mittelmeertrip zu machen oder so was.«

Bastian grinste. »Dazu braucht man Knete. Und die haben wir nicht. Keine Sorge. Wir sind immer hier. Einmal in La Tournelle, immer in La Tournelle. Das ist unser Schicksal.«

Lasalle lächelte leise. »So jung und schon so weise.«

Als Michel und die Jungen verschwunden waren, kniete er neben der Leiche nieder und betrachtete sie lange und nachdenklich. Grüne Nägel. Warum verunstalteten die Mädchen sich nur immer wieder? Was trieb ein hübsches junges Mädchen dazu, sich die Fingernägel grün zu färben? Er würde das nie verstehen. Seine Augen wanderten zu der rechten Hand. Vorsichtig versuchte er die Finger auseinanderzubiegen. Aber die Starre war so weit fortgeschritten, daß er den Versuch aufgab.

In der Ferne hörte man den Motor des Dienstwagens, der mit gedrosselter Geschwindigkeit bergab rollte.

Auf dem Weg zu dem Campingplatz »Les Rosalies« fiel Lasalle plötzlich ein, daß er Ruth gar nicht nach der Dauer ihres Aufenthaltes gefragt hatte. Immerhin war es möglich, daß sie Hals über Kopf abgereist war, vielleicht aus Enttäuschung über ihre Freundin Ariane, die so einfach verschwunden war, oder weil es einfach keinen Grund gab, ewig lange dort in einem kleinen Zweimann-Zelt darauf zu warten, daß etwas geschah. Etwas, das ihr die Nervosität und die Angst nahm. Ariane war nun vier Tage verschwunden. Wie lange würde ein junges Mädchen wie Ruth auf einem Campingplatz ausharren? Wie lange?

»Fahren Sie schneller, Robert«, knurrte Lasalle, zerrte ein Päckchen Gitanes aus der Tasche und begann hastig zu rauchen.

Robert, dienstältester Polizist des Reviers, warf seinem Chef einen forschenden Blick zu. »Sie rauchen wieder?«

»Ich habe nie damit aufgehört, Robert«, brummte Lasalle. »Ich habe nur die Ration gedrosselt.«

»Und bei welchem Schnitt sind Sie gerade?«

Lasalle lächelte. Er blickte auf die Zigarette, drehte sie zwischen den Fingern. »Das hängt immer von meinen Stimmungen ab. Wenn ich nervös bin, rauche ich mehr.« Er schnippte die Zigarette aus dem Fensterspalt und stopfte das Päckchen in die Jackentasche zurück. Kiki war dagegen, daß er rauchte. In seiner Familie hatte es einige Fälle von Lungenkrebs gegeben. Kiki versäumte keine Gelegenheit, ihn daran zu erinnern.

»Wenn das Mädchen nicht mehr da ist, müssen wir Madame Tallier bitten, die Leiche zu identifizieren.«

»Sie meinen die Pächterin des Campingplatzes?«

»Genau die. Außerdem ist sie ja auch Wirtin des Restaurants, von dem ich gehört habe, daß dort anständig gekocht wird. Wenn wir lange dort zu tun haben, Robert, lade ich Sie zu einem Abendessen ein.«

Die schmiedeeisernen Tore, die den Eingang zum Campingplatz bildeten, waren schon geschlossen. Durch die Eisenschnörkel sah man das Licht von Petroleumlampen und die blauen Flammen einiger Spirituskocher. Manche Zelte, die ein Fenster aus durchsichtiger Folie hatten, warfen grünes Licht in die Dunkelheit. Es war ziemlich still. Lasalle und Robert waren ausgestiegen. Sie wanderten, die Hände in der Jackentasche vergraben, vor dem Tor auf und ab.

»Hier muß es doch irgendeine Klingel geben, verdammt«, knurrte Lasalle.

»Ich kann nichts entdecken, Chef«, sagte Robert.

»Dann hupen Sie eben.«

Robert ging zum Auto zurück und drückte mehrmals kräftig auf die Hupe.

Dann warteten sie wieder. Ein Hund kam kläffend herangestürmt, biß wütend in die Eisenschnörkel und wedelte dabei mit dem Schwanz. Ein Terrier, eine schwarzweiße Mischung, mit einem Fell, das ein bißchen verwahrlost wirkte.

Einen Augenblick später kam ein kleines Mädchen angerannt.

»Komm her, Bobo«, rief es. »Komm sofort hierher, du ungezogener Hund!«

Bobo tat, als hörte er nichts. Die Szene vor dem Tor war viel zu spannend. Er bellte sich die Seele aus dem Leib.

Als das Mädchen den Hund am Halsband gepackt hatte, fragte Lasalle: »Gibt es auch jemanden, der das Tor öffnet, kleines Fräulein?«

Das Mädchen schaute ihn mit großen Augen an. »Aber es ist doch offen«, sagte es. »Sie müssen nur den Riegel zurückschieben.«

Lasalle holte tief Luft. »Danke«, sagte er.

Sie hörten eine männliche Stimme. »Was zum Teufel ist los? Warum kommen Sie nicht rein, wenn Sie es so eilig haben?«

»Wir kommen schon«, rief Lasalle zurück. »Wir dachten nur, das Tor sei abgeschlossen.«

»Abgeschlossen! So ein Blödsinn!« Der Mann war inzwischen herangekommen. Sein Gesicht wirkte im Licht des Scheinwerfers des Wagens seltsam fahl. Er hatte rotunterlaufene Augen und ziemlich braune Zähne. Argwöhnisch blinzelte er in das Licht.

»Was wollen Sie? Wir erwarten heute abend keine Gäste mehr. Hier kommt man nur mit Anmeldung herein.«

Der Mann war circa fünfzig Jahre alt, schlank, er trug ein paar dunkle Hosen und Gummilatschen an den bloßen Füßen. Auf dem schwarzen, kurzen T-Shirt stand: »Michelin-Reifen halten länger«.

»Wir haben ein paar kurze Fragen«, sagte Lasalle. »Mein Name ist Gerard Lasalle.«

Der Mann nahm die Hände aus den Hosentaschen. »Gerard Lasalle?« fragte er. »Der Bulle, wie?«

»Ich bin Kommissar«, sagte Lasalle ungerührt. »Und wer sind Sie?«

»Ich bin Francois Tallier. Mädchen für alles. Feine Leute nennen so welche wie mich Faktotum, hat mir mal jemand gesagt.«

»Dann sind Sie also der Mann von Madame Tallier?«

»Ganz genau.«

»Also der Pächter des Anwesens hier?«

»Falsch«, sagte Francois Tallier. »Pächter ist meine Frau. Auch Geschäftsführerin und so was. Ich habe nicht einmal eine Bankvollmacht.« Er grinste. »Ich glaube, sie traut mir das einfach nicht zu, aber macht nichts. Hab' ich mehr Zeit für meine Hobbies. Warum kommen Sie nicht endlich rein? Ich glaube, meine Frau ist im Restaurant. Um diese Zeit ist sie immer im Restaurant.« Er schob den Riegel zurück und öffnete die Flügeltüren.

Lasalle stieg wieder zu Robert in den Wagen. Langsam rollten sie an den Zelten und Campingwagen vorbei. Die Scheinwerfer beleuchteten einen Pfad, der eigentlich nur aus zwei parallelen Spurrillen in sehr hohem Gras zu erkennen war.

»Da ist das Restaurant«, sagte Lasalle. Er deutete auf ein niedriges Steinhaus mit kleinen viereckigen Fenstern, die warmes Licht verströmten. Aus dem Schornstein quollen kleine weise Rauchwölkchen. Als sie ausstiegen, ging ein Pärchen an ihrem Wagen vorbei. »Scheiß-Autofahrer«, brummte der Mann, »verpesten die ganze schöne Gegend. Am liebsten würden die ihr Auto noch mit in die Kneipe nehmen, so verliebt sind die in ihre

Karren.«

»Reg dich nicht auf«, sagte seine Frau besänftigend. Sie hakte sich bei ihm ein. Der Mann warf immer wieder einen zornigen Blick zurück, und den beantwortete Lasalle jedesmal mit einem besonders breiten Lächeln. Er hoffte nur, der Mann konnte dieses Lächeln in der Dunkelheit auch sehen.

In dem verqualmten Rauch war eine alte Frau mit blauer Schürze, sie schlurfte zwischen Tresen und Tischen hin und her, schleppte Tellerstapel, Schüsseln, Getränke.

Der Mann, der sich über das Auto beschwert hatte, war inzwischen im hinteren Teil des Raumes verschwunden, hatte sich an einen der langen Tische gesetzt, von denen fröhliches Gelächter herüberdrang.

»Da ist Stimmung«, meinte Robert mit einem neidischen Blick.

»Schließlich haben die Urlaub«, erwiderte Lasalle. »Wenn ich Urlaub habe, lache ich auch öfter.«

Er wartete, bis die alte Frau wieder an ihnen vorbeikam. »Wir würden gerne Madame Tallier einen Augenblick sprechen. Ist das möglich?«

»Das kann ich Ihnen nicht sagen, ob das möglich ist«, meinte die Alte achselzuckend. »Da muß ich sie erst fragen. Zu einer anderen Zeit könnten Sie nicht kommen, wie? Ausgerechnet jetzt haben wir Hochbetrieb. Vierundfünfzig Essen müssen wir ausgeben. Drei Gänge. Als wenn das nichts wäre. Und dann wollen die alle womöglich noch ein Dessert.« Die Alte gab der Pendeltür einen Schubs und verschwand.

Lasalle legte Robert eine Hand auf die Schulter und schob ihn zum Tresen, an dem ein paar wackelige Barhocker standen.

»Kommen Sie, ich spendier uns einen Drink. Was wollen Sie?«

»Pernod«, sagte Robert. »Ohne Eis, wenn das geht.«

»Warum soll das nicht gehen?« fragte Lasalle. »Wir sind zwar auf einem Campingplatz, aber auf einem zivilisierten.«

Ein Junge tauchte hinter dem Tresen auf. Er hatte offenbar ein paar Weinkisten verstaut. »Wollen Sie was trinken?« fragte er.

Lasalle nickte. »Wenn es möglich wäre.«

»Natürlich«, sagte der Junge. Er wischte seine Hände an den

Jeans ab und schaute die beiden freundlich an.

»Zwei Pernod«, sagte Lasalle, »ohne Eis«.

In diesem Augenblick gesellte sich jemand zu ihnen. Als Lasalle sich umdrehte, blickte er in das Gesicht von Francois Tallier. Sein Gesicht sah bei dieser Beleuchtung noch teigiger aus. »Na?« fragte er. »Haben Sie erfahren, was Sie wissen wollten?«

Lasalle schüttelte den Kopf. »Ihre Frau scheint ziemlich beschäftigt.«

»Ist sie immer. Rackert sich ab. Kein Mensch weiß wieso. Kinder haben wir keine, und das Leichenhemd hat keine Taschen, sag' ich immer. Meine Frau denkt, das Leben besteht aus Arbeit. Hat ihre Großmutter ihr schon eingetrichtert. Die war mit fünfzig schon krumm und ausgetrocknet. So was ist doch kein Leben. Meine Mutter hat mir immer gesagt: ›Mach dir einen Spaß, Junge.‹« Er warf einen vielsagenden Blick zur Küchentür. »Aber mit so einer Frau geht das nicht. Die arbeitet, bis sie umfällt. Nachts fünf Stunden Schlaf. Da liegt sie dann wie eine Flunder, flach auf dem Rücken, und kann nicht mehr. Finden Sie das lustig?«

»Lustig nicht gerade«, sagte Lasalle.

Francois nickte eifrig. »Sie sagen es.« Er wandte sich an den Jungen hinter der Bar. »Mir auch einen Pernod. Aber dreistöckig. Du weißt schon.«

Der Junge warf dem Chef einen unsicheren Blick zu. Es sah aus, als wolle er etwas sagen, aber dann holte er die Pernod-Flasche doch wieder aus dem Regal.

»Sie kommen bestimmt wegen der Deutschen«, sagte Francois. »Die verschwunden ist. Hab' ich recht! Ihr Polizisten kümmert euch ja immer erst um ein Mädchen, wenn es entweder verschollen oder tot ist. Komische Einstellung zum Leben, würde ich sagen.«

Lasalle hob die Schultern. Er nippte an seinem Pernod. Die kleinen Augen von Francois wanderten von Lasalle zu Robert und wieder zurück. »Etwas Neues an der Front?« fragte er.

Wieder hob Lasalle die Schultern. Das konnte ja bedeuten, aber auch nein. Oder: weiß nicht.

»Wenn Sie mich fragen«, meinte Francois, »die ist längst auf und davon, über das Meer. Aalt sich auf den Schaumgummikissen einer Luxusyacht und läßt sich von einem reichen Knacker die roten Schamhaare kämmen.«

Robert sah ihn an. »Woher wissen Sie denn, daß ihre Haare rot waren?«

Francois lachte. »Ich habe sie mir natürlich angeschaut. Ich kenne alle frische Ware, die reinkommt. Natürlich nur die Mädchen. Klar, oder? Ich hab' immer mal einen Grund, die Waschräume zu besichtigen. Sie glauben nicht, wie oft die Düsen der Duschen verstopft sind. Und irgendein Wasserhahn tropft immer.« Er zwinkerte Lasalle zu. »Wenn Sie verstehen, was ich meine.«

Lasalle brummte etwas. Er drehte Francois halb den Rücken zu, als ertrage er kaum dessen Gegenwart. Außerdem stank er nach Knoblauch. Lasalle haßte Leute, die nach Knoblauch stanken.

»Ist ihre Freundin noch hier?« fragte Lasalle.

»Die Ruth? Und ob die noch da ist! Hockt den ganzen Tag mit verheulten Augen vor ihrem Zelt. Traut sich nicht mehr weg. Ich frage mich, wovor die Angst hat. Früher ist sie jeden Tag runter an den Strand gefahren. Aber jetzt hockt sie vor ihrem Zelt und zittert.«

»Vielleicht wartet sie darauf, daß ihre Freundin zurückkommt«, sagte der Kommissar.

Francois hob die Augen. Er hatte kleine, glitzernde Augen, die sich flink hin und her bewegten.

»Sollte mich wundern«, sagte er. »Sollte mich wirklich wundern, wenn die noch mal zurückkommt.«

Die Pendeltür zur Küche schwang auf und Madame Tallier erschien in einer Wolke von Dampf und Küchengerüchen. Sie warf ihrem Mann einen strengen Blick zu. »Was machts du hier, Francois? Du weißt, daß du hier nichts zu suchen hast. Geh in dein Zimmer.«

»Ich unterhalte die Herren, meine Liebe. Ich bin zu einem Pernod eingeladen worden.«

Die Frau sah Lasalle an. »Ist das wahr? Haben Sie ihn eingeladen?«

Lasalle nickte. »So kann man es auch nennen. Ich sehe, Sie sind beschäftigt, Madame. Wir hätten nur gern eine kleine Auskunft.«

»Über das Mädchen?« fragte Madame Tallier.

»Über diese Ruth. Ob wir sie kurz sprechen könnten?«

»Natürlich«, sagte Madame Tallier. »Kein Problem.« Sie ließ ihren Blick suchend über die Gäste schweifen. »Abends kommt sie immer hierher, aber meist erst gegen neun.«

»So lange möchten wir nicht warten.«

Madame Tallier wandte sich an den Jungen hinter der Bar. »Lauf mal eben zu dem Zelt, in dem das Mädchen wohnt. Du weißt schon. Die Deutsche. Sag ihr, zwei Herren von der Polizei wollen sie etwas fragen.«

Francois trat eifrig einen Schritt vor. »Ich kann auch gehen«, sagte er, »ich kenn' das Zelt von der Deutschen.«

Seine Frau warf ihm einen vernichtenden Blick zu. »Du nicht.«

Francois verzog das Gesicht zu einem schiefen Grinsen. »Da sehen Sie, wie sie ist. Gönnt ihrem Mann nicht das kleinste Vergnügen.«

»Sei still, Francois«, sagte seine Frau scharf, »sei endlich still.«

Francois senkte gehorsam den Kopf, drehte sich um und verschwand durch eine kleine Tür, die Lasalle bisher noch gar nicht bemerkt hatte. Offenbar führte sie zu den Privaträumen der Talliers.

»Sie entschuldigen mich«, sagte Madame Tallier, »ich muß wieder in die Küche.«

Lasalle blickte nachdenklich auf die kleine Tür. »Komischer Kauz, dieser Francois«, sagte er. »Wirkt ziemlich schlicht, was?«

»Schlicht ist gar kein Ausdruck«, meinte Robert. »Man fragt sich, wieso eine Frau wie Madame Tallier so einen geheiratet hat.« Lasalle warf seine Gitanes-Packung auf den Tresen. »In einem Raum, wo so viel gequalmt wird, muß man entweder selbst rauchen oder man krepiert.« Er versuchte, nicht an das vorwurfsvolle Gesicht seiner Tochter zu denken.

Von dem großen Tisch hinten dröhnte wieder wieherndes Gelächter. Lasalle seufzte. »Ich denke, ich bin auch bald reif für einen Urlaub«, sagte er.

Der Junge tauchte bald wieder auf. Er nickte dem Kommissar zu. »Sie kommt«, sagte er. »Sie mußte sich nur Schuhe anziehen.«

Ruths Gesicht erschien Sekunden später in der Türfüllung. Der Kommissar, der sie noch nicht persönlich gesehen hatte, war erstaunt über die Reife im Gesicht des jungen Mädchens. Er hätte sie auf Ende Zwanzig geschätzt, dabei wußte er, daß sie noch nicht einmal zwanzig war. Da war so viel Ernst in ihren Augen und eine gewisse ängstliche Scheu, mit der sie sich bewegte. Für ein Mädchen, das an der Côte d'Azur Urlaub machte, war sie außerdem besonders bieder gekleidet: roter, in der Taille gekrauster Rock, dazu eine weiße Bluse, flache dunkelblaue Schuhe. Sie war überhaupt nicht geschminkt. Ihre Wimpern und Brauen waren so farblos, daß die Augen irgendwie nackt wirkten. Sie hatte sehr blasse blaue Augen, eher grau als blau.

»Sind Sie der Kommissar?« fragte Ruth, während sie näher kam. Sie streckte Lasalle die Hand hin. »Ich bin Ruth Wellmann, wir haben telefoniert, glaube ich.« Lasalle schüttelte ihre Hand, mit einer kleinen Verzögerung. Es fiel ihm schwer, sich an diese deutsche Sitte des Händeschüttelns zu gewöhnen.

»Ich bin der Kommissar, sehr richtig. Mein Name ist Lasalle. Und das ist mein Mitarbeiter Robert Hugo.«

»Guten Abend, Monsieur Hugo«, sagte Ruth artig.

Dann wandte sie sich wieder an den Kommissar. »Haben Sie eine Nachricht von Ariane?« fragte sie gierig. »Haben Sie endlich eine Spur? Ich bin schon ganz verrückt vom vielen Warten. Ich sitze da im Zelt und schau' mir immer wieder Arianes Sachen an, und versuche es zu begreifen.« Sie hob ihre wimpernlosen Augen und schaute Lasalle an. Er dachte, gleich wird sie anfangen zu weinen.

»Ich kann mir vorstellen, wie Ihnen zumute ist, Mademoiselle. Deshalb sind wir auch sofort zu Ihnen gekommen. In der Tat scheint es, daß wir eine Spur gefunden haben.«

Dieses Leuchten in ihrem Gesicht. »Wirklich?« rief sie.

»Ich bedaure, Ihnen mitteilen zu müssen, Mademoiselle, daß wir heute gegen Abend die Leiche eines jungen Mädchens gefunden haben ...«

Ruth riß die Hände an den Mund. »Oh«, flüsterte sie. Ihr Gesicht wurde aschfahl.

»Es ist möglich, daß es sich um Ihre Freundin Ariane handelt. Es ist möglich, verstehen Sie? Aber es ist nicht sicher. Ich möchte Sie deshalb bitten, Mademoiselle Ruth, uns nach Nizza zu begleiten.«

Ruth starrte ihn an. »Sie meinen ... ich soll ... ich soll Ariane ...«

»Identifizieren. Ganz genau. Es tut mir leid, daß wir Ihnen so etwas zumuten müssen. Ich weiß, wie schwer das ist. Aber wenn wir sichergehen wollen, daß es sich nicht um ein anderes junges Mädchen handelt, dann haben wir keine andere Wahl. Wir haben zwar das Foto von Ihnen und Ihrer Freundin, aber das allein genügt uns nicht.«

Ruth nickte. Sie biß auf ihrer Unterlippe herum. Sie blickte sich in dem Restaurant um, als suche sie Hilfe. Sie schlang ihre Arme um ihren Körper, um das Zittern zu verbergen. »Jetzt ... gleich?« fragte sie fast tonlos. »Soll ich jetzt gleich mitkommen?«

»Es wäre das Beste«, sagte der Kommissar.

Ruth nickte. Noch einmal warf sie einen Blick durch den Raum, aber ihre Augen blieben nirgends haften. Sie atmete tief durch und sagte tapfer: »Gut, gehen wir.«

Die Vermutungen des Kommissars bestätigten sich: Ruth konnte das Mädchen einwandfrei als ihre Freundin Ariane Melsung, Jahrgang 1967, Geburtsort Braunschweig, identifizieren.

Ruth stand unter einem Schock und mußte von einem Arzt behandelt werden. Er schlug vor, sie über Nacht im Krankenhaus zur Beobachtung zu lassen. »Bei diesen jungen Mädchen«, sagte der Arzt, »weiß man nie, was sie unter Schock anstellen. Sie ist vollkommen durcheinander. Es wäre besser, sie hierzubehalten.«

Der Kommissar, der sich ohnehin über Ruth Gedanken gemacht hatte, nickte erleichtert. Die Vorstellung, daß das Mädchen wieder in das einsame dunkle Zelt kriechen sollte, war auch ihm unbehaglich. Der Kommissar und Robert verabschiedeten sich von Ruth, die nur apathisch nickte, und fuhren nach La Tournelle zurück.

Auf halbem Weg, den sie schweigend zurückgelegt hatten, fragte Robert: »Warum haben Sie gesagt, die Leiche solle noch einmal identifiziert werden, Chef? Glauben Sie dem Mädchen nicht?«

»Doch, doch«, brummte Lasalle. »Ich glaube dem Mädchen, aber ich habe da so eine Idee.«

»Darf man wissen, was für eine?«

Der Kommissar wandte den Kopf. »Ich möchte einem Herrn einen kleinen Schreck einjagen.«

»Ach so«, sagte Robert.

»Eben«, brummte Lasalle. Schweigend fuhren sie weiter. Es war fast Mitternacht, als sie La Tournelle erreichten.

Olivier war so müde, daß seine Augen blutunterlaufen wirkten. Er hatte seinen Oberkörper auf den Schreibtisch gelegt und ließ die bohrenden Fragen der Polizisten an sich abtropfen. Er starrte in das Licht der Schreibtischlampe und beobachtete eine Fliege, die unentwegt an dem Rand des halbkreisförmigen Milchglasschirmes entlanglief.

Michel, der Polizist aus Marseille, saß Olivier gegenüber. Er wirkte hellwach. Er hatte sich vorgebeugt und feuerte seine Fragen wie Salven ab, mit scharfer, lauter Stimme.

»Du behauptest also, du hättest die Leiche ganz zufällig gefunden. Beim Spazierengehen. Zwischen Brombeerhecken.«

»Ich sage überhaupt nichts mehr«, brummte Olivier.

»Als du sie gefunden hast, war sie schon ganz kalt, sagst du. Unter Laub versteckt.«

Olivier schloß sekundenlang die Augen. »Ich sage doch: Von mir erfahren Sie nichts mehr. Ich habe alles gesagt, was ich weiß.«

In diesem Augenblick ging die Tür auf. Lasalle trat ein. Er warf einen kurzen Blick auf die Szene. Michel hob andeutungsweise die Schultern und verdrehte die Augen. Lasalle verstand:

Der Junge war schwer zu knacken.

Er betrachtete den Jungen aufmerksam. Ein weiches, fast mädchenhaftes Gesicht mit einer auffallend zierlichen Nase, die sogar ein bißchen nach oben gebogen war. Leichter Haarflaum auf der Oberlippe, ein silberner Ring im rechten Ohrläppchen, schwarzes Halstuch, weißes T-Shirt, Jeans, abgetragene Turnschuhe der Marke PUMA. Nichtraucher ganz offensichtlich, sonst wäre der Aschenbecher längst von Kippen übergequollen. Ein Junge, der Fingernägel kaute und seine Haare gegen den Strich bürstete.

Auf den ersten Blick würde Lasalle sagen: ein harmloser Junge, der gerne mal den großen Max spielt, wie die meisten Jungen. Aber kann man sich auf den ersten Blick verlassen?

Er nahm einen Stuhl, schob ihn zum Schreibitsch und setzte sich rittlings darauf, die Unterarme auf die Rücklehne gestützt.

Er lächelte. »Müde?« fragte er. Seine Stimme war ruhig, verständnisvoll, fast freundschaftlich.

Olivier sah ihn erstaunt an. »Sind Sie hier der Psychologe oder was«, fragte er mürrisch.

Lasalle lächelte immer noch. »Ich bin der Kommissar. Mein Name ist Gerard Lasalle.«

»Den Namen muß ich mir merken«, brummte Olivier. »Gerard Lasalle. Der Typ, der mir einen Mord anhängen will. Genau so hab' ich mir euch Bullen immer vorgestellt. Ihr entdeckt eine Leiche und schnappt euch den ersten besten und der ist dann der Mörder. Ab ins Kittchen, und der Kommissar wird befördert.«

»Wenn du Krimis liest«, sagte Lasalle freundlich, » müssen es aber ganz besonders schlechte Krimis sein. Im übrigen bist du nicht der erste beste. Man hat dich gesehen bei der Leiche.«

Olivier stieß sich von der Schreibtischkante ab und ließ den Oberkörper nach hinten gegen die Lehne fallen. Er zog seine Augenbrauen zornig zusammen. »Na und?«

»Immerhin zeigt uns das, daß du eine Beziehung zu diesem Mädchen hattest.«

»Na und?« fragte Olivier wieder.

»Wegen dieser Beziehung zu dem Mädchen würden wir dir

gerne ein paar Fragen stellen. Du stehst nicht unter Mordanklage, falls du das denkst.«

»Aber unter Mordverdacht, wie? Oder der Typ da hat mir was Falsches gesagt.«

Michel mischte sich ein. »Ich habe ihn nur auf seine Rechte aufmerksam gemacht und ihm erklärt, weshalb wir ihm Fragen stellen, Chef.«

Lasalle nickte. »Schon gut.« Er wandte sich wieder an Olivier. »Weißt du, wie das Mädchen hieß?«

Olivier schüttelte den Kopf.

»Sie hieß Ariane«, sagte Lasalle. Er ließ Olivier nicht aus den Augen. »Ariane Melsung. Sie war eine Deutsche, achtzehn Jahre alt. Sie hat zusammen mit ihrer Freundin Urlaub gemacht auf dem Campingplatz ›Les Rosalies‹.«

Olivier hörte aufmerksam zu. Lasalle sah, wie es in seinem Gesicht arbeitete. Mehr als einmal fuhr sich Olivier mit der Zunge über die trockenen Lippen. Er hatte den Kopf zurückgebogen und starrte gegen die Zimmerdecke. Wahrscheinlich wollte er den Blickkontakt mit dem Kommissar vermeiden.

»Wundert es dich nicht, Olivier«, fragte der Kommissar, »daß wir so schnell den Namen des Mädchen ermittelt haben? Wo sie doch keine Kleider anhatte, und keinen Ausweis dabei.«

»Für irgend etwas«, sagte Olivier, weiter gegen die Zimmerdecke starrend, »müßt ihr Bullen schließlich gut sein. Was haben Sie gesagt? Ariane? Sie hieß Ariane? Eine Deutsche, sagen Sie?«

Der Kommissar nickte.

»Eine Deutsche«, sagte Olivier leise. Er stieß sich von der Tischkante ab und ließ seinen Stuhl mit den beiden hinteren Beinen schaukeln. Ganz langsam. Vor und zurück. Vor und zurück. Er schaute den Kommissar an. »Ich habe in meinem Leben noch nie ein Wort mit einer Deutschen geredet«, sagte er. »Komisch eigentlich. Daß sie ausgerechnet eine Deutsche ist.«

»Wieso komisch?« fragte der Kommissar.

Olivier hob die Schultern. »Weiß auch nicht. Nur so. Ich habe sie Valerie getauft. Ich dachte, der Name paßt zu ihr. Wenn ich allerdings gewußt hätte, daß sie eine Deutsche ist ...« er brach ab.

»Ihr habt also kein Wort miteinander geredet?« forschte der Kommissar. »Ist das heute so üblich, daß man zusammen in die Berge geht, sich auszieht, sich liebt, was weiß ich ... und kein Wort miteinander spricht?«

Olivier sah den Kommissar an. »Mich legen Sie nicht herein, Monsieur Lasalle«, sagte er langsam. »Mich nicht.«

»Mein Gott, Junge! Ich will dich nicht hereinlegen! Ich will von dir die Wahrheit wissen! Mehr nicht! Erzähl mir die Geschichte, so wie sie deiner Meinung nach abgelaufen ist und okay. Ja?«

»Ich habe sie nicht umgebracht«, sagte Olivier. Er rieb sich mit dem Handrücken über seine müden entzündeten Augen. »Ich habe noch nie irgendwas Lebendes umgebracht. Nicht mal 'nen Frosch.«

Der Kommissar lächelte. »Dann ist es ja gut. Dann hast du ja gar nichts zu befürchten.«

»Als ich sie fand«, sagte Olivier, »war sie schon tot. Ich hab' das dem Bullen da«, er deutete mit dem Kopf auf Michel, der sofort eine Grimasse schnitt, »schon erzählt. Aber der glaubt mir ja nicht.«

Michel fuhr hoch. »Ich habe bloß gesagt, Chef ...«

Lasalle winkte ab. »Schon gut, Michel. Lassen Sie Olivier erzählen. Wann hast du sie gefunden?«

»Dienstag morgen. So gegen neun, halb zehn. Ich hab' Schule geschwänzt, weil wir eine Mathearbeit schreiben sollten, und ich finde Mathe Scheiße. Ich weiß nicht, wozu ich den Mist lernen soll, wozu das gut sein soll, wo man später doch alles vom Computer ausrechnen läßt. Deshalb bin ich mit meinem Mofa rumgefahren. Richtung Col du Ventou. Da, wo mein Vater und ich früher immer Pilze gesammelt haben und Vögel beobachtet und so. Mein Vater hat eine Menge von Pilzen und von Vögeln verstanden. Überhaupt von Tieren. Deshalb würde ich auch nie irgendwas Lebendiges umbringen.«

»Ich glaube dir, Olivier«, sagte der Kommissar. »Erzähl weiter.«

Olivier erzählte seine Geschichte. Er erzählte stockend, wurde manchmal verlegen, brach mitten im Satz ab. Aber er erzählte seine Geschichte zu Ende. Gerard Lasalle hörte aufmerksam zu. Er fragte sich, was in einem Jungen vorgeht, der eine Leiche besucht, als wäre es seine Geliebte. Er fragte sich, was da im Leben dieses Jungen schiefgelaufen war ... Oliviers Frage, ob er der Psychologe sei, war vielleicht sogar eine Art Hilferuf. Vielleicht spürte dieser Junge, daß er so etwas wie einen Psychologen brauchte. Jemand, der sein Innenleben für ihn in Ordnung brachte. Die Dinge wieder richtigstellte. Er hatte dieses Mädchen ein paar Tage lang besucht und sich vorgestellt, daß sie sein Mädchen sei. Er hatte ihr sogar seine Pink-Floyd-Kassette vorgespielt.

»Hast du dich nie gefragt, wie das Mädchen gestorben ist?« fragte der Kommissar.

Olivier nickte. »Natürlich hab' ich mich das gefragt. Immerzu. Mir war klar, daß sie ermordet wurde. Zuerst hab' ich den feinen dünnen Streifen an ihrem Hals gar nicht richtig gesehen, aber nachher, beim zweiten Mal, da sah man ihn schon deutlicher. Sie ist erwürgt worden, oder?«

»Erdrosselt«, sagte der Kommissar. »Mit einer dünnen Schlinge. Einer Nylonschnur. Oder einer Drahtschnur. Das konnte der Gerichtsmediziner nicht sagen.«

»Und die Flecken?« fragte Olivier. »Woher kommen die Flekken?«

»Der Kerl, der sie ermordet hat, ist grob gewesen. Verdammt grob«, sagte der Kommissar. »Bestimmt hat das Mädchen sich gewehrt. In ihrer Hand, die zur Faust geballt war, haben die Mediziner Haare gefunden. Braune Haare. Die werden noch analysiert.« Wie zufällig wanderten seine Augen zu Oliviers Haaren. Olivier hatte braune Haare.

»Ich habe braune Haare«, sagte Olivier.

Der Kommissar nickte. »Das sehe ich. Aber da waren auch ein paar graue Haare mit dabei.« Er lächelte. »Und du bist einfach zu jung für graue Haare. Kennst du jemanden, der eine Schlinge bei sich trägt? Fällt dir irgend etwas ein?«

Olivier runzelte die Stirn. Er dachte nach. Langsam schüttelte er den Kopf. »Keine Ahnung. Wüßte ich nicht.« Er hob die Augen. »Hat dieser Kerl ... ich meine ... hat er sie ...?«

»Du meinst, ob er sie vergewaltigt hat?« Der Kommissar schüttelte den Kopf. »Nein. Behauptet der Mediziner jedenfalls. Die Deutsche war noch, wie man das altmodisch nennt, eine Jungfrau. Sie hat noch nie einen sexuellen Kontakt mit einem Mann gehabt.«

Olivier hörte aufmerksam zu. Sein Gesicht entspannte sich plötzlich. Der Anflug eines Lächelns kräuselte seine Lippen. »Das freut mich«, murmelte er. »Ich weiß nicht, aber irgendwie freut es mich.«

Der Kommissar erhob sich. »Du kannst jetzt nach Hause, Olivier. Wir haben ja deine Adresse. Soll jemand dich nach Hause begleiten?«

»Warum?« fragte Olivier erstaunt.

»Wegen deiner Mutter. Sie hat sich vielleicht Sorgen gemacht.«

Olivier schüttelte den Kopf. »Sie war nicht zu Hause, als ich abgeholt wurde. Und sie ist es gewohnt, daß ich manchmal spät komme.« Er stand vor dem Kommissar. »Ich hoffe, Sie kriegen das Schwein«, sagte er. »Es ist das einzige, was ich Tag und Nacht denken werde. Daß dieses Schwein seine Strafe kriegt.« Er nickte Michel zu und verließ den Raum.

»Armer Junge«, sagte Lasalle. Er fühlte sich plötzlich hundemüde.

Das Telefon schrillte. Hendrik träumte, er wanderte durch eine Hotelhalle irgendwo am Meer. Man sah bunte Sonnenschirme und Kellner in weißen Jacken, die auf der Terrasse hin und her gingen. In der Halle selbst, in der Hendrik sich befand, war es kühl. So kühl, daß die Damen sich Pelze um die nackten Schultern gehängt hatten. Er schlenderte durch die Halle, und während er einen Blick auf den Portier warf, der vor einer Wand mit lauter kleinen Schlüsselkästen stand, läutete das Telefon. Hendrik wußte genau, daß dieses Telefongespräch für ihn war, denn er wartete in dieser Hotelhalle schon seit Stunden auf das Gespräch, aber der Portier nahm nicht ab. Er blätterte in einem großen

Buch, klappte die Seiten vor und zurück und benahm sich wie taub.

»Das Telefon!» schrie Hendrik. »So gehen Sie doch ran, Mann!« Er merkte, daß er nicht schreien konnte. Niemand hörte ihn. Er versuchte, an den Damen mit den nackten Schultern und den Pelzcapes vorbeizukommen, aber es war ihm, als müsse er gegen eine Strömung schwimmen. Das Telefon schrillte. Und der Portier nahm immer noch nicht ab. Schwitzend wachte Hendrik auf, öffnete die Augen, holte tief Luft.

Was für ein merkwürdiger Traum. Wenn Vollmond war, träumte er immer heftig und äußerst unverständlich. Hendrik tastete seinen Körper ab. Auf der Haut war ein Film von Schweiß.

Das Telefon schrillte.

Hendrik fuhr hoch. Also hatte es gar nicht in seinem Traum geläutet. Also war dieser Traum nur entstanden, weil das Klingeln des Telefons in sein Gehirn eingedrungen war, das noch in einem Halbschlaf vor sich hindämmerte.

Hendrik stürzte ins Arbeitszimmer, nahm den Hörer ab.

»Hier Nurew«, keuchte er.

»Hendrik Nurew?« fragte eine Stimme. »Ich hoffe, ich habe Sie nicht aus dem letzten Winkel Ihres schönen Gartens aufgescheucht. Ihre Stimme klingt ja ganz atemlos.«

Hendrik ließ sich in seinen Arbeitssessel fallen. »Sie sind es, Herr Kommissar. Hätte ich mir denken können. Kein rücksichtsvoller Mensch ruft um diese Zeit an.«

»Aber es ist neun Uhr, Herr Dichter«, sagte der Kommissar. »Seit vier Stunden scheint schon die Sonne.«

»Okay, nennen Sie mich einen Faulpelz oder Langschläfer. Tun Sie, was Sie wollen, Herr Kommissar. Warum rufen Sie an?«

»Ich wollte Sie zu einer Spazierfahrt einladen«, sagte der Kommissar freundlich. »Eine kleine Spritztour.«

»Wohin?« fragte Hendrik.

»Sagen wir: nach Nizza.«

»Und warum? Was soll das Ganze?«

»Ich bitte Sie nur um eine Gefälligkeit. Tut mir leid, daß ich

Sie so rüde geweckt habe. Sagen wir: in einer Stunde?«

»Ich hätte gern Sinn und Zweck dieser Unternehmung erfahren, wenn Sie gestatten, Herr Kommissar.«

»Ich nehme an, das ist Ihr gutes Recht.«

»Was in diesem Land Recht ist und was nicht, sollten Sie eigentlich besser wissen als ich.«

»Eins zu null für Sie, großer Dichter. Ich möchte Sie mitnehmen, ins Gerichtsmedizinische Institut.«

Einen Augenblick herrschte verblüfftes Schweigen. Dann lachte Hendrik amüsiert. »Was soll das? Wollen Sie meine Blutgruppe feststellen lassen? Das können Sie auch so haben. Blutgruppe Null. Oder wollen Sie wissen, ob ich AIDS-infiziert bin? Da kann ich Sie beruhigen, Herr Kommissar.«

»Ich möchte, daß Sie eine Leiche identifizieren«, sagte der Kommissar so ruhig und beiläufig wie möglich.

Schweigen. Hendrik atmete heftig. »Eine Leiche? Ist das ein Witz? Was habe ich mit einer Leiche zu tun?«

»Das wüßten wir auch gerne, Herr Nurew. Also in einer Stunde. Wir werden sehr pünktlich sein.« Es klickte in der Leitung. Der Kommissar hatte aufgelegt.

Hendrik blieb einen Augenblick wie betäubt neben dem Telefon stehen. Dann schüttelte er sich, fuhr mit den Händen durch seine Haare und begann zu schreien.

»Anna!!!!!!«

Er lauschte. Alles war still. Nur ganz entfernt hörte er das astmathische Hecheln der Hündin.

»Anna, verdammt noch mal!«

Hendrik stürmte in Annas Zimmer, riß das Fenster auf, zerrte das Fliegengitter raus und beugte sich weit aus dem Fenster. Er spähte in den Garten. Aus diesem Fenster hatte man noch den besten Blick auf den Garten. Sogar ein Stück des Swimmingpools war zu sehen. Es schien ihm, als sei die Wasseroberfläche des Pools leicht gekräuselt, als bildeten sich kleine Wellen und Ringe. Das Wasser glitzerte in der Sonne.

Hendrik lief in sein Zimmer, warf sich einen Bademantel über und hastete die Treppen hinunter. Am Fuß der Treppe wäre er beinahe über Sandy gestolpert, die ihm schwanzwedelnd entgegensah. Hendrik rannte an ihr vorbei, durch die Küche, in den Innenhof, von da in den Garten.

Als er den Swimmingpool erreichte, tauchte Anna gerade auf. Sie schüttelte ihren Kopf, daß eine Fontäne aus glitzernden Wassertropfen nach allen Seiten sprühte. Sie schwamm nackt mit kräftigen langsamen Stößen auf den Beckenrand zu.

Hendrik erwartete sie. Er hatte die Hände in die Hüften gestützt. Er starrte sie an. Über Annas Gesicht lief das Wasser, über ihre Wimpern, ihre Augen, die Nase, das Kinn. Sie stützte sich am Beckenrand auf ihre Unterarme und schaute Hendrik an. »Es paßt dir wohl nicht, daß ich morgens auch einmal den Pool benutze«, sagte sie. »Vielleicht hast du Angst, daß ich ihn mit meinem Körper besudele. Stimmts?«

Als Hendrik nicht antwortete, stieß Anna sich wieder vom Beckenrand ab. »Du weißt doch, daß ich nicht mehr bei Bergsons arbeite. Ich hab's dir gesagt. Ich will auch einmal so leben wie du.«

Sie schaute ihn aus den Augenwinkeln an. Er stand immer noch reglos am Beckenrand. Sie schwamm zu ihm zurück.

»Was ist los?« fragte sie. »Warum schaust du mich so an? Was hast du?«

»Der Kommissar hat eben angerufen«, sagte Hendrik. »Er kommt in einer Stunde. Er will, daß ich ihn nach Nizza begleite.«

»Nach Nizza? Wieso?«

»Der Kommissar will, daß ich eine Leiche identifiziere«, sagte Hendrik langsam. Er schaute Anna an.

Anna erwiderte seinen Blick. Sie zwinkerte nicht, obwohl das Chlorwasser ihr in die Augen lief.

Sie hatten die Leiche mit einem weißen Tuch vollständig abgedeckt, als die Zinkbahre mit den kleinen quietschenden Gummirädern in den Raum gefahren wurde, in dem sie warteten.

Lasalle hatte schon so oft mit verschiedenen Menschen in diesem gekachelten kalten Raum gewartet, aber immer noch empfand er so etwas wie Scham vor dem Augenblick, in dem das Tuch vom Gesicht des Leichnams gezogen wurde, diesen Bruchteil einer Sekunde, in der ein Mensch sich wegen des Schocks, den der Anblick eines Toten auslöst, nicht verstellen kann.

Hendrik saß auf einem der Klappstühle, leicht vorgebeugt, die Hände flach zwischen den Knien. Ob er damit verhindern wollte, daß seine Finger zitterten? Er blickte nicht auf, sondern starrte unentwegt auf den Fußboden – braungrüner Linoleumton, der schon schmutzig aussah, als er neu verlegt wurde. Die Luft in dem Raum war empfindlich kalt. Hendrik trug nur ein Polohemd. Lasalle hatte, weil er sich auskannte, sein Jackett mitgenommen und es schon auf dem Weg in den Raum angezogen. Ein Mann im blauen Kittel schob die Bahre herein.

»Ich hoffe«, sagte er, »es ist das letzte Mal, Monsieur le Commissaire. Wir haben schon Probleme mit der Konservierung. Das ist keine frische Leiche, wie Sie wissen.«

Hendrik runzelte die Stirn. Er schaute auf. »Was muten Sie mir da eigentlich zu, Lasalle?« fragte er wütend. Er hatte nur einen einzigen winzigen, flüchtigen Blick auf die Bahre geworfen. Er hatte gesehen, daß der Leichnam immer noch zur Gänze bedeckt war. »Ich werde mich auf dem Präsidium erkundigen, ob das zulässig ist.«

Lasalle verbeugte sich leicht. »Tun Sie das, Monsieur Nurew. Aber vielleicht tun Sie es auch nicht.« Er ging auf die Bahre zu und zog das Tuch vorsichtig vom Gesicht zurück, und dann weiter, bis der entblößte Oberkörper des Mädchens sichtbar war.

»Wenn Sie die Güte hätten ...«, murmelte er.

Er beobachtete Hendrik wie ein Luchs. Jedes Zucken der Wimpern, jedes Aufreißen der Augen, nichts würde ihm entgehen. Aber Hendrik machte es ihm leicht. Er sprang auf, öffnete den Mund, machte einen, zwei hastige Schritte auf die Bahre zu und rief – auf deutsch –: »Ariane! Das ist nicht wahr! O mein Gott! Nein!«

Langsam zog Lasalle das Tuch noch weiter zurück. Die Flecken waren jetzt deutlicher, obwohl man die Haut ganz offensichtlich bereits mit einem Puder behandelt hatte.

Hendrik wandte sich ab, preßte die Hände gegen die Schläfen. »Nein«, flüsterte er. »Bitte nicht.« Er sprach jetzt wieder Französisch.

Lasalle nickte dem Institutsangestellten zu. »Sie kann wieder zurück. Sagen Sie Ihrem Chef, es ist das letzte Mal. Ich nehme an, der Obduktionsbericht ist fertig?«

»Liegt alles für Sie bereit, Monsieur le Commissaire.«

»Gut. Danke. Ich werde mir die Unterlagen später abholen.«

Hendrik hatte sich wieder auf seinen Stuhl gesetzt. Sein Gesicht hatte einen schmerzhaften, fast theatralischen Ausdruck.

»Wollen Sie sofort eine Aussage machen, Monsieur Nurew? Wollen Sie Ihr Geständnis jetzt gleich ablegen? Es würde Sie erleichtern, nehme ich an.«

Hendriks Gesicht lief rot an. »Ich habe damit nichts zu tun! Nichts! Nichts!« Er starrte Lasalle an. »Ein Geständnis! Sie spinnen wohl!«

»Aber dennoch«, sagte Lasalle sanft, »kennen Sie ihren Namen. Sie heißt nämlich wirklich Ariane. Geben Sie zu, daß Sie sie gekannt haben.«

Hendrik stöhnte. »Ja, ja. Ich gebe es ja zu. Was bleibt mir anderes übrig. Ich habe sie gekannt. Aber nur flüchtig. Flüchtig...«

»Wie flüchtig?« fragte Lasalle scharf.

Hendrik blickte den Kommissar an. »Beantworten Sie mir eine Frage?« sagte er leise.

»Wenn ich kann.«

»Ich möchte erst wissen, was mit ihr... mit diesem Mädchen... was Ariane passiert ist. Ich werde Ihnen dann sagen, was ich weiß.«

»Sie wurde ermordet«, sagte Lasalle. »Erdrosselt. Mit einer feinen Schlinge aus Draht oder Kunstseide. Vorher muß das Mädchen gekämpft haben. Ein verzweifelter Kampf muß das gewesen sein.«

Hendrik schluckte. Er räusperte sich, versuchte zu sprechen, faßte sich an die Kehle, räusperte sich ein zweites Mal. Lasalle beobachtete ihn ruhig.

Endlich begann Hendrik zu sprechen. »Ich habe sie kennengelernt, ganz zufällig, unten in Nizza, in einer der Straßen mit den vielen Geschäften ...«

»In einem Schuhgeschäft, meinen Sie.«

»Ja. In einem Schuhgeschäft. Sie probierte Schuhe an ...«

»Rote Lackschuhe?«

»Ja, ja. Unterbrechen Sie mich doch nicht ständig. Sie wissen doch genau, daß es die roten Lackschuhe sind, die Sie mir weggenommen haben.« Hendrik sprang wieder auf. »Aber ich habe sie nicht umgebracht. Mein Gott noch mal! Wie soll ich Ihnen das beweisen? Ich habe sie nicht umgebracht! Ich könnte das überhaupt nicht.«

»Das sagen viele«, meinte Lasalle gelassen.

Hendrik starrte ihn an. »Sie trauen es mir wohl zu, wie? Sie trauen mir alles zu. Weil meine Frau Ihre Gedanken vergiftet hat! Weil Anna diesen Verdacht in Ihr Gehirn gesenkt hat, deshalb! Ich wußte ja, daß es nicht gut gehen kann. Anna hat das mit ihrem blöden Geschwätz erreicht. Ich wußte es, wußte es ... Mit ihren Hirngespinsten. Das muß man sich vorstellen: die eigene Frau!«

»Erzählen Sie«, sagte Lasalle.

Hendrik wurde ruhig. Er atmete heftig, sein Brustkorb hob und senkte sich. Wieder fiel Lasalle auf, was für ein muskulöser, kräftiger Mann dieser deutsche Dichter war. Wieder verblüffte ihn, wie wenig Ähnlichkeit dieser Mann mit dem Bild hatte, das Lasalle sich von einem deutschen Dichter machte. Aber vielleicht war er ja gar kein richtiger Dichter. Vielleicht war er ein Schmierer, ein kleiner banaler Schreiberling.

Hendrik wandte seinen Kopf. »Ich möchte mit einem Anwalt sprechen«, sagte er.

Lasalle hob die Schultern. »Das ist Ihr gutes Recht.«

»Ich sage kein Wort, bis ich einen Anwalt gesprochen habe.«

»Okay. Okay.«

Lasalle lächelte, als habe er auf diese Antwort gewartet. Dann sagte er. »Ich muß Sie vorläufig festnehmen, Herr Nurew. Wegen Mordverdacht. Ich hoffe, Sie verstehen das.«

Hendrik ließ die Arme sinken. Er sah plötzlich sehr alt aus. Und Lasalle stellte zufrieden fest, daß sich zwischen den braunen Haaren des Deutschen ein paar dünne graue Strähnen zogen.

»Ich hoffe«, sagte er, »daß Sie einen guten Anwalt haben. Einen sehr guten Anwalt.«

Der Anwalt hieß Karl-Heinz Willers und war Deutscher. Es erstaunte Lasalle nicht, daß Hendrik, obschon er seit Jahren in Frankreich lebte, nun auf einmal auf einen deutschen Anwalt zurückgriff. Vielleicht erhoffte er sich ja auch eine Auslieferung an die Bundesrepublik. Jedermann wußte, daß der deutsche Strafvollzug zu den erträglichsten gehörte. Wenngleich es auch in Frankreich recht angenehme Gefängnisse gab. Aber ob nun gerade das Gefängnis von Nizza dazugerechnet werden durfte ...

Karl-Heinz Willers trug einen olivgrünen, leichten leinernen Sommeranzug, dazu eine rot-grün gemusterte Krawatte in dem modischen indischen Muster. Er war braungebrannt und jung, erstaunlich jung sogar. Die Aktenmappe, die er jetzt hochkant auf Lasalles Schreibtisch abstellte, war aus gelbem Leder mit eingestanztem Monogramm. Lasalle registrierte das alles, obwohl es eigentlich keine Rolle spielte.

»Mein Mandant«, sagte der Anwalt in perfektem Französich, »hat ein Protokoll angefertigt. Er ist bereit, dieses Protokoll zu beeiden. Er habe, sagte er mir, – und ich habe keinen Anlaß, an seiner Aussage zu zweifeln – alles gewissenhaft aufgeschrieben, vom ersten Moment an, als er dieses Mädchen traf, bis zu dem Augenblick, als er sich von ihr trennte ...«

Lasalle hob amüsiert die Augenbrauen. »Und da lebte sie noch, selbstverständlich.«

Karl-Heinz Willers zuckte mit keiner Miene. »Da lebte sie allerdings noch, Monsieur le Commissaire.« Er nahm einen Klarsichtordner aus der Aktenmappe und legte ihn Lasalle auf den Tisch. »Ich finde es nur fair, daß man meinem Mandanten die Chance gibt, sich schriftlich zu diesem Vorfall zu äußern. Immerhin ist er als Schriftsteller gewohnt, eher etwas hinzuschreiben als es auszusprechen.«

Lasalle nickte. »Gut«, sagte er. »Ich werde es lesen. Ich werde es sodann dem Staatsanwalt geben. Wir haben uns allerdings erlaubt, eine Haarprobe Ihres Mandanten zu erbitten. Zur Zeit wird gerade ein Vergleich im Labor hergestellt. Eine genaue Analyse, die dann mit den Haaren verglichen wird, welche man in der Hand der Toten fand.« Er blickte den Anwalt immer noch mit diesem amüsierten Lächeln an. »Ich hoffe nur, daß in diesem Bericht auch eine Erklärung steht, für den Fall, daß es sich um die Haare Ihres Mandanten handelt.«

Karl-Heinz Willers hatte ganz schmale Lippen bekommen. »Mit Befremden«, sagte er scharf, »stelle ich fest, daß in diesem Kommissariat die Verurteilung wohl schon vor dem Prozeß stattfindet. Kennen Sie die lateinische Regel: In dubio pro reo? Im Zweifel für den Angeklagten?«

»Doch«, sagte Lasalle, »die kenne ich. Aber in diesem Fall habe ich keine Zweifel. Wissen Sie, Herr Willers, es paßt eben alles einfach so wunderschön zusammen. Hat Ihnen Ihr Madant eigentlich erzählt, daß seine Frau Anna mir den Mord angekündigt hat, wahrscheinlich kurz bevor er sich tatsächlich ereignete? Nein? Er hat es nicht erzählt? Das verwundert mich.«

Als Karl-Heinz Willers sich verabschiedete, nickte er nur flüchtig mit dem Kopf.

»Gedächtnisprotokoll, nach bestem Wissen und Gewissen angefertigt von Hendrik Nurew, deutscher Staatsangehöriger, Schriftsteller. Freitagnacht, gegen zwei Uhr morgens.

Ich habe mich immer gefragt, wie es sein würde, wenn man mich einsperrte. Man weiß viel zu wenig über die eigenen Reaktionen in Ausnahmezuständen. Man möchte immer glauben, daß man sich mannhaft, tapfer, gelassen verhält. Man möchte sein, wie jene historischen Figuren, die auch noch auf dem Wege zum Schafott ihre Wärter mit ausgesuchter Höflichkeit behandeln und sie dadurch ins Unrecht setzen.

Ich glaube nicht, daß ich diese Gabe zur Gelassenheit besitze. Seit vier Stunden bin ich nun hier in dieser Zelle eingesperrt, und vier Stunden lang bin ich wie ein Tiger hin- und hergelaufen, vier Schritte vor, bis zum Fenster, umdrehen, vier Schritte zurück, und da ist schon die Tür, eisern, verschlossen, mit einem Fenster, das aber von außen versperrt ist, wahrscheinlich will man durch dieses Fenster die Gefangenen vom Gang aus beobachten; Suizid-Gefährdete, stell ich mir vor. Aber keine Angst, ich hänge mich nicht am Fensterkreuz auf, dazu fehlt mir der Mut. Wie mir übrigens auch der Mut fehlte, einen anderen Menschen zu töten.

Ich bin unschuldig eingesperrt: Ich werde zu Unrecht verdächtigt! Während sich jetzt dieser Kommissar Lasalle zufrieden in seinem Lehnstuhl zurücklehnt und sich zur Feier des Tages einen Calvados einschenkt, läuft der wahre Mörder dieses Mädchens noch frei herum. Verschafft sich einen Vorsprung, der vielleicht nie mehr einzuholen ist.

Das ist auch ein Grund, warum viel zu wenig Verbrechen aufgeklärt werden: Die Polizei gibt sich mit dem Erstbesten zufrieden und stellt keine weiteren Fragen. Die Polizei ist nie von Selbstzweifeln geplagt. Sie klopft sich ununterbrochen selbst auf die Schulter, auch wenn sie schreiendes Unrecht begeht. Ich bin unschuldig! Ich habe es schon gegen die Tür geschrien, gegen das Fenster, aber draußen rührt sich keine Seele. Vielleicht sind sie auch alle nach Hause gegangen. Vielleicht gibt es in diesem lächerlichen Untersuchungsgefängnis nur eine einzige Zelle, und das ist die, in der ich mich befinde. Man hat das Haus abgeschlossen und ist heimgegangen. Wenn ich Glück habe, schließt morgen wieder einer auf. Vielleicht aber habe ich auch Pech. Vielleicht geht mein Wächter morgen in Urlaub und vergißt ganz, seinen Vertreter darauf aufmerksam zu machen, daß hier ein Mensch sitzt, ein Untersuchungshäftling. Hat es das nicht schon einmal gegeben? War das nicht sogar in Frankreich? Wo sie einen Untersuchungshäftling provisorisch in einem alten Kerker untergebracht haben, weil das eigentliche Gefängnis überfüllt war – und da haben sie ihn dann vergessen. Nach zwölf Tagen, als ein Handwerkertrupp kam, hat man ihn dann gefunden: verdurstet.

Ich will mich nicht verrückt machen. Keine Hirngespinste

mehr. Keine Horrorvisionen. Frankreich ist doch ein Rechtsstaat, oder: fiat justitia! Das Recht soll seinen Gang nehmen!

Ich muß dazu beitragen, was in meiner Macht steht. Ich werde so genau und so schonungslos wie möglich berichten, was mir an jenem Dienstagnachmittag zugestoßen ist. Ich werde nichts verschweigen und nichts verändern.

Wenn Ehrlichkeit und Aufrichtigkeit in dieser Welt noch einen Sinn haben, dann muß es sich jetzt erweisen.«

(Fang endlich an Junge! dachte Lasalle. Hör auf mit diesem Selbstmitleid. Das bringt dich nicht aus der Zelle. Aber wahrscheinlich ist das typisch für einen deutschen Dichter. Weitschweifigkeit und Selbstmitleid. Der schafft es noch, daß mir die Lust am Lesen vergeht, bevor seine Story angefangen hat.)

»Montagnachmittag war ich in Nizza. Ich hatte am Vormittag viel gearbeitet, hatte eine Szene umgeschrieben, eine weitere, sehr komplizierte Szene skizziert und einen Dialog zu Ende gebracht, mit dem ich mich tagelang herumgeschlagen hatte. Ich hatte, so sagte ich mir, einen freien Nachmittag verdient. Ich habe meinen Wagen unten am Hafen stehenlassen und bin eine Weile herumgeschlendert, habe mir Yachten angesehen, die reichen Bonzen mit den Champagnerflaschen in den beschlagenen Eiskübeln, und wie sie mit ihren feisten Fingern den jungen girrenden Mädchen über den nackten Bikinibauch strichen. Ich schau' mir so etwas immer wieder voller Faszination (und gleichzeitig Fassungslosigkeit) an, weil ich endlich verstehen möchte, was Mädchen dazu bringt, daß sie sich allesamt wie käufliche Weiber benehmen, wie Nutten, nicht besser als eine Nutte am Place Pigalle. Dabei sind sie so schön, vielleicht auch klug, und manche von ihnen haben reiche Eltern. Wozu also lassen sie sich von diesen reichen Kerlen betatschen? Noch nie hat mir das jemand erklären können. Aber es ist das Thema aller meiner Bücher. Ich möchte hinter das Geheimnis kommen. Aber vielleicht ist es das Geheimnis der Frauen schlechthin, vielleicht steckt es im Urweib, dieses Geheimnis.«

(Mach weiter, Junge. Weich nicht immer vom Thema ab. In den Klassenarbeiten früher mußt du doch immer ein »Ungenügend« bekommen haben. Lasalle stützte seinen Kopf in die Hände. Er seufzte leise.)

»Ich habe im ›Coupoler‹ einen Drink genommen, einen Pastis. Das war gegen vier Uhr. Da hat mich Dieter gesehen, ein Deutscher, der sein Geld mit dem Verleihen von Segelbooten verdient. Wir haben ein paar Worte miteinander gewechselt. Man wird das sicher überprüfen.«

(»Was hast du denn gedacht, Junge? Wir werden alles überprüfen. Alles«, brummte Lasalle.)

»Danach bin ich in die Altstadt hinübergeschlendert. Hatte kein besonderes Ziel. Empfand die Schwüle plötzlich als irgendwie stimulierend, ich hab' das gern, wenn das Hemd am Körper klebt, wenn ich den Schweiß von der Oberlippe lecken kann. Muß eine Sache des Hormonhaushaltes sein.

Wie auch immer: Vor einem Schuhgeschäft blieb ich stehen. Kann sein, daß ich mir in dem Augenblick überlegt hatte, mir ein Paar Sandalen zu kaufen. Meine Augen waren sofort angezogen von einem Paar kleiner roter Lackschuhe, die auf einem Podest mitten im Schaufenster standen. Ich weiß nicht mehr, was mich so an ihnen fasziniert hat. Ich könnte es vielleicht sagen, wenn Lasalle mir erlaubt hätte, wieder einen Blick auf sie zu werfen. Aber er hat sie ja gleich konfisziert. Ohne den geringsten Grund.«

(Den Grund, mein Junge, lieferst du ja nach. Was willst du also?)

»Während ich auf die Schuhe starrte (so kleine Schuhe!) und ich mir vorstellte, wie klein die Füße einer Frau sein müßten, um solche Schuhe tragen zu können, stieg ein junges Mädchen ins Schaufenster. Mit bloßen Füßen, die viel zu groß waren. Sie nahm die Schuhe und hielt sie einem anderen jungen Mädchen hin, das im Hintergrund wartete. Ich konnte das Mädchen nicht gut erkennen, sah nur, daß sie rötlichblonde Haare hatte.

Ich wartete. Ich weiß nicht, warum ich wartete. Aber mein Herz klopfte stärker, und ich verspürte eine Unruhe. Ich war aufgeregt und wartete. Und da trat sie plötzlich aus dem Laden, das rotblonde Mädchen, in diesen roten winzigen Lackschuhen, setzte vorsichtig einen Fuß vor den anderen, weil die Schuhe ihr noch nicht gehörten. Sie wollte wohl nur einmal schauen, wie sie bei Tageslicht wirkten.

Die Verkäuferin lief hinterher und rief etwas. Ungefähr: ›Das ist aber verboten! Sie dürfen mit diesen Schuhen nicht einfach auf die Straße gehen. Erst wenn sie bezahlt sind.‹

›Aber ich weiß doch gar nicht, ob ich sie nehmen soll‹, antwortete das rotblonde Mädchen. ›Ich weiß doch gar nicht, ob sie mir stehen.‹ Ich merkte sofort, daß sie eine Deutsche war. Ich hörte es an ihrem Akzent, ich höre so etwas immer sofort. Dabei sprach sie ein fehlerfreies, wenn auch einfaches Französisch.

Mein Herz schlug immer noch so heftig. Ich weiß nicht, was mit mir war. Ich wartete, bis das Mädchen an mir vorbeitrippelte und sagte: ›Sie müssen die Schuhe kaufen, Sie sehen entzückend aus.‹

Das Mädchen schaute mich zuerst verblüfft und amüsiert an. ›Aber sie sind teuer‹, sagte sie. ›Ich habe mir noch nie so teure Schuhe gekauft. Außerdem weiß ich gar nicht, ob Rot mir steht.‹

›Es steht Ihnen phantastisch‹, sagte ich. ›Wenn Sie erlauben, schenke ich Ihnen die Schuhe.‹

Das Mädchen hatte schöne grüne Augen mit gelben Einschlüssen, wie Bernstein. Sie schaute mich sehr aufmerksam an. Ich wußte gleich, daß sie nicht eine von diesen Mädchen war, die sich auf den Yachten den nackten Bauch tätscheln lassen. Das gefiel mir so an ihr.

›Warum sollten Sie das tun?‹ fragte sie. ›Sind Sie Millionär?‹

Ich lachte und nickte. ›Manchmal spiele ich gern Millionär. Warum spielen Sie nicht auch einmal ein junges Mädchen, das sich von einem Millionär rote Lackschuhe schenken läßt?‹

Sie überlegte einen Augenblick. Sie schaute mich sehr genau

an. Ich lächelte. Ganz arglos. Warum sollte ich auch nicht arglos lächeln, da ich ja mit dem Mädchen überhaupt nichts vorhatte. Ich kannte sie ja gar nicht. Schließlich nickte sie. Sie warf die Haare in den Nacken und lachte. ›Okay. Dann spielen Sie mal Millionär.‹

Sie streckte die Hand aus, und ich legte fünf Hundert-Franc-Scheine hinein. Sie verschwand im Geschäft und kam nach einer Minute wieder heraus. Sie trug wieder ihre Bastschuhe, in der Hand hielt sie eine Tüte mit goldener Schrift.

›Das ist gemein‹, sagte ich.

›Was ist gemein?‹

›Daß Sie die Schuhe jetzt nicht tragen. Ich dachte, ich dürfte den Anblick noch ein bißchen genießen.‹

›Aha‹, sagte sie. ›Schon die ersten Bedingungen. Also gut. Ich ziehe sie an.‹

›Und ich spendier uns einen Drink‹, sagte ich schnell. ›Da müssen Sie die Schuhe nicht auf der Straße wechseln, sondern können es ganz unauffällig im Waschraum tun.‹

Sie sah mich von der Seite an. Sie hatte so etwas Merkwürdiges im Blick, so etwas Lauerndes und gleichzeitig Laszives. Ich dachte plötzlich, daß sie vielleicht von der gleichen Unruhe getrieben war wie ich, daß sie vielleicht dasselbe Herzklopfen hatte.

›Von mir aus‹, sagte sie, ›kann ich die Schuhe auch in Ihrem Auto wechseln.‹ Und sie fügte hinzu: ›Ich nehme an, Sie haben ein Auto? Und Sie wollen mir sicherlich eine Bar zeigen, die nicht gerade um die Ecke liegt.‹ Dabei hakte sie sich plötzlich mit der linken Hand bei mir ein, und sie drängte sich so dicht an mich, daß ich mit dem Ellenbogen ihre weichen Brüste berührte. War es falsch, dies als eine Aufforderung zu betrachten? Wollte sie vielleicht nur wissen, ob sie eine erotische Wirkung auf mich hatte. Oder geschah diese Berührung vollkommen unabsichtlich, sozusagen aus einer naiven Unwissenheit heraus?

Ich gestehe, daß ich einen trockenen Hals bekam. Ich mußte mich mehrfach räuspern, aber meinen Ellenbogen ließ ich genau da. Sie trug ein weißes Kleid, in der Art, wie sie jetzt Mode sind, so als habe sie das Nachthemd ihres Großvaters einfach um fünfzig Zentimeter gekürzt und einen nietenbesetzten Gürtel um die Taille geschlungen. Am Halsausschnitt war ein kleiner Spitzenbesatz, die weißen stoffbezogenen Knöpfchen waren offen, man konnte den Ansatz ihrer Brüste sehen, aber all das war wahrhaftig nicht unanständig. Auch ihre nackten runden Knie waren nicht unanständig. Sie hatte glatte braune Beine, an denen kein Härchen zu sehen war, ihr Gesicht war kaum geschminkt, bis auf die Lippen, die cyclamrot leuchteten, ein Fettstift, von dem ich nachher erfuhr, daß er mit Erdbeergeschmack angereichert war. Das einzige Wirre oder Befremdliche an ihr waren die grünlackierten Fingernägel. Aber auch dafür fand ich später eine Erklärung: Sie hatte mit ihrer Freundin (ich glaube, sie hieß Ruth) am Vorabend eine Dracula-Party in einer der Diskotheken von Vence besucht. Sie fand, daß grüne Nägel gut zu einem blutsaugenden Vampir paßten. Und ich gab ihr recht. Nur, weil sie es so gerne hatte, wenn man ihr recht gab.

Ich habe sie nicht gefragt, wer oder was ihre Eltern waren, aber irgendwie hatte ich das Gefühl, daß sie mit ihren Eltern Probleme hatte. Sie wollte, daß ihre Entscheidungen anerkannt wurden. Also gingen wir zu meinem Auto, sie immer bei mir eingehakt, an meiner Seite wie ein Kätzchen herumhüpfend, lachend, ich spürte, daß sie glücklich war über diese neuen Schuhe. Immer wieder rief sie: ›Was Ruth wohl sagt! Wenn ich ihr erzähle, ein wildfremder Mann hat mir diese Schuhe gekauft. Ich glaube, sie denkt, jetzt bin ich endgültig übergeschnappt.‹

Sie hatte überhaupt keine Angst. Ich glaube, sie ist sich nicht einmal über eine mögliche Gefahr im klaren gewesen. Es ist möglich, daß sie bislang noch niemals schlechte Erfahrungen mit Männern gemacht hat. So etwas soll es ja heute noch geben. Sie stieg arglos in mein Auto ein (ich fahre einen alten grünen Rover), kuschelte sich in den lammfellbezogenen Sitz (das Fell ist, zugegeben, hier in der Hitze etwas ungewöhnlich, aber mir gefällt es immer noch besser als diese Plastiksitze, an denen die Haut festklebt).

Ariane zog ihre Schuhe aus und stellte die nackten Füße auf das Armaturenbrett. Das ist eigentlich nichts Ungewöhnliches. Ich kenne viele Frauen, die diese Angewohnheit haben. Natürlich wissen sie, daß es dem Fahrer einen interessanten Blickwinkel ermöglicht, aber möglicherweise ist es auch angenehm, die Füße hochzuhalten, besonders an heißen Tagen und nach langen Fußmärschen, an denen sich das Wasser in den Füßen staut. Ihre Fußnägel waren auch grünlackiert. Sie hatte süße, ganz runde Nägel und sehr zierliche Zehen, fast wie bei einem Baby, ganz rosig, ihr Spann war braun und glänzte, sie hatte sehr schmale Fesseln, die die Zierlichkeit der Füße noch unterstrichen. Ich gestehe, daß es sehr schwer für mich war, den Wagen über die kurvenreiche Straße zu steuern, während ihre Füße vor meinen Augen dieses Spiel trieben.

Aber sie war wirklich ganz arglos. Sie redete, plapperte, ich konnte mich kaum konzentrieren, da meine Aufmerksamkeit ohnehin zwischen der Straße und ihren Füßen geteilt war. Sie fragte nicht einmal, wohin wir führen. Nur einmal sagte sie: ›Das ist ja praktisch. Wir nehmen die Route, die zu dem Campingplatz führt, wo ich wohne.‹

›Wie heißt der Campingplatz?‹

Sie sagte: ›Les Rosalies.‹ Und da sagte ich ihr, daß mein Haus nur ein paar Kilometer entfernt liege. ›Sie werden es nicht glauben‹ sagte ich, ›aber obwohl ich kein Millionär bin, gibt es sogar einen Swimmingpool.‹

›Einen Pool?‹ Sie schrie fast vor Freude. ›O bitte! Lassen Sie uns hinfahren! Darf ich einmal in Ihrem Pool schwimmen? Ins Meer bin ich heute nicht gegangen, weil es so schmutzig war. Es hat mich richtig geekelt. Aber ich habe solche Sehnsucht nach Wasser.‹

›Okay‹, sagte ich, ohne sie merken zu lassen, wie sehr mir diese Idee gefiel, daß sie von sich aus unser Haus als Ziel vorgeschlagen hatte. ›Ich schätze, auch dort kann ich Ihnen einen Drink anbieten.‹

Sie fragte mich, woher ich komme, was ich mache, und ich erzählte ihr ein bißchen. In aller Bescheidenheit natürlich. Aber ich weiß ja, wie aufregend es die meisten Leute finden, mit einem Schriftsteller zu sprechen, und auch Ariane war beeindruckt. Sie blickte mich immer wieder fast ehrfurchtsvoll von der Seite an. Fragte nach den Titeln meiner Bücher und bedauerte ganz außerordentlich, daß sie nicht eines kannte (was ich natürlich noch mehr bedauerte, denn seit Jahren wünsche ich mir einmal jemanden zu treffen, der nicht zur Verlagsbranche gehört und der trotzdem ein Buch von mir gelesen hat. Einem Leser wollte ich begegnen, immer schon. Aber es ist mir noch nie gelungen).

›Leben Sie denn da ganz allein?‹ fragte Ariane. ›Oder stört es jemanden, wenn ich einfach mitkomme?‹

›Meine Frau‹, log ich, ›freut sich immer über Besuche.‹ Ich wußte ja, daß Anna um diese Zeit nicht da ist, weil sie bei den Bergsons den Dreck wegputzt (was ich peinlich und würdelos finde, aber Anna hatte ja noch nie das, was man Würde nennt. Nun ja).

Wenn Ariane überhaupt so etwas wie Angst oder eine gewisse Scheu gespürt hatte, war sie vollkommen verflogen, als ich meine Frau erwähnte. ›Sie sind verheiratet?‹ rief sie. ›Das finde ich toll.‹

›Was finden Sie daran toll?‹ fragte ich perplex.

Sie schaute mich an. Diese grünen Augen, in denen die Honigtropfen schimmerten. In der Tat hatte das Mädchen keine Ahnung von der Wirkung, die sie ausübte. ›Ich finde es immer schön, glückliche Menschen zu treffen‹, sagte sie.

Ich hätte ihr vieles antworten können. Zum Beispiel, daß Glück und Ehe überhaupt nichts miteinander zu tun haben müssen. Daß ich, ganz im Gegenteil, sehr viel mehr glückliche Singles als glückliche Eheleute kenne. Das Glück, mein Gott ... man könnte so viel dazu sagen. Aber war das vielleicht der Augenblick dazu? Ariane saß neben mir, wickelte die kleinen roten Lackschuhe aus dem schwarzen Seidenpapier und betrachtete sie verliebt von allen Seiten. Frauen haben eine Eigenschaft, Dinge wie Lebewesen zu betrachten, die mich immer wieder fassungslos macht. Als wir das Haus erreichten, war es ungefähr sechs Uhr. Anna war noch nicht zu Hause, sie würde auch vor acht Uhr nicht kommen. Ich führte Ariane sofort durch den

Garten an unseren Swimmingpool, der das Schönste an unserem Besitz ist. Ohne den Swimmingpool war unser Haus irgendein verkommenes provenzalisches Gebilde, ohne Charme, und vor allen Dingen ohne Luxus. Es atmete nach Armut und Mangel, und das seit Jahren schon. Ich ertrug es kaum, diesen Arme-Leute-Geruch, der sich plötzlich überall einnistete. Ich war am liebsten draußen, am Pool, mit einer Flasche Wein, ein paar Oliven, einem Stück Salami, und träumte mich in eine andere Zeit.

Ich holte ihr ein Handtuch. Als ich zurückkam, hatte sie schon ihr Kleid ausgezogen. Für einen Augenblick sah ich sie nackt, aber schon stieg sie mit ihren kleinen Füßen in den Badeanzug, ein gelbes einteiliges Ding, mit sehr hohem Beinausschnitt, wie es jetzt Mode ist.

Ich hielt das Handtuch in den ausgestreckten Händen, aber sie lachte nur und warf sich ins Wasser, plantschte darin herum wie ein Kind, richtig närrisch, ausgelassen, fröhlich. Es gefiel mir, ihr zuzuschauen. Ich setzte mich an den Beckenrand, ließ meine Füße ins Wasser baumeln und schaute ihr zu. Nach einer Weile schwamm sie zu mir her und sagte: ›Schön. Es ist schön bei Ihnen.‹ Sie strich eine nasse Haarsträhne aus dem Gesicht und lächelte mich so offen und einladend an, daß ich nicht anders konnte, als mich herabbeugen und ihr einen Kuß auf die cyclamfarbenen Lippen zu geben. Seitdem weiß ich, daß es Lippenstifte mit Erdbeergeschmack gibt.

Sie behielt die Augen starr geöffnet. Ihre Lippen waren kalt wie das Wasser. Als sie meinen Kuß nicht erwiderte, löste ich meine Lippen, und Ariane ließ sich einfach ins Wasser zurückfallen, sank wie ein Stein bis auf den Grund, stieß sich mit den Füßen am Beckenboden ab, tauchte fauchend wie ein Delphin wieder auf, schwamm auf die andere Seite und machte einen Klimmzug am Beckenrand.

Sie stieg raus, schüttelte das Wasser aus ihren Haaren und ging zu dem Handtuch, trocknete sich die Schultern, die Beine, die Arme, das Gesicht ab und kam zu mir.

›Jetzt hab' ich Durst‹, sagte sie. Ich stand auf. Sie war ganz dicht vor mir, ich hätte nur die Hände ausstrecken müssen, aber ich tat es nicht. Ich lief ins Haus, holte Wein, Oliven, Brot, brachte alles auf dem Tablett zurück, und da saß sie schon wieder wie eine kleine rotblonde Wassernixe in ihrem weißen Nachthemd und schnürte sich den Gürtel um die Taille.

Wir setzten uns auf den Rasen und tranken. Sie erzählte. Ich hörte ihr zu und sah sie an. Nach einer Weile faßte ich Mut und berührte ihre Füße, streichelte sie, befühlte ihre Zehen, die kleinen Babyballen, steckte meine Finger zwischen ihre Zehen, und sie erzählte, und es machte ihr offenbar überhaupt nichts aus, daß ich mich so für ihre Füße interessierte. Leider weiß ich nicht, worüber sie redete, ich habe die Erfahrung gemacht, daß die Mädchen nur belangloses oberflächliches Zeug daherplappern, welches keine besondere Beachtung verdient. Beachtung muß man ihren Körpern zollen, diesen jungen glatten Körpern, denn die wird es nicht mehr geben, wenn sie erst einmal Frauen sind und gescheit daherreden können. Deshalb teile ich es mir ein: Die jungen Dinger schaue ich an, und den Älteren höre ich zu. Wie auch immer: Wir hatten die erste Flasche sehr schnell geleert, und ich bat Ariane um die Gunst, sie nun endlich in den roten Lackschuhen sehen zu dürfen. Ich fragte sie, ob ich sie ihr anziehen dürfte, und sie lachte. Ich glaube, sie hielt mich für eine Art Clown. Sie merkte gar nicht, wie meine Hände zitterten, als ich die Schuhe über ihre Füße streifte. Sie stand auf und stolzierte vor mir hin und her, ein kleines naives Mädchen, drehte sich, machte Pirouetten, kleine Tanzschritte, ließ den roten Lackschuh an ihrem Fuß vor meinem Gesicht kreisen.

›Nun?‹ sagte sie. ›Zufrieden?‹

Ich nickte. ›Sehr‹, sagte ich. ›Sehr.‹

Sie ließ sich wieder ins Gras fallen, und ich zog ihr sanft den rechten Schuh aus, streichelte ihren Fuß, beugte mich über ihn und küßte ihre süßen Zehen. Sie schaute mich verwundert an. Vielleicht war etwas in meinem Gesicht, daß sie plötzlich befremdete, es ist möglich, auch ich spüre manchmal so etwas wie einen Muskelkrampf im Gesicht, als versteinere sich meine Mimik, aber ich konnte nicht aufhören. Ich nahm den Schuh, goß etwas von meinem Wein hinein und schlürfte ihn langsam, mit geschlossenen Augen. Ich weiß, daß ich dabei zitterte. Mag sein, daß ich gestöhnt habe, mag sein, daß sie auf einmal erschrocken ist.

Sie jedenfalls sprang plötzlich auf, ganz weiß im Gesicht und sagte leise mit einer aufsteigenden Panik, die ich sehr wohl spürte in ihrer Stimme: ›Sie sind ja pervers.‹

Sie zog den anderen Schuh aus. Dabei war sie so aufgeregt, daß sie mit dem Knöchel umknickte, sie schrie auf, und ich sah, daß sie Schmerzen hatte. Aber bevor ich etwas sagen konnte, hatte sie den anderen Schuh hingeworfen, ihre Badetasche genommen und war davongerannt. Unser Hund kam ihr schwerfällig entgegen, aber sie rannte Sandy fast um, sie stürzte zum Gartentor und lief los.

Ich war vollkommen verstört. Ich hatte eigentlich nur noch den Wunsch, ihr die Angst zu nehmen. Ich wollte keinesfalls, daß diese kleine lächerliche Szene in ihr irgendwelche Frustrationen auslöste. Nur deshalb (Lasalle: Ich schwöre!), nur deshalb bin ich ihr mit meinem Wagen nachgefahren, diese schmalen kurvigen Straßen. Sie war barfuß, sie lief vor mir her wie ein gehetztes Reh, sah sich immer wieder um, und Panik glitzerte in ihren Augen. Ich fuhr langsam, ich wollte sie ja nicht hetzen, manchmal blieb ich absichtlich ein wenig zurück, damit sie verschnaufen konnte, denn ich spürte ja ihre Erschöpfung. Ich hatte das Fenster heruntergekurbelt und rief immer: ›Ariane, bitte! Sei vernünftig! Steig ein! Ich fahr' dich nach Hause!‹ Aber sie gab mir keine Antwort. Sie rannte, als müsse sie um ihr Leben rennen. Niemand kam uns entgegen. Niemand folgte uns. Vielleicht, wenn jemand hinter mir gewesen wäre, der mich überholt hätte, vielleicht hätte sie den Wagen angehalten. Ich weiß nicht. Vielleicht hätte ich auch einfach umdrehen sollen, aber ich konnte nicht, ich fühlte mich schuldig, obwohl ich nichts getan hatte.

Aber mehr noch als die Schuld plagte mich etwas anderes: Sie hatte mich pervers genannt. Das ist ein Wort, das ich hasse. Ich bin ein normaler Mann, ich bin nicht pervers. Ich finde Perverse ekelhaft, widerwärtig. Frauen müssen vor mir keine Angst haben. Noch nie hatte eine Frau Angst vor mir, höchstens Anna, aber die hat auch allen Grund. Anna wird eines Tages dafür zur Rechenschaft gezogen werden, daß sie mein Leben auf dem Gewissen hat. Diese Klette Anna. Die Blutsaugerin Anna. Sie, o ja, sie hätte allen Grund, vor mir Angst zu haben. Aber hat sie es? Ich weiß es nicht. Sie malt sich ihre Ängste von der Seele, schätze ich, so wie ich mir meine Ängste von der Seele schreibe. Vielleicht sind wir beide verrückt. Mag schon sein.

Ariane rannte. Immer wieder strauchelte sie. Einmal hielt sie ihren linken Knöchel, und ich hörte, wie sie vor Schmerzen aufschrie. Ich hielt den Wagen an und stieg aus, ich lief hinter ihr her. ›Ariane!‹ rief ich. ›Sei vernünftig! Ich bring dich heim!‹

Sie drehte sich um. Als sie sah, daß ich ausgestiegen war, begann sie zu schreien, riß einfach den Mund auf und begann zu schreien. Ich dachte, sie wird verrückt. Ich dachte, ich werde verrückt. Ich weiß nicht, was ich dachte. Ich raste zu meinem Wagen zurück, startete den Motor und fuhr mit kreischenden Reifen hinter ihr her. Ich war wie von Sinnen, ich wußte einfach nicht mehr, was ich tun sollte, um sie zur Vernunft zu bringen. Ich wußte es nicht.

Als sie sah, wie schnell mein Wagen auf sie zuraste, sprang sie zur Seite die Böschung hinunter. Das letzte, was ich von ihr sah, war das weiße Kleid und die roten Haare, zwischen Holundersträuchern. Danach, das schwöre ich, habe ich sie nicht mehr gesehen. Ich bin dann herumgefahren, habe versucht mich zu beruhigen, bin immer wieder die Straße auf und ab gefahren, weil ich dachte, daß ich sie vielleicht doch noch sehe, bin sogar zu dem Campingplatz gefahren und habe vor dem Tor gewartet, war ja nicht mehr weit entfernt. Ich dachte, vielleicht kann ich sie abfangen, noch einmal mit ihr reden. Ich war von der fixen Idee besessen, daß ich mit ihr reden müßte. Aber Ariane kam nicht. Ein Wohnwagen fuhr in der Zeit auf den Platz, ein Wagen mit holländischer Nummer. Vielleicht kann man so etwas nachprüfen. Vielleicht ist das ein Alibi. Und dann sah ich noch Francois, den widerlichen Kerl, den Mann von Madame Tallier. Diesen Wilderer und Fallensteller. Er verließ den Campingplatz zu Fuß. In der Hand einen braunen Rucksack. Darin hat er immer sein Spielzeug, um Kaninchen zu fangen, oder junge Kitzen. Bringt sie um mit einer Schlinge, der verdammte Kerl, oder mit Gift? Aber dann könnten sie das Fleisch ja nicht mehr essen. Was weiß ich, was er für Fallen baut. Der jedenfalls kam auch heraus. Kann man vielleicht auch verifizieren.

Später bin ich losgefahren. Habe irgendwo gehalten und einen Pastis getrunken. Irgendwann wird mir auch noch einfallen, welche Kneipe das war. Eine kleine Kneipe an der Straße, in die ich sonst nie gehen würde. Ist mehr was für die Landarbeiter in der Gegend. Saßen Männer in Arbeitshosen herum und spielten Domino. Habe zwei oder drei Pastis getrunken und bin nach Hause gefahren.

Als erstes wollte ich die Schuhe vom Swimmingpool wegnehmen, aber sie waren schon weg. Die hatte Anna schon eingesteckt.

Das heißt, sie hatte nichts Besseres zu tun, als Sie anzurufen, Lasalle, und etwas von einem Mord zu faseln, dieses Wahnsinnsweib.

Welche Strafe steht auf den Versuch einer Ehefrau, ihren unschuldigen Mann hinter Gitter zu bringen, Lasalle? Könnten Sie das einmal ausrechnen und niederschreiben auf einem kleinen Zettel, den man mir durch die Gitterstäbe reichen läßt? Wäre das möglich? Nur so könnte ich es hier noch ein paar Tage aushalten. Nur mit der Gewißheit, daß es anschließend sie treffen wird, Anna Nurew. Die Frau, die mein Leben zerstört hat.

Es ist jetzt vier Uhr dreißig, durch das Fenster sehe ich die ersten grauen Morgenschlieren am Himmel. Ich hoffe, man vergißt mich hier nicht in meinem Kerker.

Ich schwöre, ich habe die Wahrheit geschrieben und nichts als die Wahrheit. Und jetzt holen Sie den großen Schlüssel, Lasalle, und lassen Sie mich hier raus. Ich bin kein Mörder, Lasalle! Gezeichnet: Hendrik Nurew.«

Die Zeitungen brachten am nächsten Tag in großer Aufmachung die Entdeckung der Leiche eines jungen Mädchens. Daneben abgebildet das Foto, welches Ruth dem Polizisten als Fahndungsfoto überlassen hatte. Ariane war deutlich zu erkennen, über die Augen von Ruth jedoch hatten die Redakteure einen schwarzen Balken gelegt. Außer diesem Foto und dem Fundort der Leiche hatte die Polizei keine weiteren Einzelheiten herausgegeben. Die näheren Umstände, hieß es, werden noch untersucht. Die Verdachtsmomente würden sich verdichten, man habe aber noch keine wirklich heiße Spur. Trotzdem war es klar, daß die Reporter die Sache nicht auf sich beruhen lassen würden. Mitten im Sommer eine junge Frauenleiche, mitten im heißen Sommerurlaub ein Mädchen vom Campingplatz, das in den Wäldern von La Tournelle grausam ermordet worden war – das mußte man am Kochen halten. Das war eine Story, mit der man vielleicht über einen ereignislosen Sommer ohne politische Schlagzeilen hinwegkam.

Lasalle las die Zeitungen morgens in seiner Wohnung. Er frühstückte unter der Markise der Sonnenterrasse. Das Brot war so hart, daß er es, selbst wenn er die Brocken in den heißen Kaffee tunkte, kaum beißen konnte. Lasalle hatte schlechte Laune. Er ärgerte sich, daß er wieder einmal vergessen hatte, während der Dienstzeit schnell ein paar Lebensmittel einzukaufen. Er ärgerte sich, daß seine Putzfrau die Frechheit besessen hatte, einfach einen vierwöchigen Urlaub anzutreten, ohne für eine Vertretung zu sorgen. Er ärgerte sich über die Zeitungen, und darüber, daß sein Name im »Nice Matin« so fett gedruckt war. Als das Telefon klingelte, war er bereits bei der Sportseite angelangt. Veronique war am Apparat.

»Tut mir leid, Chef«, sagte sie mit selbstquälerischer Verzweiflung, »aber ich wollte Sie vorwarnen.«

»So? Weswegen? Und wieso sagen Sie nicht erst einmal, wie es sich für eine so charmante Dame, wie Sie es sind, gehört, guten Morgen?«

»Verzeihung, Chef, ich dachte, es ist besser, wenn ich gleich zur Sache komme. Aber, na klar, einen guten Morgen wünsche ich Ihnen trotzdem.«

»Schießen Sie los. Weshalb müssen Sie mich warnen?«

»Diese Frau des deutschen Dichters, die ruft sie gleich an. Die hat mich so überfallen, daß ich plötzlich schwach geworden bin und ihr Ihre private Nummer gegeben habe.«

»Ah«, murmelte Lasalle. Er strich sich mit der Hand über die Stirn. »Weiß sie etwa schon, daß wir ihren Mann unter Mordverdacht festgenommen haben?«

»Ja, das weiß sie.«

»Und woher?«

Eine kleine Pause entstand. Veroniques Stimme war so leise, daß Lasalle sie kaum verstehen konnte. »Ich habe es ihr gesagt, Chef. Ich weiß auch nicht... sie rief an, sie war so aufgeregt, sie wollte melden, daß ihr Mann verschwunden sei... sie hatte die merkwürdigsten Ideen, daß er sich umgebracht hätte und was weiß ich alles... da, Chef, da habe ich es ihr gesagt. Ich dachte, das würde sie beruhigen.«

»Und? Hat es sie beruhigt?«

»Schwer zu sagen. Ich glaube eher, daß ein Schock den anderen abgelöst hat.«

»Das glaube ich auch«, sagte Lasalle trocken. Er hängte ein und starrte mit gerunzelter Stirn auf den Apparat. Aber der blieb stumm. Lasalle setzte sich auf den kleinen Hocker neben dem Telefon und wartete. Er blätterte in dem Telefonbuch, malte mit einem Kugelschreiber Männchen auf den Umschlag. Da klingelte es endlich.

Er nahm den Hörer ab. »Guten Morgen, Madame Nurew«, sagte er.

Aber es war seine Tochter Kiki. Kiki hatte auch die Zeitungen gelesen. »Hast du schon irgendeinen Verdacht, Pa?« fragte sie. »Ich bin unheimlich neugierig. Wir alle sind neugierig. Ich soll dir beste Grüße von Jean ausrichten, und er bedauert sehr, daß du neulich abends nicht mehr kommen konntest. Du hättest uns ja eine spannende Geschichte erzählen können!«

»Wie war das Ratatouille?« fragte Lasalle. »So gut wie immer?«

Kiki lachte. »Du bist unfair. Du weichst immer aus. Also noch keinen Verdächtigen?«

»Einen halben«, brummte Lasalle.

»Na, immerhin! Ich möchte so gerne erleben, daß du einmal

einen richtigen Mörder fängst, wie im Fernsehen. Ich möchte, daß sie in allen Zeitungen von Frankreich schreiben, was für ein Spürhund du bist. Du bist wirklich gut. Du mußt nur eine Chance bekommen.«

»Mir wäre lieber«, sagte Lasalle, »ich hätte diese Chance nicht bekommen. Dann wäre ein nettes unschuldiges Mädchen noch am Leben.«

»Aber deinen Namen haben sie im ›Nice Matin‹ fett gedruckt. Hast du's schon gesehen?«

Lasalle knurrte. »Ziemlich übertrieben das Ganze. Aber die sind ja wie die Haie hinter der Story her. Brauchen wohl was, um das Sommerloch zu füllen. Wenn es nach diesen Zeitungsfritzen ginge, müßte mindestens einmal pro Woche ein junges hübsches Mädchen ermordet werden.«

»Du übertreibst, Pa. So schlimm sind die nicht. Außerdem lesen die Leute gern solche Geschichten. Sie kriegen dabei eine Gänsehaut.«

»Und was ist so schön an einer Gänsehaut?« brummte Lasalle.

Kiki lachte. »Ach, Pa. Du hast wirklich keinen Sinn für so etwas. Wann soll ich dir die Schuhe zurückbringen? Die brauchst du doch bestimmt, oder? Wegen der Fingerabdrücke.«

»Dazu ist es wohl ein bißchen zu spät. Hauptsächlich werde ich wohl deine Fingerabdrücke auf den Schuhen finden. Aber jetzt weiß ich, was ich dich die ganze Zeit fragen wollte: Ist dir irgend etwas Besonderes an den Schuhen aufgefallen? Irgend etwas Außergewöhnliches? Ich meine etwas, das man normalerweise nicht mit Schuhen in Verbindung bringt?«

»Laß mich nachdenken«, sagte Kiki.

Lasalle wartete. Er überlegte, daß er sich eine längere Telefonschnur legen lassen sollte. Dann könnte er jetzt gemütlich auf der Terrasse seinen Kaffee schlürfen, während seine Tochter Gehirnexerzitien machte.

»Die Schuhe waren klein«, sagte Kiki schließlich.

»Das wissen wir doch, Schuhgröße sechsunddreißig. Ich weiß auch, daß sie der Toten gehörten.«

»Du weißt es? Woher?«

»Der Mann, der sie dem Mädchen gekauft hat, hat es mir gesagt.«

»Du kennst den Mann?« schrie Kiki.

»Natürlich. Hast du gedacht, dein Vater hat bislang Däumchen gedreht?«

»Wer ist es? Erzähle!«

»Geht nicht, meine Liebe. Absolute Nachrichtensperre. Also dir ist sonst nichts aufgefallen? Denk noch einmal nach. Haben sie vielleicht einen besonderen Geruch gehabt?«

»Warte«, sagte Kiki. Sie legte den Hörer auf eine Glasplatte, und Lasalle hörte ihre Schritte, die sich entfernten, hörte Stimmengemurmel, das Geschrei seines Enkelkindes, dann kamen die Schritte wieder zurück, Kiki hob den Hörer auf. »Sie riechen nach Alkohol«, sagte Kiki, »nach Rotwein, wenn ich mich nicht täusche. Aber nur ganz schwach. Der linke Schuh ist innen etwas fleckig. Komisch, daß mir das vorher gar nicht aufgefallen ist. Dabei sieht man es ziemlich deutlich.«

»So ist das meistens«, sagte Lasalle. »Wenn man mit der Nase auf etwas gestoßen wird, scheint es einem plötzlich ganz selbstverständlich. Ich habe es ja auch nicht bemerkt. Wahrscheinlich waren wir von der roten Farbe derart geblendet ... jedenfalls hat er in diesem Punkt nicht gelogen.«

»Wer?« fragte Kiki.

»Der Verdächtige. Er hat mir ein Protokoll geschrieben. Den angeblichen Tathergang. Demnach hat er Wein aus ihrem Schuh geschlürft.«

»Du hast sein Geständnis?« schrie Kiki begeistert.

Lasalle seufzte. »Eben nicht. Er schwört, daß er es nicht gewesen sei.«

»Dann lügt er«, sagte Kiki.

Lasalle lächelte. »Was ich an Frauen bewundere, ist ihre schnelle Urteilskraft. Ich muß jetzt auflegen, Mädchen, ich erwarte einen Anruf. Bis bald, ja? Ich melde mich.« Er legte auf.

Kaum hatte er den Hörer auf die Gabel gelegt, klingelte es wieder. Diesmal war es wirklich Anna. Ihre Stimme überschlug sich fast. Lasalle hatte das Gefühl, daß sie kurz vor einem Nervenzusammenbruch stand.

»Monsieur!« schrie sie. »Sie haben ihn verhaftet? Sie haben ihn in eine Zelle gesperrt? Ist das wirklich wahr?«

»Ja, Madame. In Untersuchungshaft. Das bedeutet natürlich noch gar nichts. Jedenfalls bedeutet es nicht, daß er des Mordes überführt ist.«

»Er hat also nicht gestanden?« fragte Anna.

»Nein. Er leugnet, das Mädchen ermordet zu haben.« Lasalle überlegte einen Augenblick, ob er Anna sagen sollte, mit welchen Worten Hendrik ihre Rolle in diesem Spiel geschildert hatte, aber dann unterließ er es.

Annas Atem kam pfeifend durch das Telefon. »Aber er ist es gewesen«, flüsterte sie. »Er muß es gewesen sein. Habe ich Ihnen nicht gesagt, ich hätte einen Mord zu melden? Jetzt haben wir einen Mord und die Leiche! Sie hat Schuhgröße sechsunddreißig, nicht wahr?«

»Ja, Madame«, sagte Lasalle.

»Sie ist genau der Typ. Ich habe ihr Bild in der Zeitung gesehen, und ich dachte, mein Herz setzt aus. Diese Augen, diese Lippen, ach, ich kenne doch meinen Mann. Und dann diese kleinen Füße. Er hat sie erwürgt, nicht wahr? An unserem Pool. Und dann hat er sie weggebracht, in die Berge. So ist es gewesen, oder glauben Sie, er hat sie vielleicht in unserem Haus umgebracht? Glauben Sie, er hat sie vielleicht auf seinem Bett erwürgt? Herr Kommissar, mir wird ganz übel, wenn ich mir das vorstelle. Ich habe Angst, Kommissar. Kann ich polizeilichen Schutz bekommen?«

»Polizeischutz?« fragte Lasalle. »Fühlen Sie sich denn bedroht?«

Eine Weile reagierte Anna nicht. Lasalle hörte nur ihren Atem. Schließlich sagte Anna: »Heute nacht ist Sandy gestorben. Die Hündin lag in der Küche unter der Spüle. Ich fand sie in der hintersten Ecke. Das arme Tier hat sich verkrochen, um zu sterben. Und ich lag oben in meinem Zimmer und habe nichts gewußt.«

Lasalle seufzte. »Warum eigentlich wollten Sie mich so dringend sprechen, Madame?«

»Es geht um das Buch, Monsieur. Sein Buch. Sie wissen schon.« Ihre Stimme verwandelte sich in aufgeregtes Flüstern.

»Was ist damit?« fragte Lasalle.

»Er hat weitergeschrieben. Er hat alles beschrieben. Alles haargenau! Sie können sich nicht vorstellen, was ich mitgemacht habe, als ich das lesen mußte, Monsieur.«

»Sie wollen also sagen«, fragte Lasalle, dem Annas Stimme allmählich auf die Nerven ging, »daß Ihr Mann in seinem Buch den lang angekündigten Mord beschrieben hat?«

»Ganz genau«, flüsterte Anna.

Lasalle schwieg einen Augenblick. »Haben Sie das Manuskript?«

»Es ist in seinem Zimmer. Ich habe es zuerst gar nicht gefunden. Auf Seite zweihundertvierundsiebzig hörte es plötzlich auf. Aber ich wußte, daß noch einige Seiten fehlten. Er hatte den ganzen Nachmittag geschrieben. Abends, als ich allein war, habe ich die Seiten gesucht. Er hatte sie versteckt, Monsieur, vor wem wohl?«

»Ich weiß nicht«, sagte Lasalle. »Vielleicht vor Ihnen?«

»Vor mir?« Anna lachte hysterisch. »Vor mir doch nicht. Vor der Welt hat er die Seiten versteckt. Vor den Augen der Öffentlichkeit, die Vergeltung verlangen würde für das Verbrechen. Sühne für einen schändlichen Mord! Deshalb hat er die Seiten in die unterste Schublade seines Schreibtisches verbannt.«

Lasalle lehnte sich gegen die Wand. Er schloß die Augen. »Und wie«, fragte er schließlich, »geschieht der Mord? Wie bringt er das Mädchen um?«

»Es passierte an unserem Pool«, sagte Anna. »Er stößt sie hinein und drückt sie so lange unter Wasser, bis sie sich nicht mehr bewegt. Doch sie lebt noch, kommt wieder zu sich, sie starrt ihn an, ruft etwas ... versucht sich am Beckenrand hochzuziehen. Er stößt sie zurück, und sie sinkt wie ein Stein, mit offenen Augen. Da wendet er sich ab und geht, und er blickt noch einmal zu den roten Schuhen hin, die am Beckenrand stehen, ehe er verschwindet. Daß er so etwas hinschreiben kann! Daß er kein schlechtes Gewissen hat! Er wird sich womöglich keiner Schuld bewußt sein. Wird vielleicht erklären, daß die Kunst eine größere Lebensberechtigung hat als der einzelne Mensch. So etwas Wahnsinniges wird er sagen. Er ist eine Bestie! Er ist verrückt! Sich vorzustellen, daß er sie umgebracht hat! In meinem Garten! An meinem Pool! Und daß er sich dann an die Schreibmaschine setzt und alles kaltblütig niederschreibt. Sagen Sie selbst, Monsieur – haben Sie gedacht, daß ein Mensch so verkommen sein kann?«

Lasalle schwieg einen Augenblick. Dann sagte er: »Bitte warten Sie auf mich. Ich bin in fünfzehn Minuten bei Ihnen. Ich möchte das Manuskript lesen. Geben Sie es nicht aus der Hand bis ich komme. Kann ich mich darauf verlassen?«

»Natürlich«, antwortete Anna beflissen. »Was glauben Sie, was ich inzwischen damit machen könnte? Meinen toten Hund darin einwickeln und verbrennen? Würden Sie mir helfen, Sandy zu begraben, Monsieur? Würden Sie das für mich tun? Allein bringe ich es nicht übers Herz.«

Lasalle legte auf, ohne etwas zu erwidern.

Manchmal fragte sich Lasalle, ob all die Opfer, die er für seinen Beruf brachte, einen Sinn hatten. Ob seine Bezüge (vor vier Jahren hatte er die letzte Gehaltserhöhung bekommen) in einem richtigen Verhältnis zu seinen Leistungen standen. Wer zum Beispiel bezahlte ihn dafür, daß er in einem fremdem Garten mit einem verrosteten Spaten ein Grab aushob, einen halben Meter tief und hundert Zentimeter lang? Sandy, hatte Anna Nurew verlangt, sollte unter einem Aprikosenbaum begraben werden. Sie wollte das Grab später malen, vielleicht aber erst im nächsten Frühjahr, zur Baumblüte.

Sandy lag auf der alten karierten Wolldecke, der Bauch so flach, daß man die Rippenbögen sehen konnte, die Zunge hing weit aus der aufgerissenen Schnauze, das Fell war verklebt und grau. Lasalle hatte noch nie einen Hund beerdigt. Als er die Wolldecke um den Tierleichnam schlug, spürte er, daß ihm übel wurde. Er fand das lächerlich. So viele Leichen hatte er immerhin schon gesehen, daß der Anblick eines toten Hundes ihn nicht aus dem Gleichgewicht hätte bringen dürfen. Er schleppte den weichen, irgendwie knochenlosen Hundekörper zu dem Aprikosenbaum und ließ ihn in die Grube fallen, während Anna, einen schwarzen Schleierfetzen über den Haaren, seinen Hundenapf, die angebissene Leine und eine duftende Rose dazulegte. »Sandys Seele«, erklärte sie unter Tränen, »wird weiterleben. In einem Tier, einer Pflanze, einem Menschen. Ich glaube, ich werde diesen Menschen erkennen an seiner Güte und Sanftheit. Sandy war so ein wunderbares sanftes Tier. Schaufeln Sie jetzt zu, Monsieur, ich kann den Anblick nicht mehr ertragen.« Sie wandte sich ab, schluchzte, schneuzte sich, und Lasalle schaufelte schwitzend das Grab zu.

Als er den Spaten aus der Hand legte, wandte sich Anna zu ihm um. »Jetzt lade ich Sie zu einem Glas Champagner ein«, sagte sie.

»Champagner?« fragte Lasalle verblüfft.

Anna nickte. Sie tupfte sich die letzte Träne aus dem Augenwinkel. »Sandy hätte es so gewollt«, erklärte sie. »Sandy hat mir immer ein gutes Leben gewünscht. Aber mein Mann hat mich daran gehindert. Mein Mann hat immer alles zerstört.« Sie schaute Lasalle an. »Darf ich ehrlich zu Ihnen sein?«

»Ich bitte sogar darum«, sagte Lasalle. »Ich würde mir nur gern zuerst einmal die Hände waschen.«

Anna zeigte ihm den kleinen, blümchentapezierten Waschraum im Erdgeschoß. Lasalle wusch sich umständlich und gründlich die Hände. Immer wieder rieb er sie mit einer lavendelduftenden Seife ein bis es schäumte, spülte den Schaum ab und wiederholte die Prozedur.

Als er in den Innenhof trat, knallte gerade der Champagnerkorken. Annas Gesicht veränderte sich bei diesem Geräusch, wurde strahlend, auf einmal jung. Sie ließ das perlende Getränk in zwei hohe schlanke Gläser laufen und reichte ihm eines davon.

»Santé, Monsieur«, sagte sie leise.

Lasalle nickte wortlos. Der Champagner war eiskalt und sehr

trocken. Anna trank gierig, schenkte sich sofort wieder nach. Dabei blickte sie sich in dem Innenhof um, mit einer Neugier und Aufmerksamkeit, als sähe sie das Haus seit langer Zeit zum ersten Mal.

»Sie wollten mir etwas sagen«, meinte Lasalle, der Anna nicht aus den Augen ließ.

Anna nickte. »Ich wollte Ihnen sagen, Monsieur, daß ich zum ersten Mal seit langer Zeit glücklich bin. Daß ich mich wie befreit fühle. Dafür danke ich Ihnen. Dieser Champagner ist nicht wegen Sandy, das war eine Lüge. Ich habe ihn in den Eisschrank gestellt, sofort als ich hörte, daß Hendrik im Gefängnis sitzt. Es ist der Tag meiner Wiedergeburt, Monsieur. Es ist der Tag, an dem ich ein neues Leben beginne.«

Lasalle schwieg.

Anna strich die Haare aus dem Gesicht zurück. »Ich werde wieder malen können, andere Bilder, Herr Kommissar. Schöne Bilder. Ich werde meine Befreiung malen und Ihnen das erste Bild widmen. Bitte, erlauben Sie es mir.«

»Ihr Mann«, sagte Lasalle, »befindet sich in Untersuchungshaft. Das heißt nicht, daß er verurteilt ist. Das heißt nicht einmal, daß er der wirkliche Mörder ist.«

Anna schüttelte lächelnd den Kopf. Sie schenkte nach. »Natürlich ist er es. Wer sollte es denn sonst sein? Habe ich Ihnen diesen Mord nicht angekündigt, bevor er überhaupt geschehen war? Ich wußte, es wird passieren. Und es ist passiert. Hendrik hat zugegeben, daß er das Mädchen kannte, nicht wahr? Er hat es zugegeben.«

Lasalle nickte.

»Sehen Sie! Da haben Sie doch schon den Beweis!«

»Aber er behauptet, daß sie lebte, als sie sich von ihm trennte. Er sagte, sie sei weggelaufen. Er habe sie aus den Augen verloren. Auf der Straße nach La Tournelle. Er wollte sie zum Campingplatz zurückbringen, aber sie weigerte sich, in seinen Wagen zu steigen.«

Anna lachte. »Und das glauben Sie? Dieses Märchen glauben Sie? Aber Herr Kommissar! Sie haben doch Menschenkenntnis!

Sie haben doch Ihre Erfahrungen! Außerdem, nehme ich an, wird es Indizien geben. Bei der Polizei sammelt man doch ständig Indizien, oder nicht?«

»Das stimmt«, sagte Lasalle. »Das beste Indiz, das wir haben, wird gerade analysiert und verglichen.«

»Darf ich wissen, was es ist?« fragte Anna begierig.

»Warum nicht? Es handelt sich um ein Haarbüschel, das die Tote in der Faust hielt. Es hatte vor dem Mord einen Kampf gegeben. Und da muß sie dem Mörder ein Haarbüschel ausgerissen haben.«

Anna schaute Lasalle an. Sie überlegte. Sie runzelte die Stirn. »Und dieses Haarbüschel hat sie in der Hand behalten, während sie ertrank? Gibt es das?«

»Sie ist nicht ertrunken«, sagte Lasalle. »Sie ist erwürgt worden. Mit einer Schlinge.«

Anna schüttelte den Kopf. »Nein«, sagte sie langsam, »so ist es nicht gewesen. Er hat sie ertränkt. Er hat sie ins Wasser gestoßen und ertränkt wie eine räudige Katze. Ich habe es Ihnen doch erzählt, Monsieur. Ich werde Ihnen das Manuskript mitgeben. Als Beweismittel. Ich haben Ihnen doch gesagt, daß mein Mann nichts schreiben kann, was er nicht selbst erlebt hat.«

Sie ging ins Haus. Augenblicke später kam sie mit einem Stoß engbeschriebener Seiten zurück. »Hier«, sagte sie. »Lesen Sie.«

Lasalle nahm die Blätter in die Hand. »Ich werde sie mit ins Büro nehmen, wenn Sie gestatten«, sagte er.

Anna lächelte. »Die Flasche ist noch nicht leer.«

»Trinken Sie sie allein zu Ende. Ich bin im Dienst, wissen Sie. Ich muß nüchtern bleiben.«

Anna lachte. »Natürlich. Sie müssen einen klaren Kopf behalten. Das verstehe ich. Ich werde jetzt wohl ein bißchen an den Pool gehen und mich sonnen. So ein herrlicher Tag. Das Leben ist viel zu kurz, finden Sie nicht, als daß man einen solch schönen Tag ungenutzt verstreichen läßt.« Sie warf ihm einen Blick zu, den Lasalle insgeheim als kokett bezeichnete. Sie schlenderte vor ihm her mit wiegenden Hüften.

Es stimmt, dachte Lasalle, sie ist wirklich befreit. Würde mich nicht wundern, wenn sie sich neue Kleider kaufte, sich eine neue Frisur zulegte und einen Liebhaber. Wenn sie lacht, wirkt sie attraktiv. Dann kommt so ein Strahlen in ihr Gesicht. Man ahnt, daß sie einmal eine schöne Frau gewesen ist.

»Warum schauen Sie mich so an?« fragte Anna, die stehengeblieben war, den Kopf zur Seite neigte und ihm zulächelte.

»Ich wundere mich nur, das ist alles«, sagte Lasalle.

»Und darf man wissen, worüber Sie sich wundern?«

»Über die Menschen«, sagte Lasalle. »Und wie sie sich ändern.«

»Oh, ich weiß, was Sie meinen!« Anna lachte amüsiert. »Sie finden es merkwürdig, daß ich so glücklich bin? Das können Sie nur merkwürdig finden, weil Sie nichts über mich wissen, Monsieur. Und über die Ehe, die ich seit Jahren führe. Hendrik hat mich zerstört. Hat mich gedemütigt. Sie können das nicht verstehen, weil Sie ihn vielleicht für eine charmante Person halten. Aber ich sage Ihnen eines, Monsieur.« Sie machte eine Pause.

Lasalle hob die Augenbrauen. »Ja?«

»Die Ehe, Herr Kommissar, ist ein Labyrinth. Die Ehe ist die Hölle. Wer das Martyrium der Ehe ertragen hat, verdient es, in den Himmel zu kommen.«

Lasalle lächelte. »Dann muß es da oben ja ein ziemliches Gedränge geben.«

Er stieg in seinen Wagen, legte das Manuskript auf den Beifahrersitz und fuhr davon.

Anna winkte ihm nach mit diesem Fetzen schwarzer Spitze, mit dem sie Sandy zu Ehren ihr Haar bedeckt hatte.

Veronique empfing ihren Chef mit einem vorwurfsvollen Blick. »Sie kommen spät. Es ist schon nach elf.«

»Ich weiß«, sagte Lasalle. Er ging an Veronique vorbei und streifte dabei mit den Händen leicht über ihr Haar. »Ich war auf einer Beerdigung.«

»Auf einer Beerdigung? Aber es steht gar nichts im Terminkalender!«

Lasalle zog sein Jackett aus und hängte es auf einen Bügel.

»Die Beerdigung war kurzfristig angesetzt«, mit einem Blick auf seinen unordentlichen Schreibtisch. »Es handelte sich um einen Hund. Irgend etwas Neues?«

»Ja. Der Chemiker vom Labor hat schon zweimal angerufen. Er wollte mir nicht sagen, worum es geht. Er sagte, er müsse mit Ihnen persönlich sprechen.«

»Na gut«, meinte Lasalle, »verbinden Sie mich.« Er nahm die zusammengerollten Manuskriptseiten aus der Jackentasche und legte sie auf den Schreibtisch. Dann ging er zu Veronique hinüber und nahm einen Schluck aus ihrer Kaffeetasse. Er verzog das Gesicht. »Der ist ja eiskalt.«

»Ist ja auch schon zwei Stunden alt«, sagte Veronique. »Aber ich hol' Ihnen gleich einen neuen, wenn Sie wollen.«

»Lassen Sie nur«, meinte Lasalle. »Ich hab' heute morgen schon Champagner getrunken. Das paßt nicht zusammen. Haben Sie diesen Doktor an der Strippe?«

Als Veronique nickte, nahm er den Hörer ab und meldete sich: »Lasalle hier!« Er setzte sich auf die Schreibtischkante, zog seinen Notizblock zu sich heran und kritzelte ein paar Worte. »Sind Sie sicher?« fragte er. Und noch einmal: »Ist es wirklich hundertprozentig sicher?«

Er seufzte, fuhr sich mit der Hand über die Stirn, murmelte ein müdes Dankeschön und legte schließlich auf.

Veronique hatte ihn aufmerksam beobachtet. »Was hat er gesagt?« fragte sie.

Lasalle holte tief Luft. »Er hatte seine große Stunde, dieser Chemiker. Er hat festgestellt, daß unser deutscher Dichter unmöglich der Mörder sein kann. Veronique, wir haben den Falschen verhaftet.

Veroniques blaue Augen verdunkelten sich. »Nein«, flüsterte sie.

»Doch, schönes Kind. Er hat einen Haarvergleich gemacht. Hendriks Haare haben zwar fast die gleiche Farbe, aber trotzdem sind sie nicht identisch mit den Haaren, die unsere Tote in der Hand hielt.« Er preßte seine Hände gegen die Schläfen. »Ich hätte es wissen müssen. Es war alles zu logisch, zu einfach. Jetzt können wir ganz von vorn anfangen.«

»Aber Sie waren doch so sicher, Chef!« Täuschte er sich oder klang in ihrer Stimme ein leichter Vorwurf mit? Gestern noch war sie stolz auf ihn gewesen, gestern hatte sie ihn bewundert.

»Verbinden Sie mich mit dem Untersuchungsrichter«, sagte er. »Wir müssen diesen Dichter freilassen. Wir haben keinen Grund, ihn länger festzuhalten.« Er nickte grimmig. »Das wird seiner Frau gar nicht gefallen. Da hat sie den Champagner ganz umsonst getrunken. Viel Zeit hat sie nicht, ihren Triumph zu genießen ...« Er stockte und schaute Veronique an. »Halten Sie es für möglich, daß diese Anna mich die ganze Zeit auf eine falsche Fährte locken wollte? Halten Sie es für möglich, daß sie die Mörderin ist?«

Veronique lächelte unsicher. »Ich habe Ihnen ja damals schon gesagt, daß der Mann einen guten Eindruck auf mich machte. Ich hätte ihn nie für einen Mörder gehalten.«

»Wenn Sie wüßten«, sagte Lasalle sarkastisch, »wie sympathisch manche Mörder sind! Das allein beweist noch gar nichts. Rufen Sie Michel an. Sagen Sie ihm, er soll das Alibi von Anna Nurew überprüfen. Mich interessiert, was sie am Tag des Mordes gemacht hat. Besonders in den Stunden nach fünf Uhr nachmittags bis zu ihrem Anruf. Wissen Sie noch, wie spät es war, als dieser Anruf kam?«

Veronique schüttelte den Kopf. »Ich weiß nur, daß sie anrief und sagte: »Ich möchte einen Mord melden.«

Lasalle überlegt. »Sie haben das Telefongespräch angenommen ...«

»Es wurde zu uns durchgestellt. Zuerst war jemand anderer am Apparat, jemand von der Revierwache ...«

»Ja, ja.« Lasalle nickte ungeduldig. »Ich wollte nur rekapitulieren, daß Sie zu der Zeit, als der Anruf kam, noch im Büro waren. Es war ein Montag, nicht wahr? Wissen Sie noch, was Sie Montag abend vorhatten?«

Veronique wurde rot. »Ich habe immer dasselbe vor, jeden Abend, Chef«, sagte sie. »Ich treffe mich mich mit meinem Verlobten.«

»Natürlich. Daß ich das vergessen konnte. Sie treffen sich mit

Ihrem Verlobten, beeilen sich, ins Bett zu kommen und schauen nie auf die Uhr, stimmts?«

Die Röte auf Veroniques Gesicht vertiefte sich. Plötzlich strahlte sie. »Aber Sie hatten doch eine Verabredung, Chef. Zum Schachspiel. Wissen Sie nicht mehr? Sie waren um zwanzig Uhr mit Ihrem Freund Marius verabredet!«

Lasalle nickte. Er rieb mit den Fingerknöcheln über die Stirn. »Stimmt. Wir waren um zwanzig Uhr verabredet. Ich wollte gerade los, als der Anruf kam. Ich war sauer, weil mir der Abend verdorben wurde. Jetzt erinnere ich mich genau. Es muß kurz vor acht gewesen sein, als diese Anna Nurew anrief. Kurz vor acht...« Er rieb sich das Kinn.

»Michel soll sie fragen, was sie zwischen fünf und acht Uhr gemacht hat an jenem Tag.«

Lasalle schüttelte den Kopf. »Er soll rausfahren zu ihr. Soll sie beobachten. Sie muß überrumpelt werden. Er soll ihr auch nicht gleich sagen, daß wir ihren Mann aus der Untersuchungshaft entlassen. Sie muß vollkommen ahnungslos sein, klar?«

Veronique hob wortlos den Hörer auf.

»Und dann als nächstes den Untersuchungsrichter«, sagte Lasalle. Er ließ sich wieder in seinen Sessel fallen und starrte auf das Manuskript, das auf dem Tisch lag.

Auch dieses Manuskript war, wenn er es überlegte, eher ein Beweis für seine Unschuld als ein Beweis für seine Schuld. Anna hatte gesagt, er kann nur etwas schreiben, was er erlebt hat. Aber er hatte einen Mord beschrieben, wie er nicht stattfand. »Verdammt«, fluchte Lasalle. Mit einer unbeherrschten Bewegung fegte er die engbeschriebenen Blätter vom Tisch und schaute grimmig zu, wie sie auf den schmutzigen Boden flatterten.

Ruth stand gebückt in dem Zweimannzelt und packte Arianes Sachen. Tränen liefen ihr über das Gesicht. Bei jedem Kleidungsstück, mit dem sie eine Erinnerung verband, schluchzte Ruth leise auf. Immer wieder hob sie das Taschentuch von der Luftmatratze auf und schneuzte sich. Ihre Augen waren gerötet. Die Lider geschwollen. Vor ein paar Stunden hatte man sie aus dem

Krankenhaus entlassen und nach »Les Rosalies« zurückgebracht. Ruth hatte das Gefühl gehabt, Zentnerblöcke an den Füßen zu schleppen. Am liebsten wäre sie nie wieder hierhergekommen. Aber Arianes Eltern hatten sie gebeten. Und sie mochte nicht herzlos sein. Dabei hatte sie mit Arianes Eltern bisher nicht viel zu tun gehabt. Sie hatte sich nicht einmal besonders gut mit ihnen verstanden. Sie wußte nicht, was Arianes Eltern wirklich fühlten. Was sie fühlen würden, wenn der Schock abgeklungen war. Aber Ruth hatte versprochen, Arianes Sachen zu packen und auf die Ankunft der Eltern zu warten. Jetzt saßen sie schon im Flugzeug. Wie gut, daß es einen Direktflug von München nach Nizza gab.

Sie legte Arianes Wäsche zusammen. Die Tennissocken stopfte sie an die Seite. Dann die Bermudas. Ariane hatte sie höchtens zweimal getragen. Was die Eltern jetzt wohl mit den Sachen machen würden? Für einen Augenblick überlegte Ruth, ob sie vielleicht um irgend etwas bitten sollte. Ein Erinnerungsstück. Aber bei der Vorstellung, daß sie dann womöglich immer an diesen Leichnam auf der Zinkbahre denken müsse, ließ sie schaudern. Plötzlich zuckte sie zusammen. Sie spürte, daß jemand das Zelt betreten hatte. Es war Francois, der Mann von der Inhaberin des Campingplatzes. »Nicht schreien«, sagte er sanft. »Was ist denn, wovor hast du Angst, Mädchen? Du bist ja ganz blaß.«

Ruth ließ sich auf ihre Luftmatratze fallen. »Ich weiß nicht«, sagte sie schwach. »Ich war früher nicht so schreckhaft ... aber in der letzten Zeit ... das sind die Nerven, glaube ich.«

»Bestimmt«, sagte Francois, »die Nerven.« Er schaute sich neugierig in dem kleinen Zelt um. »Meine Frau hat mich geschickt. Wegen der Rechnung. Sie läßt fragen, wann du bezahlen willst. Die letzte Woche ist noch nicht abgerechnet.«

»Nachher«, sagte Ruth. »Ich komme nachher. Ich will nur eben Arianes Sachen zu Ende packen. Ich weiß, daß ich noch bezahlen muß.«

Sie packte jetzt hastiger, während Francois sie beobachtete.

»Sind das die Sachen von deiner Freundin? Ein hübsches Mädchen ist sie gewesen. Wirklich. Da hätten noch viele Männer ihre Freude haben können an diesem Mädchen.« Er strich mit den rauhen Händen über eines der Hemdchen, das Ruth eben zusammengelegt hatte. »Und so feine Sachen. Wirklich. Eine Schande.«

Ruth nickte ungeduldig. Sie empfand die Anwesenheit von Francois als unangenehm. Sie haßte Knoblauchgeruch, und Francois roch immerzu nach Knoblauch.

»Bitte«, sagte sie, »lassen Sie mich eben zu Ende packen, ich komme dann gleich.«

»Störe ich vielleicht?« fragte Francois.

Ruth schaute ihn an. Sie lächelte hilflos. »Sie riechen immer so nach Knoblauch«, sagte sie, »und davon wird mir schlecht.«

Francois schaute sie an. Er hatte kleine, aber sehr intensive Augen. »Das magst du also nicht. Die Deutschen haben etwas gegen Knoblauch, stimmt's? Deine Freundin da auch.« Er deutete auf den Koffer.

»Woher wissen Sie das?« fragte Ruth.

Francois lachte. »Weil sie es mir gesagt hat, genau wie du. Ihr Deutschen nehmt kein Blatt vor den Mund, was? Aber ich bin nicht beleidigt, keine Angst. Jemand wie ich, hat ein dickes Fell.« Er lachte wieder. »Was glaubst du, was ich mir von meiner Frau anhören muß! Noch ganz andere Sachen. Kannst du dir vorstellen, daß sie hinter mir herspioniert?«

Er ging zum Zeltausgang und spähte hinaus. »Jetzt ist sie nicht da«, sagte er. »Ein Glück, sonst hätte sie mich hier schon wieder rausgeholt. Die gönnt mir keinen Spaß. Nicht einmal einen harmlosen Schwatz mit einem hübschen jungen Mädchen.«

»Reden Sie von Ihrer Frau?« fragte Ruth. Das Gespräch wurde ihr immer peinlicher. Sie konnte Männer nicht ausstehen, die sich über ihre Frauen beklagten. Die meisten, die so etwas taten, wollten etwas von ihr. Die Erfahrung hatte sie jedenfalls gemacht. Als wenn sie dann kein schlechtes Gewissen haben müßten, falls es zu Intimitäten kam.

»Meine Frau«, sagte Francois, »will auch nicht, daß ich soviel Knoblauch esse.« Er zwinkerte Ruth zu. »Soll ich dir verraten, wieso sie was dagegen hat?«

Ruth antwortete nicht. Sie zwängte sich an Francois vorbei und trat aus dem Zelt. Sie konnte die Nähe dieses Mannes nicht mehr ertragen. Gegenüber, vor einem Wohnwagen, saß ein kleiner Junge. Er spielte mit seinem Jojo.

»Hallo Ruth«, rief er fröhlich. »Schau mal, Francois hat mir ein Jojo geschenkt.« Er schwenkte es in der Luft.

Ruth atmete auf. Sie war froh, mit dem Jungen sprechen zu können. »Toll«, sagte sie. »Wirklich ganz toll. Als ich so alt war wie du, war Jo-Jo-Spielen groß in Mode. Ich hab' sogar mal bei einer Jo-Jo-Meisterschaft mitgemacht.«

Francois hatte auch das Zelt verlassen und stand nun hinter ihr. Ruth spürte, wie er sich ihr näherte. Beinahe konnte sie fühlen, wie er versuchte seine Hände nach ihr auszustrecken. Wahrscheinlich betrachtete er ihren Hintern, ihre Beine, ganz unverfroren, weil ihn ja niemand beobachtete. Aber jetzt machte es Ruth nicht mehr soviel aus. Jetzt war es ungefährlicher, hier am Zelteingang, mit dem Jungen, der gegenüber mit einem Jojo spielte.

»Du hörst mir gar nicht mehr zu«, sagte Francois.

»Aber ich höre doch zu. Was wollten Sie sagen?«

»Ich wollte das mit dem Knoblauch erklären. Ich esse ihn roh, weiß du. Ich beiße einfach so in die Zehen. Manchmal presse ich auch den Saft heraus und laß ihn auf die Zunge tropfen.«

»Igitt«, sagte Ruth.

Francois lächelte. Er legte seine Hände auf ihre nackten Arme. »Ich brauche den Knoblauch. Für meine Potenz, weißt du. Und meine Frau ist eifersüchtig, weil ich so stark bin und die Frauen hinter mir her sind. Möchtest du auch einmal fühlen, wie stark ich bin?«

Ruth stieß ihn zurück. »Hören Sie auf!« rief sie. »Das widert mich an! Verschwinden Sie!«

Francois starrte sie erschrocken an. »Aber ... aber ...«, murmelte er.

In diesem Augenblick kam Madame Tallier angelaufen. Sie war außer Atem und blickte Ruth ängstlich an. »Ist etwas passiert?« keuchte sie.

Francois hatte sich mit gesenktem Kopf davongeschlichen.

Ruth holte tief Luft. Plötzlich schien ihr, daß sie sich wie ein dummes kleines Mädchen benommen hatte. »Eigentlich«, sagte sie beruhigend, »ist gar nichts passiert, Madame Tallier. Ihr Mann war bei mir im Zelt.«

»Bei dir? Im Zelt?« fragte Madame Tallier entsetzt. »Was hat er da zu suchen? Was um Himmels willen wollte er? Er hat dir doch hoffentlich nichts getan?«

Ruth sah Madame Tallier an. Sah, wie es in ihrem Gesicht zuckte, wie sie zitterte und sich mit den Händen immer wieder über die Lippen fuhr.

»Beruhigen Sie sich, Madame Tallier«, sagte Ruth gedehnt. »Er hat nichts getan. Er wollte ja nur ausrichten, daß ich wegen der Rechnung zu Ihnen kommen soll.«

»Wegen der Rechnung?« fragte Madame Tallier verwirrt.

Ruth lächelte. »Ich wäre ohnehin gekommen. Ich wollte nur eben Arianes Koffer zu Ende packen.«

Madame Tallier wirkte immer noch etwas verwirrt. »Ich habe ihn nicht geschickt«, sagte sie. »Er muß gehört haben, wie wir im Büro die Abrechnung besprachen. Glaub' mir, Ruth, ich habe ihn nicht geschickt. Ich tue das nie.«

»Aber es macht doch nichts«, sagte Ruth lächelnd. »Ich bin zwanzig Jahre alt, ich kann mich schon wehren.«

Madame Tallier hob den Kopf. Sie starrte Ruth an. Sie öffnete den Mund, als wolle sie etwas sagen, aber dann wandte sie sich abrupt ab und stürzte davon.

Der Junge von gegenüber winkte. »Soll ich dir jetzt mal zeigen, wie mein Jojo funktioniert?« rief er.

Ruth nickte. »Okay«, sagte sie, die anderen Gedanken abschüttelnd, »zeig mir, was du gelernt hast.«

Der Junge hieß Jean-Pierre und war zehn Jahre alt. Er hatte ein lustiges, aufgewecktes Gesicht und stramme Beine. Er erzählte Ruth, daß er daheim in Nantes im Fußballverein sei. Jeden Nachmittag Training. Deshalb sei er froh, endlich mal nur faulenzen zu können.

»Du hast keine Ahnung«, sagte er seufzend, »was die alles von einem verlangen. Die wollen, daß ich eines Tages Fußball-Profi werde. Aber daran glaube ich nicht.«

»Was würdest du denn lieber machen?« fragte Ruth. Sie hockte sich neben Jean-Pierre auf einen kleinen Campingstuhl und hielt ihr Gesicht in die Sonne. Sie schob ihren Rock über die Knie und ließ auch ihre Beine bestrahlen. In der Gegenwart des Jungen, der so unbefangen plauderte, fielen auf einmal die Depressionen und die Angst von ihr ab. Sie ertappte sich dabei, daß sie sogar wieder lächeln konnte. Von den Bergen her duftete es nach Ginster und Lavendel.

»So richtig Lust«, hörte sie Jean-Pierre sagen, »so richtig Lust hab' ich eigentlich bloß auf Faulenzen. Und Musikhören natürlich. Und dann mag ich rumstrolchen. Ich würde gerne zu den Pfadfindern gehen, aber mein Papa hat was gegen die.«

»Was hat er denn gegen die?« fragte Ruth amüsiert.

»Keine Ahnung. Er denkt, das ist so was Politisches. Und das will er nicht.«

»Kann ich verstehen«, meinte Ruth. »Für die Politik hat man noch ein Leben lang Zeit.«

»Da hinten«, sagte Jean-Pierre, vage mit dem Gesicht in Richtung Westen deutend, »hab' ich eine Höhle entdeckt. Schade, daß mein Freund nicht hier ist. Dann würden wir uns irre Spiele ausdenken.«

Ruth nickte. Sie streifte die Haare aus der Stirn. »Jungen«, sagte sie, »haben so eine heimliche Leidenschaft für Höhlen. Ich frag' mich immer, was ihr daran so spannend findet.«

»Höhlen sind doch aufregend«, sagte Jean-Pierre. »Was meinst du, wie gruselig das sein kann. Wenn es von den Felsen tropft und man das Aufplatschen des Wassers hört mit dem Echo. Irre. Man kann sich ein tolles Versteck bauen in der Höhle. Ich kenne viele Jungen bei uns, die so eine Höhle haben. Immer, wenn sie zu Hause Ärger kriegen, wegen der Schule oder so, dann verkriechen sie sich für ein paar Stunden in ihrer Höhle. Da sind sie für niemanden erreichbar.«

»Mhmh«, machte Ruth. Sie fühlte sich auf einmal wunderbar schläfrig.

»Die Höhle, die ich entdeckt habe«, sagte Jean-Pierre, »die gehört auch jemandem. Aber ich weiß bloß nicht wem.«

»Aha«, murmelte Ruth.

»Da liegt so allerhand Zeug rum«, plapperte Jean-Pierre munter weiter. »Ich weiß nur nicht, was man damit anfangen kann. Wenn mein Freund hier wäre, dann würden wir zusammen das Geheimnis aufspüren. Aber allein ist das nicht so lustig. Eigentlich wollte ich ja heute wieder zu der Höhle, deshalb bin ich auch nicht mit meinen Eltern zum Strand gefahren. Aber allein?« Er holte tief Luft. »Das ist auch irgendwie fad.«

Ruth öffnete ihre Augen einen Spalt. Sie schaute den kleinen blonden Jungen lächelnd an. »Und was ist, wenn ich mitkomme? Würde dir das gefallen? Ich wollte mir schon immer mal eine Höhle ansehen.«

Der Junge starrte sie ungläubig an. »Das würdest du tun? Ehrlich?« fragte er.

»Klar. Wieso nicht? Ich hab' bis heute abend Zeit. Dann kommen Arianes Eltern, um ihre Sachen abzuholen. Ich sitz' hier sowieso nur und langweile mich.«

Jean-Pierre sprang auf. »Super! Ist ja toll! Hätte ich nicht von dir gedacht, ehrlich. Ich dachte, du bist schon so erwachsen. Erwachsene haben nie Lust, etwas mit Kindern zu unternehmen, was Spaß bringt. Ich habe meinem Vater schon so oft gesagt, daß ich ihm die Höhle zeigen will, aber er hat immer bloß abgewinkt.« Jean-Pierre ahmte die herablassende Bewegung seines Vaters nach. »Er denkt immer, daß er allein die tollen Ideen hat.«

Er sah Ruth aufmerksam an. »Du meinst das doch ernst, oder?«

»Klar mein ich das ernst«, sagte Ruth. Sie schaute auf die Uhr. »Jetzt ist es halb zwei. Wann wollen wir los?«

»Von mir aus gleich«, rief Jean-Pierre. »Ich bin fertig.«

Ruth erhob sich. »Okay. Treffen wir uns in zehn Minuten vorn am Tor. Ich kauf' nur schnell am Kiosk noch etwas ein.« Sie zwinkerte ihm zu. »Schließlich, wenn man eine Höhle besichtigt, muß man auch ein Picknick machen, oder?«

Jean-Pierres Augen glänzten. »Ein Picknick wäre super!« sagte er begeistert.

Sie hatten Hendrik Nurew aus der Untersuchungshaft zu Lasalle gebracht. Hendrik schwankte in seiner Stimmung zwischen Triumph und Zorn. Er riß die Manuskriptblätter an sich, die Lasalle ihm reichte und stopfte sie in seine Hosentasche. »Das wird ein Nachspiel haben«, schnaubte er.

Lasalle nickte gleichmütig. Man würde ihm nichts anhaben können. Er hatte seine Pflicht getan, schließlich hatte alles darauf hingedeutet, daß Hendrik als Täter in Frage kam.

»Wenn Sie den Namen meines Vorgesetzten wissen möchten«, sagte Lasalle, »kein Problem.«

Hendrik starrte ihn an. »Ich nehme an«, erklärte er in sarkastischem Ton, »daß Sie als Kriminalkommissar keine Ratschläge von Laien annehmen, oder? Oder möchten Sie meinen Rat?«

»Warum nicht? Meine Erfahrung sagt mir allerdings, daß unter hundert Ratschlägen nicht ein einziger brauchbarer ist. Ich hoffe, man hat sie fair behandelt. Unsere Gefängnisse haben bei Ihnen in Deutschland nicht den besten Ruf. Dabei achten wir sehr darauf, höflich und korrekt zu sein.«

Hendrik ließ sich auf den Holzstuhl vor Lasalles Schreibtisch fallen. »Es war auszuhalten. Auch daheim lieg' ich manchmal schlaflos. Auch daheim ist mir manchmal kalt und ich fühle mich elend. Wo ist der Unterschied?«

Hendrik lehnte sich auf seinem Stuhl zurück. Er fuhr sich mit der Hand immer wieder über das unrasierte Kinn, als liebte er das kratzige Geräusch, das dabei entstand.

»Sie haben etwas gegen mich, Kommissar«, sagte er gedehnt. »Ich wette, Sie träumen immer noch davon, daß ich der Mörder bin. Ich wette, Sie überlegen immer noch, wie Sie mir den Mord anhängen können.«

Lasalle blickte auf. »Im Augenblick überprüfen wir gerade das Alibi Ihrer Frau für die Mordzeit.«

Hendrik sah überrascht auf. »Ah«, sagte er langsam. Und fügte nach einer Weile hinzu: »Das ist interessant. Sie wissen natürlich, daß alles, was meine Frau sagt, gelogen ist. Was hat sie Ihnen erzählt?«

»Bis jetzt noch gar nichts.«

»Heißt das, sie schweigt? Das wäre ja ein ganz neuer Zug an meiner Frau! Sie schweigt also! Schade, daß ihr das erst einfällt, wo unsere Ehe endgültig kaputt ist. Vielleicht hätten wir uns dann noch eine Weile durchmogeln können – eine Frau die schweigt. Nicht schlecht.«

Lasalle seufzte. »Ich meine das anders, Herr Nurew. Wir wissen zur Zeit nicht, wo Ihre Frau steckt. Mein Kollege war schon vor Stunden in Ihrem Haus, aber alles ist verschlossen. Vollkommen still.«

»Nicht einmal der Hund hat gebellt?« fragte Hendrik.

»Der Hund ist tot. Ich habe ihn heute früh begraben. Ich hoffe, sie sehen wenigstens darin einen guten menschlichen Zug meinerseits«, sagte Lasalle ironisch. »Es war die erste Tierbestattung meines Lebens. Ihre Frau trug einen schwarzen Spitzenschleier auf dem Kopf, und anschließend haben wir Champagner getrunken.«

Hendrik schwieg eine Weile. Er blickte den Kommissar sinnend an, den Kopf ein wenig zur Seite geneigt, die Arme verschränkt. Das Polohemd zeigte schwarze Schweißflecken in den Achselhöhlen. Lasalle mochte nicht hinschauen.

»Was haben Sie vor, Kommissar?« fragte Hendrik. Seine Stimme klang rauh, und Lasalle fragte sich, ob ihm der Tod der alten Hündin womöglich nahegegangen war. »Warum sprechen Sie so mit mir?«

»Wie spreche ich mit Ihnen?«

»So zynisch. Tierbestattung, Champagner. Schwarzer Schleier. Das klingt wie ein schlechtes Drama.«

»Es war ein schlechtes Drama«, sagte Lasalle.

Für einige Augenblicke saßen sich die beiden Männer schweigend gegenüber. Sie mißtrauten einander. Ein Schriftsteller mißtraut vielleicht ganz automatisch einer Obrigkeit, einem sogenannten Hüter des Gesetzes, und ein Kommissar mißtraut in jedem Fall einem Mann, der kein Durchschnittsleben führt.

Lasalle spielte mit seinem Kugelschreiber. »Können sie uns Name und Adresse der Leute sagen, bei denen Ihre Frau arbeitet?«

Hendrik lächelte. »Ich könnte es, Monsieur Lasalle, aber es wird wenig Sinn haben.«

»Wieso?«

»Weil meine Frau ihre Stellen gekündigt hat. Sie will nicht mehr für andere den Haushalt putzen, hat sie gesagt, sie will auch mal am Swimmingpool liegen und ein Luxusleben führen.« Er lachte grimmig. »Sie merken schon, daß es etwas eng werden wird bei uns am Pool.«

Lasalle erwiderte darauf nichts. Er schwang sich auf seinem Drehstuhl herum und starrte aus dem Fenster. »Glauben Sie, daß Ihre Frau es gewesen sein könnte?« fragte er.

»Anna? Sie meinen, ob sie dieses Mädchen ermordet hat? Warum schauen Sie mich dabei nicht an? Interessiert es Sie nicht, was für ein Gesicht ich mache?«

Langsam schwang Lasalle seinen Drehstuhl wieder zurück. »Also?« fragte er.

Hendrik atmete tief durch. »Ich traue es ihr zu«, sagte er. »So wie ich jedem Menschen unter gewissen extremen Bedingungen einen Mord zutraue. Es gibt ja die vielfältigsten Motive für einen Mord, nicht wahr? Motive, die so bizarr und seltsam sind, daß man sie kaum für möglich hält.«

»Und im Falle Ihrer Frau? Welches Motiv?«

»Raten Sie«, sagte Hendrik.

»Eifersucht?«

Hendrik schüttelte den Kopf. Er lächelte. »Raten Sie weiter.«

»Dieses ist keine Quizsendung, Herr Nurew«, sagte Lasalle, plötzlich ungeduldig. Im Flur hörte er Veroniques Stimme. Er wäre gerne mit dieser Unterredung zu Ende gewesen, vor Veroniques Rückkehr vom Essen. »Nehmen wir an, sie wollte Ihnen den Mord in die Schuhe schieben. Sie wollte Sie loswerden, Herr Nurew. Für viele Jahre hinter Schloß und Riegel. Dann hätte sie das Haus, ihre Freiheit und im Keller Champagner.«

»Da liegen höchstens noch drei Flaschen«, sagte Hendrik

gleichmütig. »Und Sie haben wieder falsch geraten. Anna hat nur ein wahres Motiv. Und das ist der Neid.«

»Neid?« fragte Lasalle stirnrunzelnd.

»Neid.«

»Aber Neid worauf?«

»Auf die zierlichen Füße dieses Mädchens. Schuhgröße sechsunddreißig! Davon träumt Anna, seit sie das Märchen von Aschenputtel gehört hat. Sie hätte sich ihre Zehen auch abgehackt, um in die kleinen Prinzessinnenschuhe zu passen, wie die bösen Stiefschwestern. Aber sie wußte, daß es nicht um die Schuhgröße sechsunddreißig geht, sondern um die Füße. Und kleine Füße kann man nicht kaufen. Damit wird man geboren. Anna jedoch kam schon mit großen Füßen auf die Welt. Ihre Füße waren riesig und krebsrot, hatte Annas Mutter gesagt. Scheußliche Füße, verstehen Sie?«

Lasalle nickte. Er malte mit seinem Kugelschreiber Kreise auf ein leeres Blatt Papier.

Veronique streckte ihren Kopf durch die Tür. »Oh«, sagte sie, »Sie sind immer noch da.«

»Kommen Sie rein, Veronique«, rief Lasalle. »Wir sind gerade fertig.«

Hendrik stand sofort auf. Er ging auf den Schreibtisch zu, stützte die Hände auf und schaute Lasalle an. »Ich bin immer noch nicht dazu gekommen, Ihnen einen guten Rat zu geben.« Lasalle schaute auf.

»Bitte«, sagte er. »In meiner Situation ist man für Ratschläge empfänglich.«

Hendrik beugte sich vor. Seine Augen suchten Lasalles Blick. »Ist Ihnen eigentlich klar«, sagte er betont langsam und in seinem besten Französisch, »daß diese Gegend voll ist von schönen jungen Mädchen? Ist Ihnen eigentlich klar, daß in jedem Augenblick ein neuer Mord geschehen kann? Suchen Sie dieses Monster, es läuft nämlich noch frei herum!«

Bevor Lasalle etwas erwidern konnte, hatte Hendrik sich umgedreht und war, mit einem kurzen Blick in Veroniques Richtung, aus dem Zimmer gegangen.

Nie hatte Ruth die betäubende Schönheit der provenzalischen Landschaft stärker empfunden als an diesem Mittag, als sie neben dem begeistert plappernden Jungen herging. Die Luft war schwer von dem Geruch des blühenden Lavendel, von trockener Kamille und wildem Thymian. Ruth entdeckte eine dicke Staude frischer Minze, von der sie einige Blätter abriß, sie zwischen den Fingern zerrieb und dann tief den scharfen, frischen Duft einatmete. In der Ferne glitzerte das Meer zwischen sanften Bergkuppen, die im Dunstschleier der Mittagshitze lagen. Rechts über ihnen ragte die glatte Schieferwand eines kahlen Felsens hervor, an der Bergsteiger ihre ersten Kletterkünste erprobten. Wie Insekten klebten sie an der geraden glatten Wand, manchmal leuchtete ein Karabinerhaken, an denen die Halteseile befestigt waren, plötzlich scharf wie ein Diamant in der Sonne auf. Aber der Felsen war so weit von ihnen entfernt, daß sie die Stimmen der Bergsteiger nicht hören konnten.

Jean-Pierre hatte einen dicken, gerade gewachsenen Ast besorgt, dessen Rinde er geschickt mit dem Taschenmesser abschälte. Er reichte Ruth wie ein Kavalier den Stock. »Damit kannst du das Dornengestrüpp niederschlagen«, erklärte er. »Ich zeig' dir wie man's macht. So. Schau.« Er schlug behend rechts und links die überwuchernden wilden Triebe der Brombeeren zur Seite und verbreiterte so die schmale Gasse. Ruth sah ihm bewundernd zu.

»Du machst das so gut«, lobte sie ihn, »du solltest den Stock behalten. Ich gehe immer hinter dir her.«

»Okay«, sagte Jean-Pierre. »Wir sind bald da.«

Die Höhle war viel weniger furchteinflößend als Jean-Pierre sie geschildert hatte. Sie war nicht einmal richtig dunkel, weil durch einen breiten Felsspalt ein Streifen Sonnenlicht hereinfiel. Die bizarren Äste einer Kletterrose verdeckten den Eingang zur Höhle wie eine rosaduftende Gardine, und vor der Höhle gab es einen kleinen ebenen Platz aus blühendem Moos, von dem aus man einen herrlichen Blick auf das silbern glitzernde Meer hatte.

»Schön ist das hier«, sagte Ruth. »Ein richtiger Dornröschenplatz.« Sie wollte sich auf dem Moos niederlassen, aber Jean-Pierre zog sie mit sich in die Höhle. »Ich zeig dir was«, flüsterte er.

Widerstrebend folgte Ruth. Lieber hätte sie die Höhle erst später erkundet und jetzt noch die Sonne genossen, die das Moos vor der Höhle wie ein einladendes warmes Bett scheinen ließ, über dem die Insekten summten. In dem Kletterrosenbusch hüpften kleine zwitschernde Vögel herum. Aber natürlich wartete Jean-Pierre ungeduldig, ihr alles zu zeigen, was er ausgekundschaftet hatte.

Er blieb mit Ruth in der Höhle stehen. Sie war gerade hoch genug, daß Ruth den Kopf nicht einziehen mußte, aber es kam ihr vor, als streiften ihre Haare schon die Felskanten.

»Fällt dir irgend etwas auf?« fragte Jean-Pierre eifrig.

Ruth schaute sich um. Es war eine Höhle wie viele. Auf dem Boden wuchsen Flechten und Moos, und es roch modrig und feucht, etwas Richtiges konnte sich hier nicht entfalten. Die linke Höhlenseite war feuchter als die rechte, sie entdeckte ein winziges Rinnsal – vielleicht der Nebenarm einer verborgenen Quelle weiter oben im Fels. Am Fuß des Rinnsals bildete sich eine kleine Pfütze, von der ein feuchter Geruch ausging. Geckos huschten über die Wände, und eine schwarzbehaarte Spinne flüchtete schnell in einen Felsspalt. Spinnweben entdeckte Ruth und am Boden eine zerknüllte Zigarettenschachtel.

»Meinst du die Zigarettenschachtel?« fragte Ruth, deren Augen sich langsam an das Halbdunkel gewöhnt hatten.

Jean-Pierre schüttelte den Kopf. »Doch nicht die Zigarettenschachtel! So was liegt hier überall rum. Schau genauer nach. Ich meine etwas anderes.«

Ruth gab sich alle Mühe. Schließlich schüttelte sie den Kopf. »Ich weiß nicht, was du meinst«, sagte sie.

»Hab' ich mir doch gedacht!« rief Jean-Pierre triumphierend. Er ging zum hinteren Ende der Höhle, wo die Decke niedriger wurde, rutschte auf den Knien bis ganz nach hinten und zog dann einen Stein nach vorn, einen flachen Stein, der aussah, als gehörte er zu der Höhlenwand, so nahtlos paßte er sich an.

»Schau mal da rein!« sagte Jean-Pierre.

Er rückte zur Seite, und Ruth ließ sich auch auf die Knie nieder. Es war sehr dunkel in dem hinteren Teil, besonders jetzt, wo sie mit ihrem Rücken das Licht vom Höhleneingang verdeckte.

»Kannst du etwas sehen?« fragte Jean-Pierre.

»Noch nicht«, sagte Ruth. Doch im nächsten Augenblick schrie sie auf.

»Das sind ja Sachen, die Ariane gehörten«, flüsterte sie. Verstört starrte sie Jean-Pierre an, wandte sich um, blickte zur Höhlenöffnung, hinter der der warme Sommertag wartete, hörte das leise Plätschern der stetig fallenden Wassertropfen und das Pochen ihres eigenen Herzens. Dann streckte sie die Hand aus, eine zitternde Hand, und zog Arianes Badetasche heraus, eine Tasche aus imprägniertem rosa Kunststoff mit weißen Baumwollbändern. Arianes weißes Sommerkleid, ihren Slip. Eines nach dem anderen zog sie heraus, betrachtete es und ließ es erschrokken wieder fallen. Sie schaute den Jungen an. »Das gehörte Ariane«, flüsterte sie.

»Du meinst deine Freundin, die verschwunden ist?« fragte der Junge aufgeregt. »Die mit den roten Haaren und den lustigen Augen? Nach der die Polizei sucht?«

»Sie ist nicht verschwunden«, murmelte Ruth. »Sie ist tot. Man hat sie umgebracht.« Ruth starrte immer noch auf das Kleiderbündel. Sie war wie gelähmt. In ihren Schläfen pochte es. Sie preßte die Hände dagegen, schloß die Augen, aber ihre Lider flatterten so, daß sie das weiße Kleid von Ariane immer noch deutlich sah, so scharf, als habe es sich auf die Hornhaut ihres Auges eingebrannt.

»Umgebracht?« sagte Jean-Pierre. »Du meinst: ermordet?«

Ruth nickte. »Wir müssen hier weg«, sagte sie plötzlich. »Wir dürfen hier nicht bleiben, es ist zu gefährlich, Jean-Pierre.« Sie zog den Jungen an sich »Ich habe Angst ...«

Jean-Pierres Gesicht war schneeweiß, er starrte Ruth an, und ihre Angst war so stark, daß sie sich sofort auf Jean-Pierre übertrug. Er zitterte am ganzen Leib.

»Es ist unheimlich«, flüsterte er. »Ich will nicht hierbleiben.«

Ruth legte ihre Arme um ihn. »Wir müssen zur Polizei«, flüsterte sie. »Wir müssen ihnen die Sachen bringen. Schnell. Schnell.« Aber sie bewegte sich nicht. Ruth fragte sich, woran es lag, daß manche Menschen sich im Augenblick der höchsten Anspannung plötzlich nicht mehr rühren können. Daß sie wohl fähig waren, einen Plan zu machen, aber daß ihnen der Körper einfach den Dienst versagt.

»Komm, Ruth«, drängte Jean-Pierre, »worauf wartest du noch?«

Ruth nickte. Sie ließ Jean-Pierre los und ging auf das Kleiderbündel zu. Sie bückte sich, und als ihre Finger eben den dünnen weißen Baumwollstoff von Arianes Kleid berührten, hörte sie den erstickten Schrei von Jean-Pierre.

Sie wirbelte herum.

Im Eingang der Höhle stand der Mann, breitbeinig, mit vorgeneigtem Kopf, eine schwarze Silhouette gegen das blendend helle Sonnenlicht. Er hatte die Arme ausgebreitet, stemmte sie gegen die Felswände. Er zeigte ihnen deutlich, daß der Ausgang versperrt war.

»Das habt ihr euch so gedacht. Ihr beide werdet nie mehr irgendwohin gehen«, sagte er. »Zur Polizei gehen!« Er stieß mit dem Fuß gegen etwas, das auf dem Boden lag und nun mit einem Schwung vor Ruths Füße geschleudert wurde. Ruth war erst nach einer Weile fähig, den Gegenstand, der zuerst nur grau und formlos war, richtig zu erkennen. Ein totes Kaninchen lag vor ihren Füßen. Um den Hals hatte es eine dünne Nylonschlinge. Die Augen waren so weit vorgetreten, daß sie fast aus den Höhlen sprangen, die Schnauze aufgerissen, dick und blau quoll die Zunge heraus.

»Schaut es euch an«, sagte der Mann. »Schaut euch das ganz genau an. Dann wißt ihr, was euch erwartet, und wir müssen nicht mehr viele Worte machen.«

Lasalle stand vor der Landkarte und grübelte. Er hatte die wichtigen Punkte, die zu dem Mordfall Melsung gehörten, mit bunten Stecknadeln markiert. Eine rote Stecknadel für das Haus von

Anna und Hendrik Nurew. Eine gelbe für den Campingplatz, in der Luftlinie höchstens fünf Kilometer entfernt lag. Eine schwarze für den Platz, an dem der Schüler Olivier die Leiche gefunden hatte.

Die blaue Stecknadel war der Punkt, an dem Nurew das Mädchen aus den Augen verloren hatte, an der Chaussee nach La Tournelle, ein paar hundert Meter vor der Haarnadelkurve mit der Brücke, die den Wasserfall überquert. Lasalle hatte schon oft in den letzten Tagen vor der Karte gestanden und das merkwürdige Fünfeck betrachtet, das durch die Markierungen entstanden war. Die Form erinnerte ihn an eine mathematische Figur, deren Namen er vergessen hatte. Als Schüler hatte er Mathematik immer gehaßt, genau wie dieser Olivier. Er wäre damals auch lieber in den Wäldern von Nantes herumgestreift, als die Schulbank zu drücken. Er erinnerte sich plötzlich sehr deutlich an die Wälder von Nantes. Zu seiner Jugendzeit hatte es nur Forstwege gegeben, gradlinig als Schneisen in den Wald geschlagen. Aber später wurde dann eine Schnellstraße gebaut, und eine zweite, und immer mehr Autos rasten durch die Wälder, und die ersten Unfälle passierten. Und dann erwischte es auch seinen Freund, der auf dem Fahrrad aus einem der Forstwege auf die Chaussee einbiegen wollte und direkt vor die Räder eines Tanklastzuges geriet ...

»Woran denken Sie, Chef?« fragte Veronique. Sie sortierte Kriminalstatistiken in die dafür vorgesehen Ordner, eine Arbeit, bei der sie immer gerne ein wenig plauderte.

»Ich habe an einen Unfall gedacht«, sagte Lasalle, sich langsam von der Landkarte abwendend.

Veronique schaute ihn an. »So ein Zufall. An den denke ich heute auch schon den ganzen Tag. Ob es da einen Zusammenhang gibt?«

»Ich glaube«, meinte Lasalle trocken, »wir reden von verschiedenen Dingen. Ich meine einen Unfall, der vor sechsunddreißig Jahren passiert ist und bei dem mein Schulkamerad ums Leben kam. Und welchen Unfall meinen Sie?«

»Na, den von Madame Arnot! Die auf diesen holländischen

Urlauber aufgefahren ist. Sie wissen schon. Diesen Unfall, den Sie miterlebt haben, bevor Sie zu Anna Nurew fuhren. Wissen Sie nicht? Der ist ja so ziemlich genau unterhalb der Stelle passiert, wo man die Leiche gefunden hat. Und auch fast zur gleichen Zeit ...«

Veronique geriet unter dem aufmerksamen Blick von Lasalle immer mehr ins Stocken. Schließlich schwieg sie. »Wahrscheinlich finden Sie das dumm«, sagte sie nach einer Weile leise. »Ich weiß ja, was Sie von Frauen denken.«

»Was denke ich von Frauen?« fragte Lasalle sanft.

»Daß sie unlogisch sind.«

»Habe ich so etwas Schreckliches je gesagt?« Lasalle ging auf Veronique zu. Er hob mit den Fingern ihr Kinn und schaute ihr in die Augen. »Warum haben Sie mich nicht früher darauf gebracht?«

»Worauf? Auf den Unfall?« fragte Veronique. »Ich konnte doch nicht wissen, daß Sie den vergessen haben.«

»Habe ich aber. Hab' ihn vollkommen vergessen.« Er schlug sich mit der flachen Hand gegen die Stirn. »Verbinden Sie mich mit Madame Arnot. Und beten Sie, daß sie zu Hause ist.«

Veronique zog das Telefonbuch aus der Schublade. Lasalle lief mit verschränkten Armen im Zimmer auf und ab. Als das Telefon klingelte, zuckte er zusammen.

»Ich geh' schon ran«, sagte er hastig. »Suchen Sie lieber weiter nach der Nummer.«

Michel war am Apparat. »Ich komme gerade von den Nurews, Chef. Endlich hab' ich diese Anna angetroffen. Sie sagt, sie sei ein bißchen an den Strand gefahren. Sie war ziemlich sauer, Chef, wenn ich ehrlich sein darf. Wirkte irgendwie aufgeregt und wütend. Ich dachte, die springt mir ins Gesicht, als ich ihr erzählte, daß ihr Mann wieder aus der Untersuchungshaft entlassen ist. Dabei sollte man doch meinen, daß so etwas eine gute Nachricht für eine Ehefrau ist.«

»Kommt drauf an«, brummte Lasalle.

»Wie bitte, Chef?«

»Kommt drauf an, wie gut die Ehe ist. Nicht jeder sehnt die

Rückkehr seines Partners herbei. Manche möchten ihn gerne zum Teufel schicken.«

»Ach ... so ist die Ehe der beiden?« meinte Michel überrascht. »Na, dann wundert mich gar nichts. Übrigens, mit diesem Alibi ...«

»Was ist mit dem Alibi?« fragte Lasalle scharf.

»Das können wir vergessen. Sie hat ein hieb- und stichfestes Alibi. Ich hab's auch gleich überprüft. Sie hat gearbeitet. Bei so neureichen Leuten, die eine pompöse Villa in der Nähe haben. Anschließend war sie allerdings allein zu Hause. Aber wir nehmen ja an, daß der Mord bereits um achtzehn Uhr geschehen ist, oder?«

»Wir nehmen es an«, erwiderte Lasalle, »weil die Gerichtsmediziner es behaupten. Aber ihre Hand wollen sie dafür auch nicht ins Feuer legen. Sie wissen ja selbst, in welchem Zustand die Leiche war, als wir sie fanden. Danke, Michel. Ich leg' auf. Ich habe ein dringendes Gespräch.«

»Eine neue Spur?« fragte Michel hoffnungsvoll.

»Mal sehen, vielleicht«, brummte Lasalle.

Als Lasalle auflegte, schaute Veronique zu ihm rüber. »Ich habe Madame Arnot am Apparat. Soll ich auf ihren Apparat umschalten?«

»Geben Sie rüber«, sagte Lasalle.

Er warf sich in seinen Stuhl. »Guten Tag, Madame Arnot«, sagte er. »Lasalle hier. Ich wollte mich erkundigen, wie es ausgegangen ist mit diesem Unfall. Sie haben hoffentlich nicht zu lange auf meinen Kollegen warten müssen?«

Ein Schwall aufgeregter Worte drang aus der Muschel. Madame Arnot hatte eine derart durchdringende schrille Stimme, daß Lasalle den Hörer einen halben Meter vom Ohr entfernt hielt. Madame Arnot sprach ohne Punkt und Komma. Es war, als habe er mit der Frage ein Ventil geöffnet. Oder besser die Schleusen eines Staudamms. Es quoll und sprudelte aus ihr heraus, und man hätte meinen können, daß dieser kleine Unfall das erste wirklich aufregende Erlebnis in dem ereignislosen Leben der Maklergattin Danielle Arnot gewesen war.

Lasalle stellte nur kurze, beiläufige Fragen. Insgesamt wollte er durchaus den Eindruck erwecken, daß er nur aus freundschaftlicher Neugier angerufen habe. Und Madame Arnot war viel zu begeistert von ihrer Geschichte, als daß sie eine andere Absicht hinter dem Anruf vermuten konnte.

Veronique, die ihren Chef aufmerksam beobachtete, sah, wie er sich während des Gesprächs immer mehr konzentrierte, wie angespannt er plötzlich an seinem Schreibtisch saß und sich eifrig in der ihm eigenen Kurzschrift Notizen machte.

Als er endlich auflegte, atmete er tief.

»Und?« fragte Veronique neugierig, »was hat sie gesagt?«

Lasalle stand auf. »Eine ganze Menge. Vielleicht alles.« Er nahm sein Jackett vom Bügel und warf es sich über die Schulter.

»Fahren Sie weg?« fragte Veronique, als er zur Tür stürmte. »Wohin?«

»Zum Campingplatz ›Les Rosalies‹«, rief Lasalle, bevor er endgültig aus Veroniques Blickfeld verschwand.

Lasalle wischte sich während der Autofahrt wiederholt mit dem Taschentuch den Schweiß von der Stirn. Obwohl er die Seitenfenster heruntergekurbelt hatte, schien es ihm, als ob die schwüle stickige Luft aus dem Wageninnern nicht weichen wollte. Er suchte im Handschuhfach nach der Sonnenbrille, weil das gleißende Licht ihm in den Augen brannte, aber die Brille hatte er wohl zu Hause gelassen.

Er war nervös, drehte einen Augenblick am Funksprechgerät herum, konnte dann aber den verzerrten Wortsalat nicht ertragen und stellte das Gerät wieder ab. Die Straße zum Campingplatz war an diesem Tag stark befahren. Wegen eines Rohrbruchs war die Hauptdurchfahrtsstraße nach Vence gesperrt, und der ganze Fahrverkehr rollte nun über die kleine kurvenreiche Straße, die nicht einmal befestigte Ränder hatte. Lasalle überholte ein paar vollbesetzte Personenwagen, blieb dann aber hinter einem Caravan hängen, der mit seiner Überbreite vollkommen die Sicht auf die vor ihm liegende Straße versperrte. Er fluchte, wischte den Schweiß von der Stirn, hupte, fluchte. Dabei ging ihm immer wieder das Telefongespräch mit Madame Arnot durch den Kopf.

Diese Danielle Arnot... wieso hatte er sie nur vollkommen vergessen? Dabei gehörte doch der Unfall, den sie mit ihrem Peugeot gehabt hatte, irgendwie zu der ganzen Mordsache dazu. Jedenfalls schien es ihm plötzlich vollkommen logisch, daß da ein Zusammenhang bestand. Wie aufgeregt diese Frau damals gewesen war. Ein hochroter Kopf! Und die Stimme, die sich vor Hysterie fast überschlug! Der Holländer wollte ihr nicht glauben, daß ein großer Stein direkt vor ihrem Auto vom Abhang heruntergekollert und über die Straße gehüpft war. Dieser Holländer dachte, sie wollte sich nur herausreden, um bei der Versicherung gut dazustehen. Er zeigte ihr, daß er sie für eine verrückte, exaltierte Französin hielt, und das machte sie nur noch hysterischer. Lasalle hatte ihre schrille Stimme noch im Ohr. Er konnte sich vorstellen, was die beiden sich an den Kopf geworfen hatten, während sie auf den Streifenwagen warteten. Eine lange Zeit mußten sie warten, weil die Streife zu dem Zeitpunkt fast zwölf Kilometer entfernt war, bei einer Verkehrskontrolle. Der Holländer hatte seine Familie im Auto gehabt, zwei kleine Kinder, die waren schließlich ausgestiegen und sind ein bißchen herumgelaufen. Das kleine Mädchen, hatte Madame Arnot gesagt, mußte einmal Pipi, und die Mama ist mir ihr die Böschung hinaufgeklettert, ziemlich lächerlich habe das ausgesehen, eine so dicke Mama mit kurzen Shorts, und wie sie immer wieder abrutschte, und die Kleine rief, komm doch endlich Mama, ich muß so dringend.

Und wie sie dann plötzlich einen Schrei gehört hatten, Madame Arnot und der Holländer, mitten in ihrem Streitgespräch, das überhaupt nicht aufhörte, und wie plötzlich dieser Mann den Abhang heruntergerutscht kam, vollkommen erdverklebt und Lehm an den Hosenbeinen, und wie er sie angestarrt hatte, und dann in geradezu panischer Flucht davongelaufen sei...

Geradezu panische Flucht, hatte Madame Arnot gesagt. Diese merkwürdigen Augen, hatte sie gesagt. Ganz wirr habe er ausgesehen. Kein Wunder, daß diese dicke Holländerin zu Tode erschrocken war, als sie diesen Busch auseinandergeteilt und den Mann da in seinem Versteck hocken gesehen hatte. Ausgerechnet genau vor seiner Nase war dieser Unfall passiert. Er selbst war es gewesen, der unbeabsichtigt den Stein losgetreten hatte, der dann den Abhang runtergekollert war. Und weil er vielleicht deshalb nicht gesehen werden wollte, deshalb mußte er da hocken und warten. Und dann hatte ihn diese dicke Holländerin mit dem kleinen Mädchen, das gerade Pipi machen wollte, aufgestöbert...

»Dieser Mann«, hatte Lasalle gefragt, »kannten Sie den?«

Madame Arnot hatte gelacht. »Aber Monsieur le Commissaire! Haben Sie vergessen, daß ich in diesem Nest geboren bin? Ich habe hier die Schule besucht, habe hier geheiratet, und immer nur in diesem Ort bin ich gewesen, bis auf die wenigen Wochen im Jahr, wo wir Urlaub machen. Und da meinen Sie, es gibt irgend jemanden, den ich nicht kenne?«

»Würden Sie mir bitte den Namen dieses Mannes sagen?« hatte Lasalle gefragt.

»Aber natürlich, Monsieur le Commissaire«, hatte sie geantwortet. »Wenn ich Ihnen damit einen Gefallen tue...«

»Vielleicht tun Sie damit nicht nur nur mir, sondern der gesamten französischen Justiz einen Gefallen, Madame Arnot. Vielleicht ist dieser Mann ein Mörder.«

Madame Arnot war einen Augenblick sprachlos gewesen am Telefon. Er konnte ihren schnellen Atem hören, und dann die hohe vor Aufregung und Spannung fast tonlose Stimme hören, mit der sie sagte: »Sie meinen, ich habe einen Mörder gesehen? Einen richtigen, wahrhaftigen Mörder?«

»Ich habe erklärt, es ist möglich, mehr kann ich nicht sagen.«

»Mon Dieu, Monsieur Lasalle, dieser Mann hat das Mädchen erwürgt, nicht wahr? ›Erdrosselt‹, hat in der Zeitung gestanden!«

»Ausnahmsweise«, hatte Lasall lakonisch geantwortet, »hatte die Zeitung diesmal die Wahrheit geschrieben.«

»Himmel! Wie aufregend! Das muß ich sofort meinem Mann erzählen! Verzeihen Sie, wenn ich jetzt auflege, Monsieur le Commissaire, aber mein Mann steht neben mir und möchte unbedingt wissen, worum es geht.«

Lasalle parkte seinen Wagen genau vor dem Kücheneingang des Restaurants. Die Tür war weit geöffnet, und Lasalle hörte, als er die wenigen Steinstufen hinaufstieg, das Klappern von Töpfen und Pfannen. Der Geruch von Estragon zog in seine Nase.

Madame Tallier stand an einem großen Küchentisch, auf dem geschlachtete Hühnchen lagen, die bis auf ihre Hälse und die Köpfe kahlgerupft waren. Sie war so mit der Arbeit beschäftigt, daß sie das Eintreten des Kommissars gar nicht bemerkte. Als sie eben das große Messer ansetzen wollte, um eines der Hühner aufzuschlitzen, fragte Lasalle: »Was wird das? Hühnchen in Estragonsauce?«

Madame Tallier stieß vor Schreck einen kleinen Schrei aus. Beinahe wäre das Messer abgerutscht. »Haben Sie mich erschreckt!« rief sie vorwurfsvoll. »Gehört das zu den Methoden der Polizei? Wenn ich mir nun in die Hand geschnitten hätte?«

Lasalle lächelte gleichmütig. »Frauen wie Sie schneiden sich nicht ins eigene Fleisch. Das wäre gegen jede Vernunft.« Er ging um den Tisch herum und beugte sich über eine Keramikschüssel, in der kleine in Rotwein eingelegte Lebern lagen.

»Sind das die Hühnerlebern?«

»Die sind von Kaninchen«, sagte Madame Tallier. »Für die Pastete. Bei uns kommen nur hausgemachte Pasteten auf den Tisch. Meine Kaninchen-Terrine ist berühmt. Fragen Sie die Gäste. Wir nehmen nur Wildkaninchen, und die Pistazien lasse ich extra besorgen von einem Großhändler aus Marseille.«

»Und die Wildkaninchen?« fragte Lasalle. »Woher beziehen Sie die?«

Madame Tallier warf eines der ausgenommenen Hühnchen in eine Emailleschüssel. »Die bringt mir mein Mann. Zu irgend etwas muß er schließlich nütze sein, wenn er sonst schon nicht hilft. Aber die Kaninchen sind immer in Ordnung. Sind Sie deswegen hergekommen? Weil Sie meinen Mann wegen Wilderei anzeigen wollen? Sie machen sich lächerlich, Monsieur le Commissaire. Sie wissen genau, daß die Leute hier sogar die Schnepfen und die Nachtigallen abknallen und Wachteleier aus den Nestern stehlen. Was wollen Sie? Wir Franzosen sind nun einmal ein Volk von Gourmets.« Sie trennte den kleinen Hühnermagen von der gelbgrünen Galle und legte beides auf verschiedene Teller.

»Wo ist Ihr Mann?« fragte Lasalle.

»Francois?« fragte Madame Tallier achselzuckend. »Keine Ahnung. Ich habe ihn vorhin fortgehen sehen. Schon möglich, daß er wieder ein bißchen auf die Jagd gehen wollte.«

Sie nahm eine Handvoll grobkörniges Salz und rieb damit die Bauchhöhle des Hühnchens aus. »Die Deutsche ist übrigens auch weggegangen, falls Sie sie suchen sollten. Mit dem kleinen Jean-Pierre. Ein lustiger Junge, der immer auf der Suche nach Spielkameraden ist. Ich habe sie fortgehen sehen, wenig später ging dann Francois. Sie wissen ja, wie die Männer sind, Monsieur le Commissaire: immer folgen sie dem Geruch des Weibes wie ein Schweißhund. Glauben Sie, mein Francois ist anders? Eher schlimmer, sage ich Ihnen, eher schlimmer.«

Lasalle war um den Küchentisch herumgekommen. »Francois ist weg?« fragte er. »Hat er irgend etwas mitgenommen? Irgend etwas Besonderes?«

Madame Tallier blickte dem Kommissar in die Augen. Etwas wie Argwohn und Vorsicht war plötzlich in ihrem Blick. »Was soll das, Monsieur le Commissaire?« fragte sie. »Stimmt irgend etwas nicht mit Francois?« Sie runzelte die Stirn, als müsse sie überlegen. »Er hatte seine Schlinge dabei, glaube ich. Er trägt sie ja meistens mit sich herum, in der Hosentasche. Spielt damit herum wie die Araber mit ihren Gebetsketten ...«

Lasalle fühlte plötzlich so etwas wie Panik in sich hochkommen. »Die Schlinge?« fragte er heiser. »Sind Sie sicher, daß er sie dabei hatte? Sie kennen die Schlinge und haben mir nichts gesagt?«

Madame Tallier erbleichte. »Wollen Sie etwa sagen ... soll das vielleicht heißen ... Francois ... Sie meinen, Francois ...« Ihre Augen weiteten sich erschrocken. Wie unter einem Zwang schüttelte sie den Kopf. Immer wieder. »Nein ... das kann nicht sein ... das ist unmöglich ... unmöglich ...«

Lasalle wandte sich ab. »Ich muß telefonieren!« rief er, sich hektisch in der Küche umschauend. »Wo ist das Telefon?«

Madame Tallier deutete auf die Tür, die in den Gastraum führte. »Neben der Bar. Aber warten Sie, ich muß erst die Verbindung herstellen. Normalerweise ist das Telefon versperrt. Wen wollen Sie anrufen?«

»Meine Dienststelle«, sagte Lasalle. »Machen Sie schnell. Ich flehe Sie an, Madame, machen Sie schnell!«

Zehn Minuten später hörte man die ersten Sirenen unten im Tal. Hörte das An- und Abschwellen, wenn sie hinter einem Bergkamm hervorkamen und wieder dahinter verschwanden. Lasalle selbst hatte Madame Tallier einfach stehenlassen, war in seinen Wagen gesprungen und über die holprigen Forstwege zu der Stelle gerast, wo sie die Leiche von Ariane gefunden hatten. Er hörte Hundegebell, Rufe. Die Sirenen waren verstummt.

Endlich näherte sich ein Mannschaftswagen der Polizei. Lasalle ließ ihn halten. »Habt ihr das Megaphon?« schrie er. »Ich brauche ein Megaphon!«

Die Polizisten sprangen heraus. Jemand gab laute Befehle. Die Männer verteilten sich, das Hundegebell wurde schärfer. Lasalle setzte die Sprechtüte an die Lippen. »Francois!« rief er. »Francois Tallier! Wenn Sie mich hören können, dann kommen Sie mit erhobenen Händen auf den Weg. Machen Sie keine Dummheiten, Francois, das ganze Gelände ist umstellt. Sie können uns nicht entkommen. Also seien Sie klug und geben Sie auf. Francois Tallier! Hier spricht Kommissar Lasalle, Sie haben keine Chance, Francois.«

Natürlich konnten sie nichts hören. Überall knackte und raschelte es. Selbst wenn Francois ganz in der Nähe wäre, hätte man seine Rufe nicht von denen der Polizisten unterscheiden können. Langsam pirschten sich die Polizisten vorwärts, sie umkreisten den kleinen Hügel, den Lasalle als strategischen Punkt angenommen hatte. Jene Stelle, von der damals der Stein auf die Straße gerollt war.

Wenn mein Plan richtig ist, dachte Lasalle, dann müssen wir ihn dort erwischen. Wenn ich mich geirrt habe, werde ich um meine vorzeitige Pensionierung bitten. Dann steckt in mir eben doch nur ein ganz mittelmäßiger, durchschnittlicher Polizist.

»Francois Tallier!« brüllte er wieder durch das Megaphon. »Machen Sie keine Dummheiten! Geben Sie auf! Kommen Sie auf die Straße! Nehmen Sie ihre Hände über den Kopf!«

In der Höhle war es still. Feucht und so kalt, daß man eine Gänsehaut bekam. Man hörte nur das gleichmäßige Aufklatschen der Wassertropfen. Jean-Pierre wagte kaum zu atmen. Er hatte sich so weit wie möglich in die Ecke verkrochen. Er hockte da, die Arme um die Knie geschlungen, und zitterte.

In der anderen Ecke lag Ruth. Jean-Pierre konnte sie ganz genau sehen. Ihre nackten Beine, die weißen Sandalen, die runden braunen Knie. Der Oberkörper war verrenkt, gleichsam zu ihm hingebogen, während die Knie von ihm wegzeigten. Es könnte aussehen, als habe Ruth sich aus ihrer Lage zu Jean-Pierre umgewandt, nur mit dem Oberkörper, aber so war es nicht. Denn ihr Gesicht zeigte zur anderen Seite – gegen die Wand. Jean-Pierre konnte nur Ruths Haare sehen. Er war heilfroh, daß er ihr Gesicht nicht sehen mußte. Er wüßte nicht, ob er diesen Anblick überhaupt aushalten würde. Was er von Ruths Gesicht gesehen hatte in den letzten Sekunden vor ihrem Tod war genug gewesen, genug für immer, genug für ein ganzes Leben. Nie würde Jean-Pierre sich je wieder Horrorfilme ansehen. Nie wieder.

Wie sie ihren Mund aufgerissen hatte, so weit, daß man bis in ihren Rachen sehen konnte. Wie die Zunge herausgequollen war, wie ihre Augen immer weiter aus den Höhlen zu quellen schienen, wie ihre Arme suchend nach vorn zeigten, angespannt und zitternd, und wie sie dann plötzlich herunterfielen, ihre Arme, wie ihre Beine nachgaben und sie zusammensackte, ganz langsam, weil ihr Kopf von der Schlinge gehalten wurde und Francois sie nur ganz langsam herabließ an dieser Schlinge, während er Jean-Pierre mit seinen kleinen gierigen Augen fixierte und immerzu zischte: »Wehe, du schreist! Wehe, du schreist! Dann passiert dir das gleiche. Sie ist nicht tot, verstehst du! Mach doch nicht so ein verdammtes Gesicht! Ich sage dir doch, sie ist nicht tot. Sie soll nur den Mund halten. Soll nur nicht schreien. Kapierst du? Hörst du nicht die Sirenen? Sie sind hinter mir her.

Aber sie werden mich nicht kriegen. Ich bin schlau, verstehst du. Schlauer als die Polizei. Ich weiß, wie ich ihnen entkomme.«

Er hatte Ruth endlich ganz auf den Boden herabgelassen, hatte die Schlinge von ihrem Hals gezogen, sie zusammengerollt und in die Hosentasche gesteckt.

»Sie ist tot!« flüsterte Jean-Pierre, der sich wunderte, daß er überhaupt noch eine Stimme hatte. »Warum haben Sie das gemacht? Warum?«

»Unsinn. Sie ist nicht tot. Sie schläft nur. Ich habe ihr nur eine kleine Lektion verpaßt. Bald wird sie wieder aufwachen, dann könnt ihr die Höhle verlassen. Verstehst du?« Er näherte sich Jean-Pierre und hauchte ihm seinen Knoblauchatem ins Gesicht. »Aber bis dahin keinen Mucks. Keinen Mucks, haben wir uns verstanden?«

Jean-Pierre nickte heftig. Er würde keinen Mucks tun. Keinen einzigen Mucks. Er hatte viel zuviel Angst. Er hatte eine so riesige, unsagbare Angst, er wunderte sich, daß er überhaupt noch die Augen aufhalten konnte, daß er überhaupt noch atmete, daß er nicht ohnmächtig geworden war. Er warf einen ängstlichen Blick auf Ruths verrenkte Beine, auf die weißen Sandalen.

»Schwöre!« zischte Francois. »Schwöre, daß du still bist, bis sie sich wieder bewegt.«

Jean-Pierre schluckte. Er fuhr sich mit der Zunge über die ausgetrockneten, gesprungenen Lippen. »Ich schwöre«, sagte er tonlos.

In diesem Augenblick hörten sie die Stimme von Lasalle. Sie wurde von den Felswänden zurückgeworfen und hallte und dröhnte in den Ohren. Francois wirbelte herum und starrte zum Ausgang. Sein ganzer Körper war gespannt. Er lauschte. Er hörte zu mit eingezogenem Kopf, bereit zum Sprung. Als die Stimme schwieg drehte er sich wieder zu Jean-Pierre um.

»Es ist wegen der Kaninchen«, flüsterte er. »Sie wollen mir Wilderei anhängen und sonst noch was.« Mit dem Fuß stieß er gegen den weichen Leib des toten Kaninchens. »Davon können sie sich einen schönen Braten machen, sag ihnen das, wenn sie kommen. Mit schönen Grüßen von Francois. Und sag ihnen, daß sie mich nicht finden werden. Nie. Hast du verstanden?« Er packte Jean-Pierres schmale Schultern und schüttelte den Jungen. »Ob du mich verstanden hast?«

Jean-Pierre nickte heftig. Seine Zähne schlugen aufeinander. Er konnte nicht mehr sprechen. Seine Mundhöhle brannte. Er konnte einfach nicht mehr sprechen.

Francois zog sich zum Höhleneingang zurück. Er drehte sich um, spähte, lauerte. Dann plötzlich war sein Schatten verschwunden. Jean-Pierre hockte in der Ecke, die Arme um die Knie geschlungen, und starrte mit brennenden Augen auf den Höhleneingang.

Ruth bewegte sich nicht. Die Füße in den weißen Sandalen zuckten nicht ein einziges Mal. Er sah auch ihren Atem nicht, aber vielleicht atmete sie genau wie er, ganz flach, und beinahe so, als wäre es überhaupt kein richtiger Atem.

Er hörte wütendes Hundegebell und Stimmen. Er hörte Rufe, die er nicht verstand. Die Stimmen kamen näher, aber immer noch waren sie nicht so laut wie das Aufklatschen der Wasserstropfen in die Pfütze, die gleich neben ihm war. Wenn er die Hand austreckte, würde er die Tropfen in der hohlen Hand auffangen können und damit seine trockenen, aufgerissenen Lippen benetzen können. Aber so viel Mut hatte Jean-Pierre nicht. Sein Mut reichte gerade noch, die Augen offenzuhalten und abwechselnd auf Ruth und den Höhleneingang zu starren.

Er hatte das Gefühl für die Zeit verloren. Jeder Atemzug schien eine Ewigkeit zu dauern, und er hatte Angst vor Francois.

Francois kam aber nicht zurück.

Wenige Minuten später entdeckten die Hunde die Höhle. Geifernd und mit aufgerissenen Mäulern, an der Kette zerrend, standen sie da und bellten. Jemand kam herein, schaute sich um, ging auf Jean-Pierre zu und fragte: »Bist du okay?«

Jean-Pierre erwiderte nichts. Er wußte nicht, ob er schon etwas sagen durfte. Ruth war immer noch nicht aufgewacht. Ruth hatte sich immer noch nicht bewegt.

Die Polizisten hoben ihn hoch und trugen ihn nach draußen.

Jean-Pierre schloß die Augen, weil das Licht ihn blendete. Sie gaben ihn weiter, von einer Hand zur anderen, von einem Arm zum anderen. Er wurde getragen wie früher, als er noch ein kleiner Bub war und im Auto geschlafen hatte, wenn sie von einem Besuch zurückkamen. Sein Vater hatte ihn dann immer auf den Arm genommen und ins Haus getragen und ins Bett gelegt. Er hatte zwar geschlafen, konnte sich aber später immer noch genau an das Gefühl erinnern, so geborgen in den Armen des Vaters zu liegen, dicht an seinem warmen Körper. Manchmal hatte er sogar die Herzschläge seines Vaters gefühlt.

Einmal öffnete er die Augen und blickte in das Gesicht eines jungen Polizisten. »Ruth schläft«, sagte er.

Der Polizist schaute ihn an. »Mach dir keine Sorgen, Kleiner«, sagte er. »Es ist besser, du denkst nicht darüber nach.« Jean-Pierre nickte dankbar. Er wollte jetzt nur noch eines: nach Hause kommen. Er konnte an nichts anderes denken.

Lasalle keuchte, als er sich den Abhang herunterrutschen ließ. Mit den Schuhen suchte er in dem Brennessel- und Distelgestrüpp nach einem Halt. Die Hände schrammten über den Boden. Er landete schließlich auf dem weichen Moosbett, das sich vor dem Höhleneingang ausbreitete und schaute sich schweratmend um.

Ein Polizist, den Hund an der kurzen Leine, kam gebückt aus der Höhle. »Sie hätten sich gar nicht so zu beeilen brauchen, Chef«, sagte er, mit dem Kopf zurückdeutend. »Sie ist tot.«

Lasalle starrte ihn an. »Wer?«

»Das Mädchen. Oder eine junge Frau. Diese, von der Sie uns das Foto gezeigt haben. Die Freundin der toten Deutschen, die man vor ein paar Tagen gefunden hat.«

Lasalle stöhnte auf. Er wischte die Erdkrumen, die an seinen Fingern klebten, am Hosenbein ab. »Verdammte Scheiße!« schrie er plötzlich. »So eine gottverdammte Sauerei! Tot haben Sie gesagt? Kein Zweifel?«

»Nicht der geringste, Chef.«

Lasalle schob den Polizisten zur Seite und trat in die Höhle. Aufmerksam schaute er sich um. Er versuchte, sich das Bild einzuprägen, die glänzenden nassen Wände, der schmale Sonnenstreifen, der durch eine Felsspalte genau auf den verdrehten Fuß in den weißen Sandalen fiel. Er verfolgte die Linie des Beines bis zu den Knien, sein Blick glitt über ihren Körper bis zu dem Gesicht, das halb von den braunen Haaren verdeckt war.

Der Polizist war ohne seinen Hund zurückgekommen. »Ich glaube, man hat sie erwürgt, Chef«, sagte er. »Sehr deutliche Würgemale am Hals. Ein dünner roter Strich, wie von einer Schlinge.«

Lasalle kniete neben dem Mädchen nieder. Er beugte sich vor. Ruths Augen waren immer noch geöffnet. Lasalle konnte so etwas wie Verwunderung in ihren Augen lesen, eine ungläubige, verständnislose Verwunderung darüber, daß ihr Leben so schnell zu Ende sein sollte. Die Verwunderung über einen grausamen, schmerzhaften, sinnlosen Tod. Dabei war von Schmerz gar nicht viel in ihrem Gesicht zu sehen. Vielleicht hatte sie nicht einmal Zeit gehabt, ihren Schmerz zu empfinden, vielleicht waren dic Angst und der Schock so groß gewesen, daß sie den Schmerz am Hals, das Würgen kurz vor dem Ersticken, gar nicht richtig wahrgenommen hatte. Lasalle hatte irgendwann einmal eine Abhandlung gelesen, in der es hieß, daß viele Opfer von Verbrechern wohl mehr Schock als Schmerz empfänden in den letzten Lebenssekunden und daß dieser Schock so etwas wie der letzte Gnadenakt der Natur an der Menschenseele sei. Lasalle verstand nichts davon. Er verließ sich auf das, was er sah. Behutsam drückte er Ruths Lider über die hervorgetretenen Augen. Es war ihm, als erlöse er die Tote damit von einem entsetzlichen Bild, das immer noch in ihren Augen war. Es war ihm, als entspanne sich ihr Gesicht auf einmal, und so etwas wie ein erleichterter Friede breitete sich auf ihrem Gesicht aus.

»Ich hoffe, Chef«, sagte der Polizist hinter ihm, der schwer atmete, »wir finden das Schwein.«

Lasalle streckte sich. Er schaute den Polizisten an. »Worauf du dich verlassen kannst«, sagte er.

Francois entwischte ihnen tatsächlich zunächst. Die Suche mußte ergebnislos abgebrochen werden, als die Dunkelheit hereinbrach. Lasalle fuhr in sein Büro, setzte sich hinter den Schreibtisch, ließ sich von Veronique eine große Kanne schwarzen Kaffee aus dem Bistro besorgen und wartete.

»Gehen Sie nicht heim, Chef?« fragte Veronique, während sie ihre Frisur vor dem Spiegel richtete.

Lasalle schaute ihr zu. Er beobachtete, wie sie die Lippenstifthülle abschraubte und den fetten, rosigen Stift herausdrehte. Er beobachtete, wie sie geschickt die Lippen nachzog, den Stift wieder zurückschraubte, die goldene Hülle darüberschob. Er schaute zu, wie Veronique mit einem weichen Schwämmchen den Glanz von der Nase und den Wangen wischte. Wie sie aus einem Parfumzerstäuber etwas Duft ins Dekolleté und in den Nacken sprühte, wie Veronique sich vor dem Spiegel drehte, um sich von der Seite zu begutachten, mit den Händen einmal über ihre seidene Bluse strich, wie sie die Finger benetzte und die Wimpern nach oben bog, wie sie sich bückte, um die Riemchen ihrer Sandalen zurückzuschieben.

»Welche Schuhgröße haben Sie, Veronique?« fragte Lasalle. Veronique erschrak, weil sie Lasalles Anwesenheit fast vergessen hatte.

»Sechsunddreißig. Aber das wissen Sie doch.«

»Ziemlich kleine Füße«, sagte Lasalle. »Aber vielleicht nicht klein genug.«

»Klein genug wozu?« fragte Veronique irritiert.

»Um Ihretwegen einen Mord zu begehen«, sagte Lasalle.

Veronique schaute ihren Chef mitleidig an. »Aber deswegen«, sagte sie, »sind die beiden doch gar nicht ermordet worden. Das war doch der Dichter, der so verrückt auf kleine Füße war. Und der ist unschuldig, wie wir wissen.«

Lasalle nickte müde. Er preßte die Hände gegen die Schläfen. »Sie haben recht, Veronique«, sagte er. »Grüßen Sie Ihren Verlobten. Sagen Sie ihm, daß er Glück hat.«

Veronique lachte geschmeichelt. »Natürlich hat er Glück. Der Mann, der mich kriegt, hat sowieso Glück.« Sie warf ihrem

Spiegelbild einen verliebten Blick zu und rauschte hinaus.

Lasalle seufzte. Er hatte in seiner langen Berufskarriere erst wenige Morde bearbeitet. Man konnte sie an beiden Händen abzählen. Am meisten hatte ihn immer der Tod ganz junger Menschen betroffen gemacht. Er sah darin etwas wie einen Vorwurf gegen sich selbst, gegen die Arbeit der Polizei. Waren sie nicht dazu da, wurden sie nicht hauptsächlich dafür bezahlt, daß sie Leben schützten?

Er hatte versagt. Selbst wenn sie Francois irgendwann fanden – und daß sie ihn finden würden, war nur eine Frage der Zeit – würde es an der Tatsache nichts ändern, daß er versagt hatte.

Zwei hübsche junge Mädchen, die in die Provence gereist waren, um Spaß zu haben, waren nun tot. Und nichts machte sie wieder lebendig. Lasalles Wut und Haß wuchsen von Stunde zu Stunde. Er starrte auf das Telefon, als könnte er es hypnotisieren. Er wartete auf die Nachricht, daß sie Francois geschnappt hätten. Er wartete darauf, daß die Tür aufgehen und man Francois an Handschellen hier vor seinen Schreibtisch führen würde. Es war möglich, daß ihm die Hand ausrutschen würde. Es war sehr gut möglich, daß er diesem Francois einen Fausthieb in die Magengrube verpassen würde. Selbst wenn ihm das ein Disziplinarverfahren einbringen würde. Lasalle gehörte nicht zu jener neuen progressiven Gruppe von Kriminalisten, die mehr Sympathie mit den Tätern als mit den Opfern zeigten. Jene psychologisch geschulten Leute, die einem so redegewandt auseinandersetzen konnten, daß die Täter immer die eigentlichen Opfer waren. Soziales Kind-Trauma, geschiedene Eltern, Vater Säufer, Mutter ging auf den Strich, niemand liebte das Kind und so weiter. Lasalle konnte es auswendig herunterbeten, und er sah dennoch keine Entschuldigung dafür, daß diese Leute plötzlich Amok liefen.

Er wollte, daß die Mörder verurteilt wurden. Er wollte in diesem Augenblick ganz besonders dringend, daß ein Kerl namens Francois Tallier gefunden wurde, einer, dem es aus irgendeinem Grund plötzlich nicht mehr genügt hatte, kleine weiche Kaninchen zu würgen.

Er wollte es von diesem Kerl selbst hören, warum ihm die Kaninchen plötzlich nicht mehr reichten, und er wollte ihm dafür die Zähne ausschlagen.

Lasalle wartete.

Als Hendrik Nurew das schwarze Gartentor öffnete, stand Lasalle draußen. Er war unrasiert, und seine Augen wirkten ganz stumpf vor Müdigkeit. Er lehnte gegen den Gartenpfosten, als müsse er sich irgendwo festhalten, um nicht umzukippen. Dennoch gelang ihm ein schwaches Lächeln. »Ich hoffe«, sagte er, »ich störe nicht?«

Hendrik hob erstaunt die Augenbrauen. »Der Herr Kommissar! Wer hätte das gedacht.«

Er trat beiseite. »Kommen Sie rein. Sie sehen ja erbärmlich aus. Sind Sie gekommen, um sich von mir einen Rasierapparat zu leihen?«

Lasalle schüttelte den Kopf. Er hielt Hendrik die roten Lackschuhe hin. »Ich wollte sie zurückbringen. Sie gehörten schließlich Ihnen. Sie haben viel Geld dafür bezahlt, um einmal einen Schluck Wein daraus trinken zu können.«

Hendrik lachte. »Beim Wein sollte es ja eigentlich nicht bleiben.«

»Nein?« fragte Lasalle. Er schaute Hendrik aufmerksam von der Seite an. »Ich würde gerne wissen, was für ein Mensch Sie sind, Herr Nurew.«

»Ein Fußfetischist, das wissen Sie doch. Für einen Schriftsteller definieren sich die Menschen nur durch die Macken, die sie haben. Meine Macke ist die Leidenschaft für kleine, für möglichst winzige Frauenfüße. An dieser Macke ist meine Ehe nun auch endgültig zerbrochen.« Er führte Lasalle durch den Innenhof ins Wohnzimmer.

»Endgültig zerbrochen?« wiederholte Lasalle.

»Anna ist weg«, sagte Hendrik. Er atmete tief durch. »Endlich nicht mehr der Geruch von Terpentin und Kleister, von Ölfarbe und Beize. Ja, Herr Kommissar, sie ist weg. Die Bilder hat sie alle mitgenommen, diese ganzen scheußlichen Bilder. Angeblich gibt es in Paris eine Galerie, die sich darum reißt, sie auszustellen.« Er grinste. »Man ahnt ja gar nicht, wie viele Schwachsinnige auf der Welt herumlaufen.«

»Ihre Frau ist weg?« wiederholte Lasalle. Offenbar hatte er Mühe, übermüdet wie er war, die Dinge in seinem Kopf zu ordnen. Er schaute zum Treppenaufgang und entdeckte nur helle Vierecke, da, wo früher Annas Bilder gehangen hatten.

»Sie ist weg, Herr Kommissar. Auf ihren großen roten Füßen hat sie sich davongemacht. Wahrscheinlich konnte sie es einfach nicht verwinden, daß ihr Coup nicht funktioniert hatte.«

»Welcher Coup?« fragte Lasalle.

»Nun, mir einen Mord anzuhängen. Das wäre ihr am liebsten gewesen, wenn ich im Gefängnis gesessen und die Minuten gezählt hätte, bis ihr verhärmtes und gleichzeitig triumphales Gesicht hinter den Gitterstäben des Besuchszimmers auftaucht. Denn natürlich würde ich die Tage von einem ihrer Besuche bis zum nächsten zählen. Im Gefängnis hängt man sogar an seinen Todfeinden, weil man Feinde besser ertragen kann als die Einsamkeit.« Er schaute Lasalle an. »Aber sie hatte Pech. Sie glaubten ihr nicht.«

»Ich glaube nur den Tatsachen«, sagte Lasalle. »Jedenfalls nach einer Weile. Die armen Mädchen mußten sterben, weil so ein Verrückter mit einer Schlinge im Wald herumlief. Unfaßbar.«

»Ich wette«, sagte Hendrik Nurew, »seine Frau hatte es die ganze Zeit gewußt.«

Lasalle schaute auf. »Wie kommen Sie darauf?«

»Weil Frauen fast alles über ihre Männer wissen.«

Lasalle schüttelte müde den Kopf. »Ein schwaches Argument. Ich muß wieder gehen. Ich bin todmüde. Die halbe Nacht habe ich diesen Tallier verhört. Ich sage Ihnen, mir war so schlecht, ich habe meinen Beruf verflucht.«

»Ich verstehe das«, sagte Hendrik mitfühlend. »So geht es mir auch, wenn ich meinen Figuren zuhöre, was sie so erzählen.«

»Aber Ihre Figuren erzählen doch nur, was Sie sich vorher ausgedacht haben«, sagte Lasalle verwundert.

Hendrik lächelte. »So ist es. Immer gibt es einen, der sich das ausgedacht hat, was die Menschlein hier unten so treiben.« Er deutete mit dem Zeigefinger nach oben. »Was für krause Gedanken in seinem Kopf Platz haben. So viele Perversitäten. So viel Brutalität. So viel Mord, Gewalt, Terror. Und alles hat in einem einzigen Atemhauch gesteckt. In dem einen einzigen Atemhauch, mit dem er den Lehmklumpen anhauchte und ihm Leben gab, und das haben wir nun davon. Sie sollten sich wirklich hinlegen, Lasalle, Sie sehen hundeelend aus.«

Lasalle nickte müde. Er schaute zu, wie Hendrik die kleinen roten Lackschuhe auf das Bücherbord stellte und noch einmal zärtlich über die Ripsschleifen strich. Er wandte sich ab.

An der Tür fragte Hendrik: »Warum hat er es nun getan?«

Lasalle deutete in den Himmel. »Fragen Sie den da oben. Der ist auch für jene Menschen verantwortlich, die nicht wissen, was sie tun. Oder fragen Sie diese modernen Stellvertreter Gottes.«

»Wer sollte das sein?« fragte Hendrik.

»Die Psychiater.« Er drehte sich am Auto noch einmal um und kam zu Hendrik zurück. Er stieß ihm mit seinem Zeigefinger gegen die Brust. »Ich schwöre Ihnen eines, Nurew: Diese Leute werden es fertigbringen, ein Motiv für zwei sinnlose Morde zu finden, auch wenn dieser Kerl Francois schweigt bis ans Ende seiner Tage.«

»Ist er verrückt?« fragte Hendrik. »Meinen Sie das?«

Lasalle schnaubte. »Wer ist heutzutage nicht verrückt? Ich frage Sie: Wer ist das nicht? Wahrscheinlich wird er fünf Jahre kriegen. Oder man wird ihn in eine Heilanstalt einweisen, und seine Frau wird ihm einmal im Monat sein Lieblingsgericht vorbeibringen, in einem schönen Tontopf, mit Schleifchen drum, und ein paar Tränen weinen, aus Pflichtgefühl.«

»Was ist sein Lieblingsgericht?« fragte Hendrik.

»Kaninchenpastete«, sagte Lasalle. Er stieg in sein Auto und fuhr davon. Hendrik schaute ihm nach, er dachte, daß er die kleinen roten Schuhe wahrscheinlich verbrennen würde.

Er legte den Kopf in den Nacken und blickte in den Himmel. Über ihm stand eine schwarze Wolke, und ein Blitz zuckte auf. Hendrik duckte sich und lief ins Haus.